U0081392

新詩寫作

周慶華、王萬象、許文獻、
簡齊儒、董恕明、須文蔚著

【校長序】

《臺東大學通識教材》一套三冊，係由本校通識中心與華語文學系、語文教育研究所、應用科學系三系所共同策劃與編輯。本叢書以博雅通識為核心，藉著叢書的編輯印行，提供學生在人文學門、科學學門的基礎知識，以使學生們能成為兼具專業與博雅素養的現代通才青年。

本叢書包含由人文學院華語文學系許秀霞老師主編的《實用中文寫作》、師範學院語文教育研究所周慶華老師主編的《新詩寫作》、以及理工學院應用科學系黃惠信老師主編的《科普的閱讀與寫作》。這套涵蓋三個學院，動員了近二十位師生共同執筆的著作，堪稱本校教師「跨界合作」、「攜手向前」的最佳代表。教師同仁們不辭辛勞，利用教學之餘為學生們的學習需要提筆撰寫叢書，其用功之勤，對學生們關愛之深，著實令人感動與感謝。

《臺東大學通識教材》得以出版，首先要感謝的是教育部卓越計畫的獎勵與支持，充裕的經費讓本校得以百尺竿頭，更進一步，積極地推動課程的革新與追求教學的卓越。其次要感謝的是教務長范春源教授兼教學學習中心主任，殷殷地推動各式課程精進計畫。人文學院院長謝元富教授兼通識中心主任，力求通識、人文的推廣與落實，是這一系列叢書最重要的推手。而副校長兼師範學院院長梁忠銘教授、理工學院院長劉炯錫教授的用心領導，使得本叢書得以匯聚人氣，在天時、地利、人和因緣俱足之下付梓印行，在此一併致上感謝之意。

臺東大學校長

蔡典謨 謹識

九十八年六月十五日

【教務長序】

大學教育除了發展專業學科的知識之外，博雅通識全才的培養與薰陶，已經是國際高等學府培育學子的雙向準則，更是實踐「全人教育」的奠基工程。本校在九十七學年度幸獲教育部教學卓越計畫的補助，東大尤其感謝教育部的支持鼓勵，本校為發展卓越精進教學，深刻體悟「通識教材叢書」開發的重要性。為了研發更優質的通識教材，戮力發展學生全能教育的實現，全面提升教學品質，因而我們在「97 日初・教學卓越計畫」C3.0 深化通識教育子計畫之中，加入了自編通識教材的進程。

透過跨學院的師資整合與協力開發，我們齊心研擬出一份共同的博雅教學教材，以培養學生理性思考，與感性啟發的通識精神，這項編制教材的教育使命，為朝實現臺東大學發展「4E 全能」（Enlightenment, Empowerment, Effectiveness, Enrichment）目標，邁開了啟程的步履。透過這套叢書的編定，創造了更豐饒的軟性的學習資源，以有趣新穎的觀點提升學習成效，發展學生通識智慧，也間接讓教師的研究與教學一起深化增能。

「臺東大學通識教材」這一套書，綜攝本校三大學院的師資人才齊力編修而成，由師範學院語教所周慶華所長主編《新詩寫作》、文學院華文系許秀霞主任主編《實用中文寫作》、理工學院應用科學系黃惠信老師主編《科普的閱讀與寫作》，這教育、文學、理工三塊場域二十多位老師共同執筆的精心之作，恰是體現跨校跨領域群策群力、人才整合之理想的最好佳績。

不論是關連著學生語文表達、增進學生就業實力的實用寫作書籍，抑或是激發文藝聯想思維的新詩寫作，再或是知性邏輯的科學閱覽之科普寫作，這些精心編制的教材，重新以新穎視角、活躍表達，以微型文本交織宏觀理論，創造出兼具理論與實用的思維扉頁。

一向重視課程改革，提升學生就業競爭力的蔡典謨校長，特別策重學生全人素養的耕植。身兼通識中心主任的文學院院長謝元富教授，格外領會建構人文精神的重要，他積極整合了三院師資撰著這三套叢書，全面發揮文化資產、深化創意的精神，尤為感謝。另外關注教育落實教學精進的副校長暨師範學院院長梁忠銘，以及關懷在地文化連結學術深造的理工學院院長劉炯錫，兩人熱誠地領導，一起促成本套叢書的圓滿出版。

這份珍貴的成果，最是感謝精心提筆、徹夜撰稿、苦思成篇的二十幾位教師，以及三位辛苦統籌的主編，他們利用課餘時間，念茲在茲的是啟發學生的學習興趣，在短暫的時程裡，完成精緻而豐厚的創新教材，創造更多光亮的學習新驚喜。這份深耕臺東的文藝感動，都在後山這塊土地，用邊陲的地域，抒發綜觀的理念，在日以繼夜的時空之中，交織而出的薈萃文思，並希冀直接回饋給負笈後山的莘莘學子，這份源源而生的動機與堅持，是陪伴他們完成教材著述的能量，更是本校堅持推動教學卓越的動力。另外，教學與學習中心的助理羅葳以及總計畫專助馮聖雯，以及通識中心助理沈怡君與李佩芳，幾位認真的助理，提供了幕後細心又縝密的行政協助。最是感謝秀威出版社編輯林世玲小姐、詹靚秋小姐的毅力及耐心，她們專業的精心編排，以及暖煦的溫厚熱誠，讓這套通識叢書更為美善，也讓東大的教學更具信心。

臺東大學的卓越教學，學習從這裡，隨時開始，持續前進。

臺東大學教學與學習中心主任暨教務長

范春源 謹誌

2009 年於後山荷暑之夏

【通識中心主任序】

此次通識優質教材系列叢書的發想，主要是從本校通識教育行之有年的「思維與寫作」核心課程而來。2002 年中心曾舉辦「思維與寫作課程研討會」，針對此課程的性質、課程內容與教學目標，做了深入討論。在 2009 年 4 月，本中心再次舉辦「思維與寫作在大學教育的定位研討會」，邀請相關領域專長的教師、學者參與，期望能對此課程的持續推動與未來發展方向提出建言。

與此同時並進的是中心著手推動適用於師範學院、人文學院和理工學院學生「思維與寫作」的教材撰寫計畫。經過東大同仁和學者專家的努力，由人文學院華語文學系許秀霞老師主編《實用中文寫作》、師範學院語文教育研究所周慶華老師主編《新詩寫作》以及理工學院應用科學系黃惠信老師主編《科普閱讀與寫作》三書的順利問世，首先要非常感謝蔡校長典謨和范教務長春源的大力支持，其次是人文社會學院謝院長元富、師範學院梁院長忠銘和理工學院劉院長炯錫的領導，最後是各學院系所負責執筆的師資群。此套叢書的出版，對撰寫者與讀者而言，都可以清楚體會到「聚沙成塔」和「眾聲喧譁」的可貴。

雖然市面上教導如何寫作和如何思考的書已汗牛充棟，但是此叢書充分本著「通識」的精神，在內容上除了能照顧到不同學科領域在寫作方面的需要，還兼顧到文字本身的可讀性，讓讀者藉由閱讀，能具體的學習運思寫作的能力。韓愈〈送孟東野序〉中曾言：

「大凡物不得其平則鳴。草木之無聲，風撓之鳴；水之無聲，風蕩之鳴，其躍也或激之，其趨也或梗之，其沸也或炙之；金石之無聲，或擊之鳴。人之於言也亦然，有不得已而後言，其歌也有思，其哭也有懷。」希望大家都能提起筆來，用書寫鐫刻生命的丰姿，天地的精彩！

臺東大學通識教育中心主任暨人文學院院長

寫於2009年立夏

目　次

第一章

總論

第一節　詩與非詩

經過後現代超前衛觀念洗禮的人，習慣把「去中心」、「泯除界域」和「消解大敘述」等口號掛在嘴邊，動輒顯現一副新虛無主義的樣子。這樣牽連過來所有學科／文類的劃分區別，也就成了徒然、甚或是一項不識趣的舉動！而原來極為可貴的「一種特殊的審美對象」的詩（周慶華，2008a：146～148），遇到這種解構威脅，想要標榜它來跟非詩對列，恐怕也處境顛危而要惶惑瘖啞以對了。

但情況又不能這般「任其發展」！因為凡是要解構別人的言論都得先保障自己不被解構的權利，以至「去中心」、「泯除界域」和「消解大敘述」等喧嚷也就形同假相；權力意志的介入和約定俗成的律則等總會在當中確保話語的存在（周慶華，2009：36～42），而使得任何一種反抗論述的穿透動能失去效力。

所謂「詩」和「非詩」對列的邊界尋跡，自然就通過上述的「險巇」考驗而可能了。因此，有人要再盡情的說「詩是在理性之前所作的夢」〔艾克曼（D.Ackerman），2004：287 引切瓦語〕或「詩就是一個靈魂為一種形式舉行的落成禮」〔巴舍拉（G.Bachelard），2003：41 引尤夫語〕或「詩就像是一座愛的發電廠」〔派佛（M.Pipher），2008：246 引亞何語〕，就全憑自由而可以轉由我們予以附和或試為證成。而從現有的經驗來看，詩的「習造」獨特性已經有人在掀揭規模了：

> 跟《愛麗絲夢遊奇境記》中的白皇后一樣，詩人在早餐之前可以相信六件不可能的事為可能的。下面是我所開列的詩使其成為可能的各種學理上的不可能：（一）字面不可能；（二）非我存在的不可能；（三）做前所未有事的不可能；（四）改變不可改變事物的不可能；（五）等同對立雙方的不可能；（六）完全翻譯的不可能。詩運用包括譬喻和想像的聯想跳躍在內的許多手段，使這些不可能成為可能。〔戴維斯（原名未詳）等編，1992：284〕

具體的例證，分別如「歐文動人的一戰時的詩歌〈奇異的會見〉為字面不可能提供了一個具體例子。詩人在『深而昏暗的地道下』見到了他所殺死的敵人並相互交談。從字面上來看這是完全不可能的，但在夢境或幻覺中卻會成為千真萬確的事」、「人們在詩以及其他文學創作形式中常把自我同化於某些非我（如狄金蓀常用某位死者的聲音講話：『我死了，一隻蒼蠅嗡嗡叫』）」、「夢想、幻覺和想像乃是詩人創作的一些最有力的動機。詩人常常不加思索地把習以為常和熟諳的世界拋在一邊。丁尼生勛爵 1842 年的青年之作〈羅克司烈大廳〉就是這樣的一個例子」、「如果你覺得自己身處絕境，那麼努力想像會使你絕處逢生。在歐威爾的小說《1984》中，犯人被關在可怕的『101 號房』，禁受各種各樣的恐怖和威脅，試圖給他們洗腦，使他們熱愛『老大哥』。在我的詩〈不！老大哥 1984：練習〉中，對於蟲子的一種瘋狂恐懼被克服了，『老大哥』實施控制的環境失去了效用」、「對於詩人們來說，悖論和自相矛盾乃是生命的正當情形。在羅特克的歌謠〈清醒〉中，詩人把一系列看起來對立的東西等同起來了：醒和睡、思想和感覺、消失和持久、動搖和穩定」、「在上述諸種學理上的不可能和詩歌中存在的少數幾個真正的不可能之間，完全翻譯的問題可以成為一座過渡的橋樑（也就是由『再創作』來克服完全翻譯的不可能難題）」（同上，284、286、288、289、290）。詩這種可以使不可能的事物成為可能的殊異色彩，就跟「無法如此」的非詩截然的區分開來。

其實，詩所要區別的還不止泛泛的「非詩」，它更要區別在非詩裡頭可能「近於詩」的作品。近於詩的作品，可以有非詩的成分，也可以有詩的成分，但終究因為它的「居間」性而不便讓它混淆於詩。這以光譜儀來表示，一端明顯是詩而另一端明顯是非詩，中間模糊地帶就是該一可以「相近於兩端而終不似」的作品：

非詩　　　　介於詩／非詩之間　　　　詩

這介於詩／非詩之間的作品，範圍最廣，幾乎可以包括散文、小說、戲劇和夾議夾敘式的說理文等。而同樣採光譜儀標示而落實在具體的作品上，詩和非詩以及介於詩／非詩之間等三者的關係，就有「同質異式」的例子可以印證．

非詩	介於詩／非詩之間	詩
懦弱的人在面對別人的欺壓時，不是沒有能耐反彈而甘願受辱，就是別為尋求補償以便得到心理的平衡。（周慶華，2004a：96）	（魯迅《阿Q正傳》裡的主角阿Q）在形式上打敗了，被人揪住黃辮子，在壁上碰了四五個響頭，閒人這才心滿意足的走了。阿Q站了一刻，心裡想：「我總算被兒子打了，現在的世界真不像樣……」於是也心滿意足的得勝的走了。（楊澤編，1996：80）	（夏宇〈甜蜜的復仇〉）把你的影子加點鹽／醃起來／風乾／／老的時候／下酒（張默等編，1995：1112）

同樣關係一個「精神勝利法」的課題，左邊項為直說，右邊項以意象比喻和象徵，而中間項則以事件象徵，彼此「各稱其職」而互不相侔。只是中間項可以彈性容受，或跨向詩，或跨向非詩，而以「近於」的特徵在兩端之間游移。如：

> 李龍第重回到傾瀉著豪雨的街道來，天空彷彿決裂的堤奔騰出萬鈞的水量落在這個城市……李龍第看見此時的人們爭先恐後地攀上架設的梯子爬到屋頂上，以無比自私和粗野的動作排擠和踐踏著別人……他暗自感傷著：在這個自然界，死亡一事是最不足道的；人類的痛楚於這冷酷的自然界何所傷害？面對這不能抗力的自然的破壞，人類自己堅信與依恃的價值如何恆在？他慶幸自己在往日所建立的曖昧的信念現在卻能夠具體地幫助他面對可怕的侵掠而不畏懼……人的存在便是在現在中自己與環境的關係。（七等生，2003：176～178）

> 女孩咬著枕頭，彷彿要證明，她能扯碎纖維或肉類的嘴，一樣能撕裂誘惑，然後她憤然大吼：「這太荒謬了！有人說我

> 展顏微笑宛如蝴蝶振翅，然後我就得到聖地牙哥去！」「別傻啦！」她母親爆炸了。「現在你的微笑像蝴蝶，可是到了明天，你的乳房就會像兩隻唧唧咕咕的鴿子，乳頭是兩顆鮮嫩多汁的野莓，舌頭是眾神溫暖的地毯，臀部是迎風的船帆，而燃燒在你兩腿之間的，是烈焰炙熱的熔爐，倨傲勃起的傳種金屬，在其中得以鍛鑄焠鍊。現在，晚安！」〔斯卡迷達（A.Skármeta），2001：77〕

前則在敘事中所嵌進的「在這個自然界，死亡一事是最不足道的」、「人的存在便是在現在中自己與環境的關係」等存在主義式的議論，就有要向非詩端靠近的傾向；而後則在敘事中所取譬的「蝴蝶」、「鴿子」、「野莓」、「地毯」、「船帆」、「熔爐」、「傳種金屬」等意象，則又緊相對詩端招手，使得一個「模糊地帶」真的就這樣不定性的模糊起來（如果詩和非詩中也摻雜對方的成分或模擬中間項的情況，那麼它們就會逸離自己的位置而向此一模糊地帶靠攏）。

我們通常所認可的詩，就得像這樣排除敘事、說理等成分而僅以意象來比喻或象徵，將所要表達的情意高度的凝鍊濃縮。這樣敘事性作品裡縱使也會有意象，但它所重在事件的安排鋪陳，意象只是旁襯而不如在詩中為主調；至於說理性作品既以說理行文，偶爾可能藉點意象但也同樣無緣晉身為詩（更何況它根本不藉意象時，連「嘗試過渡」的影子都沒有）。這是緣所有文類／學科必要分類以為認知的前提而來的設定，權力意志（可以兼及文化理想）為它終極的制約力；此外，就無從再卯上所謂的客觀性或絕對性一類的形上意涵。（周慶華，2004a；2006；2009）

雖然如此，以意象間接表達情意而撐起詩的「一片天」本身，還是有心理審美和生命解脫等特殊考慮，而使得有關詩質的設定不同於「泛泛之流」。這是文人殫精竭思所摶成的，它最基本的形式是以「外在之象（事物）」來表達「內在之意（情意）」；而為了整體的審美效果，文人還會將它作一有效的組織而使它同時具備音樂性；倘若還有需求（如為著繪畫效果或基進創新），那麼就會再額外附加或變形伸展詞語和組構的新表方式，以至一個專屬於詩的思維模式就這樣「排它自得」了：

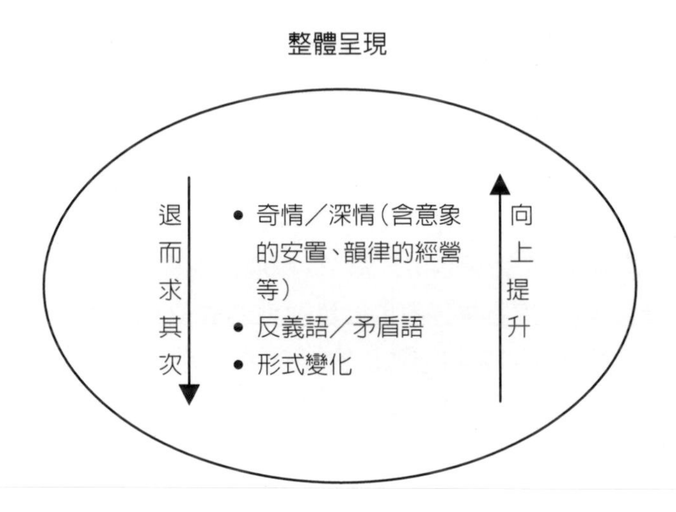

（周慶華，2004b：94）

這全為心理審美而設（供人玩味而從中獲得樂趣），也是詩作為一種文類（或領銜代表「文學」這個學科）所能區別於其他文類的特徵所在。但再深一層來看，詩的意象化特性卻不止為產生心理審美一項功能而已；它的藉以克服「言不盡意」的困擾和可逃離惱人問題的糾纏等生命解脫的效應，則又看似隱藏而實則隨時都會浮現出來。

所謂藉以克服「言不盡意」的困擾，這是起於語言多有「不盡達意」而又必須表出時的一種策略運作：

> 語言屬於抽象的符號，難以表達具體的情意，這就是它的侷限所在。《易繫辭傳》說：「書不盡言，言不盡意。」陸機〈文賦〉說：「恆患意不稱物，文不逮意。」劉勰《文心雕龍‧神思》說：「夫神思方運，萬塗競萌，規矩虛位，刻鏤無形。登山則情滿於山，觀海則意溢於海，我才之多少，將與風雨而並驅矣。方其搦翰，氣倍辭前；暨乎篇成，半折心始。何則？意翻空而易奇，言徵實而難巧也。」面對這種困境，作者不是像劉勰（該書接著）所說「至於思表纖旨，文外曲致，言所不追，筆固知止」那樣自動擱筆，就是像《易繫辭傳》所說「聖人立象以盡（概略的意思）意，設卦以盡情偽，繫辭焉以盡其言」那樣勉為設言。而比興的運用（比是比喻，興是象徵，二者為意象的主要呈現方式），就是基於後者而藉以「解決」言不盡意的難題。因此，當直敘繁說仍不能盡意時，使用比興就能「掩飾」困窘，並且可以繼續保有想要盡意的「企圖」。（周慶華，2000：174）

這在詩中因為全部意象化而更容易「混合」或「強為寄存」。而所謂可逃離惱人問題的糾纏，則是另有不逮或有所規避時，藉助意象來「應付了事」以為脫困而著成典範的。好比宗教中人也偶爾要藉意象來「自我逃避」一樣：「宗教人採用意象，因為無法『直接』說出他想要說的，而意象容許他逃避『既成的』實在界。但他討厭把某種明確的實在界劃歸意象本身。事實上，宗教心靈創造了意象，同時又對這些意象保持一種『打破偶像的』態度。它今日斥為偶像者，正是它昨日奉為聖像者。黑格爾雖然把一切宗教符號貶抑到表象的層次，但卻清楚覺察當中有一種否定的驅力，使宗教反對它自己的意象」〔杜普瑞（L.Duprée），1996：160〕。宗教的意象性語言弔詭的自我「宣示」所謂實在界或終極真理的不在場；同樣的，詩的意象性語言也等於不敢保證相關旨意的表達可以成功。因此，「自我逃避」也就成了一種戲玩意象的修飾詞，它終究要跟生命解脫的課題聯結在一起。（周慶華，2007：125）此外，明知可以達意卻刻意避開（丟下意象走人）以為逃脫他人的追問或逼仄，這就更深戲玩意象而可以併陳為生命解脫的形式。

顯然詩的意象化在審美經驗中必要獨標一類，這背後是有「辛苦經營」過程的。換句話說，即使詩的存在也跟其他文類／學科的存在一樣沒有什麼先驗性（儘由權力意志所終極促動左右），但它的「位階」明顯已經授權文人階層所賦予而進駐文化的精緻面領域；而這跟泛泛的語言成品或其他非詩的作品自然就要在有無「刻意摶造」或「別為鍾情」上拉開距離。

第二節　從抒情到創新世界

詩的這種獨樹一幟的心理審美和生命解脫風格，在「跨域升沉」中還會有一些系統內的變數。也就是說，同樣是詩，表現看似沒有什麼不同了，其實它們仍會緣於文化背景的差異而各有偏向；而這一偏向所徵候的是相異文化背景中人的心理審美和生命解脫不能不有內在的質差，以至總詩觀為一而內質取向則有偏強／偏弱或偏外／偏內的分別。試看下列兩首詩：

黃鶴樓 崔顥

昔人已乘黃鶴去
此地空餘黃鶴樓
黃鶴一去不復返
白雲千載空悠悠
晴川歷歷漢陽樹
芳草萋萋鸚鵡洲
日暮鄉關何處是
煙波江上使人愁
（清聖祖敕編，1974：1329）

十四行詩（二） 莎士比亞（Shakespeare）

四十個冬天將圍攻你的額角，
將在你美的田地裡挖淺溝深渠，
你青春的錦袍，如今教多少人傾倒，
將變成一堆破爛，值一片空虛。
那時候有人會問：「你的美質——
你少壯時代的寶貝，如今在何方？」
回答是：在你那雙深陷的眼睛裡，
只有貪慾的恥辱，浪費的讚賞。
要是你回答說：「我這美麗的小孩
將會完成我，我老了可以交賬——」

從而讓後代把美繼承下來，
那你就活用了美，該大受頌揚！
你老了，你的美應當恢復青春，
你的血一度冷了，該再度沸騰。
（方平等譯，2000：216）

前一首被譽為唐代七言律詩的壓卷之作（嚴羽，1983：452）且連詩仙李白都嘆服不已（楊慎，1983：1003），但也僅止於「斂形」式的描景寫情寓事寄意罷了（重點在情意；景事則為寫寄象徵所選用的意象）。後一首則顯得聯想翩翩（光前四句就遍採隱喻、換喻、借喻和諷喻等比喻技巧），儼然一副奔放自如且「主導權在我」的樣子。這種「抒式」有別而不便混同看待，就是所謂主要的系統內的變數。

系統內的變數，嚴格的說無法只從表出形式去理解它的「所以然」，而得另外尋索或許才有可能深契。而這依東西方詩學傳統所顯現的差別來勘察，則約略可以知道：西方人所信守的創造觀這種世界觀，預設著天國和塵世兩個世界，不啻提供了他們可以「遙想」或「揣測」的廣大空間，以至發展出了極盡馳騁想像力式的文學傳統；而東方的中國人所信守的氣化觀這種世界觀和印度佛教徒所信守的緣起觀這種世界觀，則分別預設著精氣化生流轉的單一世界和另有超脫趨入的絕對寂靜的佛境界（僅為生沒有生的感覺／死沒有死的感覺的解脫狀態；截然不同於創造觀型文化中的天國），而少了可以遙想或揣測的廣大的空間，以至儘往內感外應和逆緣起解脫的途徑去形塑各自的文學傳統。（周慶華，2008a：157～161）當中緣起觀型文化這一系但以文學為筌蹄，不事雕飾華蔚，比較「乏善可陳」；剩下氣化觀型文化一系自鑄異貌，而足可跟前者在思維上對比逞能。

依照西方人的說法，詩的思維是一種非邏輯的思維；它以近於野蠻人的「創思」，大量運用隱喻、換喻、借喻和諷喻等技巧來傳達情意。〔列維－布留爾（L.Lévy-Brühl），2001；李維－史特勞斯（C.Lévi-Strauss），1998〕這就跟我們所見的馳騁想像力的現象相一致，而可以解釋西方古來流派創新不斷的根本原因（也就是競相馳騁想像力就會有「進路」不一而迭出異采）。反觀中國傳統因為「視域拘限」而一逕往吐屬盡關現境（靈界和現實界所共在）的途徑伸展，導至「藉物喻志」專擅於象徵的方式始終如一，並不像前者那樣形式一波翻新又一波而充分顯現出「取譬成性」的特色。

彼此都在規模詩的樣態，一長於比喻；一長於象徵，使得詩的國度不再是「一副面貌」可以形容盡。前者（指長於比喻），西方人習慣「獨佔」式的說那是緣於詩性思維的需求〔維柯（G.Vico），1997；懷特（H.White），2003〕，它以各種比喻手段來創新事物，從而找到寄寓化解人／神衝突的方式（也就是試圖藉由詩創作來昇華人性終而解決人不能成為神的困窘的「化解」跟神性衝突的一種作法）。如「無色的綠思想喧鬧地睡覺」、「她拳頭般的臉緊握在圓形的痛苦上死去」和「時間的熾熱一直持續到睡眠為止」等等，這些讓語言學家和哲學家無法捉摸語義的「非正常」的句子〔查普曼（R.Chapman），1989：1～2；安傑利斯（P.A.Angeles），2001：59〕，卻成功的隱喻創新了一個有關「茂長的思緒」、「死亡的絢美」和「無止盡的煩躁」等感性的世界。像這種情況，所締造的勢必是一波又一波的創新風潮。它從前現代寫實性的詩奠定了「模象」的基礎，再經過現代新寫實性的詩轉而開啟了「造象」的道路，然後又躍進到後現代解構性的詩和網路時代的多向詩展衍出「語言遊戲」和「超鏈結」的新天地，這中間都看不出會有「停滯發展」的可能性；而西方人在這裡得到的已經不僅是審美創造上的快悅，它還有涉及脫困的倫理抉擇方面的滿足，直接或間接體現作為一個受造者所能極盡「回應」造物主美意的本事。（周慶華，2007：15～16）

至於後者（指長於象徵），則可以歸結為情志思維為「隱微見意」所造成的。而所謂情志思維，是指純為抒發情志（情性或性靈）的思維，它的目的不在馳騁想像力而在儘可能的「感物應事」。因此，相對於詩性思維，情志思維很明顯就少了那麼一點野蠻／強創造的氣勢；它幾乎都從人有內感外應的需求去找著「詩的出路」。而這無慮是氣化觀底下以為回應所專屬的「綰結人情和諧和自然」的文化特色使然（因為氣化成人，大家如「氣」聚般的糾結在一起，必須分親疏遠近才能過有秩序的生活，以至專門致力於經營良好的人際關係或無意世路以為逆向保有人我實存的自在，也就「勢所必趨」，並且也因此而有別於西方社會那種神／人能否契合的恆久性關懷；而同樣都是氣化，萬物一體，當然就不會像有受造意識的西方人那樣為達媲美神的目的而窮於戡天役物）。（周慶華，2007：16～17）

它本是自足的，但因為近百年來敵不過西詩外來的衝擊，所以就逐漸「退藏於密」而不再發揮影響力。這麼一來，世人也快淡忘了曾經還有一種異質詩的存在（詳後）。

由於情志思維不像詩性思維那樣衍化出多波新變的詩潮，所以相關的藝術形式就會約束在一個「為情造詩」的高度自制的有限的美感範疇裡。換句話說，它僅以有「情志」才鋪藻成篇（雖然有時也不免要「為詩造情」一番），在取向上就不是詩性思維式的可以「窮為想像」。有人觀察到中西方（寫實性）的抒情詩所具體呈現的思維各有主流／支流的不同：

> 合唱歌詞在希臘悲劇中並沒有居於主要地位，並沒有像中國抒情詩在元明戲劇中那麼獨佔鰲頭；中國每一部元明戲劇幾乎是幾千幾百首名詩組織起來的。荷馬式的頌詞或警句並沒有布滿了整篇史詩；反觀中國抒情詩，在傳統小說中它幾乎到處都是。有一點很有趣，那就是希臘哲學和批評精神把全副精力都貫注在史詩和悲劇上，以至亞里斯多德在他的《詩學》第一章第六、七節裡說用抑揚格、輓歌體或其相等音步寫成的抒情詩「直到目前還沒有名字」……所以當希臘人一討論文學創作，他們的重點就銳不可當的壓在故事的布局、結構、劇情和角色的塑造上。兩相對照，中國的作法很不同。中國古代對文學創作的批評和對美學的關注完全拿抒情詩為主要對象。他們注意的是詩的本質、情感的流露以及私下或公眾場合的自我傾吐。（陳世驤，1975：35）

但西方抒情詩在該文學傳統中的「別調」現象，卻不是我們所能想像的已經可以等同於情志思維的「異地並現」；它的「激情」演出以及「衝突／矛盾」的情節安排等僅「差一級次」的奔迸暴露的表現，還是詩性思維式的。所謂「（抒情詩）可以有相互對照的主題，也允許詩人的態度發生變化、甚至達到自我矛盾的程度。儘管如此，它還是以激情而不是以理智為主要特點」，而「在抒情詩人的眼中，生活不是由彼此關聯而且已有定評的經驗構成，而是由一系列強烈感覺的瞬間所組成。因此，抒情詩人在創作時傾向於使用第一人稱和鮮明生動的意象，並熱中於描述具有地方色彩的生活；而對傳授系統的知識、講述奇聞軼事以及表現抽象的思想等等卻不大感興趣」〔福勒（R.Fowler），1987：154～155〕，正道出了當中跟史詩「分工合作」的狀況（按：史詩在西方被歸於敘事性作品範圍；它以詩體敘事，相當逼近光譜上詩端），實在很難拿它來比配中國傳統抒情詩的「始終一貫」的內斂含蓄的審美特徵。（周慶華，2008b：201～202）

在這種情況下，詩的抒情功能，就有一支再跨向兼有凌空能動作用的創新世界上，使得詩從非詩的對立面躍出後又「自我流露」不能小覷的特殊標誌。這個標誌，以「從抒情到創新世界」在詩端再自成一道前進式的光譜：

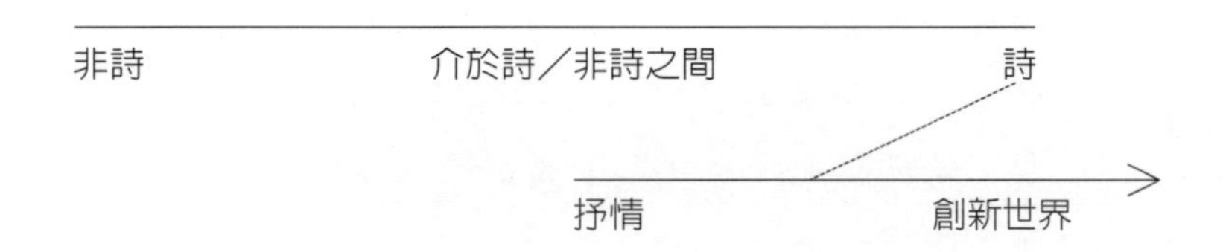

這一道前進式的光譜，不再有兩端相對立的現象（因為在這上面的都是詩）；它只有越向右越夾帶創新世界的成分。而這能夾帶創新世界成分的詩作表現，就是創造觀型文化所蘊蓄或支持的；氣化觀型文化終究要在左端繼續守著感物應事的抒情風格（而讓創造觀型文化去無止盡的開啟別樣另須的昇華人性的抒情風格且向創新世界端邁進）。彼此的這種質距，不妨透過下列兩首詩來說明：

迴旋曲　余光中

琴聲疎疎，注不盈清冷的下午
雨中，我向你游泳

我是垂死的泳者，曳著長髮
　　向你游泳

音樂斷時，悲鬱不斷如藕絲
立你在雨中，立你在波上
倒影翩翩，成一朵白蓮
　　在水中央

在水中央，在水中央，我是負傷
的泳者，只為採一朵蓮
一朵蓮影，泅一整個夏天
　　仍在池上

……

我已溺斃，我已溺斃，我已忘記
自己是水鬼，忘記你
是一朵水神，這只是秋
　　蓮已凋盡
（余光中，2007：160～162）

女人的身體　聶魯達（P.Neruda）

女人的身體，白色的山丘，白色的大腿
你像一個世界，棄降般的躺著。
我粗獷的農夫的肉身掘入你，
並製造出從地底深處躍出的孩子。

……

為了拯救我自己，我鍛鑄你成武器，
如我弓上之箭，彈弓上的石頭。

但復仇的時刻降臨，而我愛你。
皮膚的身體，苔蘚的身體，渴望與豐厚乳汁的身體。
喔，胸部的高腳杯！喔，失神的雙眼！
喔，恥骨邊的玫瑰！喔，你的聲音，緩慢而哀傷！

我的女人的身體，我將執迷於你的優雅。
我的渴求，我無止盡的欲望，我不定的去向！
黑色的河床上流動著永恆的渴求，
隨後是疲倦，與無限的痛。
（聶魯達，1999：16～17）

前一首白話新詩為此地詩人仿西方自由詩寫成的，僅以白蓮／泳者和水神／水鬼兩組意象的對列來象徵一場情愛不成的遺憾；這除了形式和西方自由詩類似，整體上還是傳統那一觸景生情／睹物思人的遺緒（並沒有創新什麼）。後一首為西方道地的自由詩，意象彩麗紛繁，將詩人所鍾愛的女子妝飾到難以復加；當中所借為隱喻該女子身體的「白色的山丘」、「苔蘚的身體」、「胸部的高腳杯」、「恥骨邊的玫瑰」等構詞，則不啻有意要創新一個引人迷戀的女子的形象。可見詩固然都在抒情，但所表出方式卻有跨域上的位差，直把詩的可能樣貌實在的拉出一道（前進式的）光譜來。

■ 第三節 新詩的光譜 ■

從獨樹一幟的心理審美和生命解脫到跨域升沉中所顯現的純抒情和兼創新世界的差異，詩的國度已經「大可量度」了。只不過那一道前進式的光譜繼續在延伸，而跨域上的位差也在凌駕／妥協的機制啟動後開始模糊化，導至前面相關的知解設定還不足以盛稱「了無餘韻」。換句話說，詩越往後發展就越見新裁競出和不同文化中人的影響焦慮所造成的美感傾斜等，都得再闢蹊徑來「光照引行」，以為繼起者知所殷鑑取則。

前節說過，中國傳統的氣化觀型文化和西方的創造觀型文化中的詩表現有質差，彼此很難在未經刻意學習下而相互過渡。但這一平衡局面從近代以來西方的創造觀型文化一支獨大且橫掃全世界，就很快的被打破了。原先那一內斂含蓄的情志思維逐漸退場，而時興向奔迸暴露的詩性思維取經，整個詩的體製從格律化轉成白話新詩。而這白話新詩，相對於傳統格律詩來說，最明顯不同的是形式的自由化。它仿自西方的自由詩體（西方的一些格律詩如史詩體、亞歷山大體、十四行詩等，也被國人仿效過，但成績有限）（葛寧賢等，1976）而由二十世紀初一些文人所主意實踐提倡的（如胡適、周作人、康白情、沈尹默、傅斯年、周無、俞平伯、劉半農、陳獨秀、郁達夫、左舜生等，都有過白話新詩的創作，也極力參與「鼓吹」的行列）（朱自清編選，1990；鄭振鐸編選，1990）。雖然有部分人後來否定自己所作的白話新詩而再度寫起傳統文言格律詩（如周作人、沈尹默、俞平伯、劉半農、陳獨秀、郁達夫、左舜生等）（徐訏，1991：45），但都無妨於它已經形成一股風潮，逐漸地「取代」了傳統詩的地位。至今仍然是白話新詩的天下，傳統詩幾乎是走到臨界點了。（周慶華，1999：200～201；2008a：211～215）

當初提倡白話新詩的人，有他們特定的見解，如「新詩所以別於舊詩而言。舊詩大體遵格律，拘音韻，講雕琢，尚高雅。新詩反之，自由成章而沒有一定的格律，切自然的音節而不必拘音韻，貴質樸而不講雕琢，以白話入行而不尚典雅。新詩破除一切桎梏人性的陳套，只求其無悖詩的精神罷了」（胡適編選，1990：324）、「形式上的束縛，使精神不能自由發展，使良好的內容不能充分表現。倘若想有一種新內容和新精神，不能不先打破那些束縛精神的枷鎖鐐銬。因此，中國近年的新詩運動可算得是一種『詩體的大解放』。因為有了這一層詩體的解放，所以豐富的材料、精密的觀察、高深的理想、複雜的情感等才能跑到詩裡去。五七言八句的律詩絕不能容豐富的材料，二十八字的絕句絕不能寫精密的觀察，長短一定的七言五言絕不能委婉達出高深的理想和複雜的感情」（同上，295）等，這都認為白話新詩形式自由、明白曉暢，比傳統詩更能表達人的思想情感。大體上，早期「實驗性」的作品泰半都符合這種觀念，但越向後就越不盡然了。（周慶華，1999：201）不僅現代派中有超現實主義一體專寫人的內心世界而使得詩作極為晦澀難解，還有後現代派中眾多後設體、諧擬體、博議體、符號遊戲體、新圖像體等試圖挑戰從前現代派到現代派的詩作而造成人和詩的疏離。（孟樊，1995；2003）這些「別有取則」從西方傳入後一渲染開來，風靡人心的程度並不下於早期那些寫實詩，而它已經不是過去的文人們所能追躡想像。雖然這整體表現仍是「形似」而「神異」（詳見前節），但約略上詩的抒情表式早已趨向單一化了。這自然是要把它當作一個警訊看待而亟思有所回歸「多元詩路」的世界，只是基於學術論辯的理由，還是得先將這一變故後所接軌的西方自由詩的狀況作一些條理，以便後續的議題討論有地方掛搭。

這如果用前節所述詩端的光譜儀來發論，那麼就可以說那一「前進端」的都是創造觀型文化中的詩表現所一路蕃衍成的；它從前現代寫實性的模象詩演變到現代新寫實性的造象詩，再到後現代解構性的語言遊戲詩和網路時代多向性的超鏈結詩：

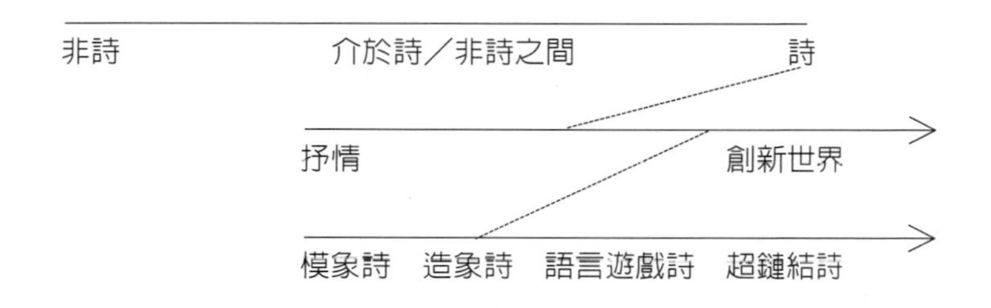

自從國人轉向西方取經後，這一道學派創新競奇的光譜也就成了白話新詩的光譜（儘管它的想像力還是難以大為開啟而使得相關的試驗性詩作看來無不「小人一號」)，從此在形式上沒有了自家面目。

就為著這一遠離傳統的表出方式，我們還要研究它和引為創作新典範，考慮的顯然不是它可以給我們增加榮光（對西方人來說不會肯定仿效他們的創作而給予什麼崇隆的獎賞；而對國人來說也無從藉由這種喪失自家面目的表現來沾沾自喜)，而是究竟我們還有多少耐性來禁受尾隨別人而不確定未來的考驗，以及能否因此從中領悟希境而重新殺出重圍的信心和識見問題。換句話說，探討新詩的光譜既然不為它本身可以「超越西方」，那麼所圖的就僅僅是在一番廣為認知後的「冀有對策」以使新生能了。

詩在西方，早就將它連到「神賜靈氣」而展開非比尋常之旅：「值得注意的是希臘人自己賦予了『附身』更為寬廣的延伸解釋。藉著它，他們了解了靈感的所有現象，特別是有關寫詩的靈感。就文學的觀點，詩人最初在他作品的開端以詩來喚醒繆思時，必然已經了解，必須吟唱的是繆思女神，而不是詩人自己……詩人深信他無所創造而是另一者，繆思，藉由詩人的手來創造……這般的觀念……只能被解釋為承認了有創造力的藝術家的自發活動，跟他的作品之間並無任何關聯，而他最完美的產出則是藉著神助才能獲致」〔羅森堡（H.Rosenberg），1997：97～98〕，這所關聯的是爾後（基督教興起後收編古希臘的眾神信仰為單一神信仰）天國／塵世兩個世界對立所帶給詩人的無止盡遙想（在根本上西方人仍可以宣稱那也是緣於造物主的啟示）。相對的，轉到此地的仿效後，因不明究裡或內質難變而欲契無由就不再有類似的經歷，以至處處顯得拘謹小巧（內感外應慣了的必然表露）。且看底下這一由前現代寫實性的模象詩到現代新寫實性的造象詩和後現代解構性的語言遊戲詩（按：網路時代多向性的超鏈結詩但於網路上見奇，不便在紙面上舉實）的寫作光譜：

月光曲　紀弦

升起於鍵盤上的
月亮，做了暗室裡的
燈。

（白靈主編，2003：25）

鼓聲　碧果

（碧果，1988：163）

沉默　林群盛

```
1φ   CLS
2φ   GOTO   1φ
3φ   END
     RUN
```

（張漢良編，1988：88）

這就表面現象來說，固然可以理解為「在紀弦的〈月光曲〉裡，所隱喻月亮的『燈』這個意象是語言，寫實性十足；到了碧果的〈鼓聲〉，意象變成了圖像〔由圓黑點來象徵人無妨對鼓聲的幾何新美感（鼓聲原為『爆裂』狀，現在改以幾何中最美的『圓形』列序，則無異在誘引讀者重蘊審美感興）〕，則新寫實性味濃；再到林群盛的〈沉默〉，意象則全部符號化了，儼然是語言遊戲的極端表現。可以說越往後越見轉異系統（指文學內部的異系統）為己系統以為『開新』的憑藉，終而也有了傳統所『不及』的偌多成就」（周慶華，2008a：157），但實際上它們都精鍊雅致有餘，而噴薄曠放不足。

別的不說，就以前現代寫實性的模象詩中愛情類的表現為例，西方人可以這般張揚迷狂的「極盡逞藝」：

我植物般的愛情會不斷生長，
比帝國還要遼闊，還要緩慢；
我會用一百年的時間讚美
你的眼睛，凝視你的額眉；
花兩百年愛慕你的每個乳房，
三萬年才讚賞完其他的地方；
每個部位至少花上一個世代，
在最後一世代才把你的心秀出來。
因為，小姐，你值得這樣的禮遇，
我也不願用更低的格調愛你。
（陳黎等譯著，2005：93 引馬維爾〈致羞怯的情人〉）

我將愛你，親親，我將愛你
直到中國和非洲相連
河流跳躍過山
鮭魚在街上唱歌。
我將愛你直到大洋
摺疊起來掛著晾乾
七星咯咯大叫
如飛在空中的雁鴨。
〔史蒂芬斯（A.Stevens），2006：193～194 引奧登〈我走出的一夕〉〕

我最親愛的小露我愛你
我親愛的心悸的小星我愛你

美妙地彈性胴體我愛你
外陰緊似榛子夾我愛你
左乳如此粉紅如此咄咄逼人我愛你
右乳如此溫情的粉紅我愛你
……
小陰唇因你頻繁接觸而肥厚我愛你
臀部正好往後閃出完美的靈活我愛你
肚臍像陰暗的空心月我愛你
體毛像冬日森林我愛你
多毛的腋窩如新生天鵝我愛你
肩膀斜坡清純可愛我愛你
大腿線條美如古神殿的圓柱我愛你
秀髮浸過愛的血我愛你
腳靈巧的腳硬挺我愛你
騎士般的腰有勁的腰我愛你
身材不需緊身胸衣柔軟身材我愛你
完美的背部順從我我愛你
嘴我的可口啊我的仙蜜我愛你
獨一的秋波星星的秋波我愛你
雙手我愛慕其動作我愛你
鼻子非凡的高雅我愛你
扭擺的舞蹈的步伐我愛你
喔小露我愛你我愛你我愛你
（莫渝，2007：165～166 引阿波里奈爾〈我最親愛的小露〉）

像這類近於崇高或近於悲壯而讓人「兩相著魔」的情愛表現（被愛戀的人有如此繁複的麗美內蘊或外煥；而寫詩的人也有如此善於想像興感的造美手段），只有西方人擅長。反觀我們傳統中的人，就僅及「強忍思長」的階段：「蒹葭蒼蒼，白露為霜。所謂伊人，在水一方。溯洄從之，道阻且長。溯游從之，宛在水中央。蒹葭悽悽，白露未晞。所謂依人，在水之湄。溯洄從之，道阻且躋。溯游從之，宛在水中坻。蒹葭采采，白露未已。所謂伊人，在水之涘。溯洄從之，道阻且右。溯游從之，宛在水中沚」（孔穎達，1982：241～242）、「長相思，長相思。欲把相思說與誰？淺情人不知」（唐圭璋編，1973：255）。這是稟自氣化觀這種世界觀而體現為「含蓄宛轉」的獨特優美風格的結果，彼此幾乎沒有可以共量的地方。而即使演變到現在詩體已經全自由化了，別人那一馳騁想像力的本事還是「契入無門」（因為難以體驗該一文化所蘊涵的信仰精神和實踐動力）。（周慶華，2008a：163～164）換句話說，到了頗受西方文化浸染的當今社會，在愛情詩的創作上相關的「熱情」和「逞異」尺度也沒放寬多少（其他類型詩的創作相仿）。如黃惠真〈願〉「我願意／端坐於一件青瓷面前／與他隔著玻璃／守候／／守到自己化為一種土／可以讓巧匠製成另一件／青瓷／放在他旁邊」（向明主編，2006：113～114）、林煥彰〈想妳，等妳〉「我在一個地方，想妳／有水聲、鳥聲、風雨聲、有／鋼琴伴奏的聲音……／／等妳，我把一顆跳躍的心／收藏在針尖之上，日日夜夜／孤孤單單，的等妳」（統一夢公園編輯小組企畫，2003：113）、鴻鴻〈上邪〉「我的耳垂在你口中，我的唇舌在你乳房，我的手掌在你腋窩，我的性器沉落在你體內一個不可測的深處。而我自己從未見過的背影，在你眼睛的風景畫片之中……」（陳義芝主編・賞讀，2006：114～115）等，像這些都仍是「欲語還休」，並未能夠自我跨越過去（周慶華，2008a：214～215）；同時可以有的「高速聯想」的能事，似乎也缺乏方向啟動奔馳。

可見新詩的光譜雖然在「棄古趨新」後有要跟西方自由詩同步進展的趨勢，但因為「神異」已久而馴至「形似」終究成就有限（彼此都已成慣習，即使知道「道理」是這樣的人，也不見得在實踐上有辦法相跨越而真的「神似」起來）。這也使得談論這個課題的目的難免要遭受質疑。也就是說，既然一切仿效都「不見前景」了，那為什麼還要提它？這就碰觸到了「重點」！我們可以這樣想：正由於新詩創作這條路還頗多「晦暗」障蔽，所以才需要藉機把它掃除來看個究竟，並且進一步思索規模新徑的問題。

第四節　新詩寫作的方向

有關新詩的「來龍去脈」追究到這個地步，所要參與創作的接續的「價值抉擇」約略就有譜可按了。而倘若嫌「創作」一詞原為有神論所專用（意指比照上帝從空無中造成事物而來「使某些事物中產生一種原來沒有的新東西的行動」）〔布魯格（W.M.Burgger），1989：135～136〕而可能被收編「偏向一極」，那麼改稱較中性的「寫作」也無妨。

新詩的寫作，想在涉外發聲還欠「有效管道」的情況下出發，似乎也只有邊走邊計議了。因此，僅從「就事論事」的角度來談相關寫作的問題，那麼一種「低一級次」的交互的基進表現還是可以勉為藉機自我策勵一番。這裡姑且以夏宇一首題為〈閱讀〉的短詩為例：

閱讀

舌尖上
一隻蟹
（張默編，2007：5～6）

這乍看不難察覺它是用「蟹」的意象來隱喻人在閱讀時輕微「嘴動搔思」的情況；但再細微一點的看，這所讀的恐怕是外文書才有這種感覺（蟹的橫行又隱喻著外文的「蟹形兼橫寫」狀）。因此，類似這種想像力倘若要運用來創新閱讀中文書的意象，那麼它就可以變成這樣：

閱讀

舌尖上
一顆彈珠

由於中文備有獨特的聲調可以發揮抑揚頓挫「挈情」的效果（周慶華，2008b：154～155），所以在閱讀的感覺上有一顆彈珠在舌尖上彈跳。而這如果換作佛教禪宗式的閱讀，那麼它的「整體」形態可能是這樣的：

閱讀

舌尖上
一粒柚子

這是從禪宗的「言語道斷，心行處滅」的觀念（周慶華，1999：23～24）推出的。換句話說，禪宗的成佛前提在「不動一念」，而閱讀在那種情況下勢必是「以不閱讀為閱讀」，以至可以用柚子的「沉重」穩住而權為喻示一切都靜默了（況且柚子的外形還酷似僧人打坐時的樣子呢）。而不論如何，這種「聯想翩翩」的寫作向度已經不是自我傳統那一內感外應的審美感興所能比擬的（至於解離寫實的傳統那一部分如果也要開啟這類交互的基進表現，那麼受限於「體證」問題它的轉超越性將更難成形）；相關的寫作要站在那個立場「衝刺」，自然就得慎重評估。（周慶華，2008a：160～161）但不管怎樣，新詩寫作既然可以如上述「邊走邊計議」，那麼先依所從來的西式規範而更深廣化對它的認知，也就成了眼前要「姑且進取」的不二法門。

這總說是「新詩寫作的方向」的試為提點，細說則是該方向的具體化擇便。而這一擇便難免會因優先順序的考慮而暫且作一些「要項」的限定，以便有志於新詩寫作的同好隨機參鏡，以及一起來兼行探勘未來「更新」的道路。

依前面所理出的那一詩的思維模式（詳見第一節）來看，顯然它是特別適用或相應有前進式光譜的新詩的。這麼一來，所謂具體化的新詩寫作的方向，也就可以從中思議規模了。換句話說，詩的基本成分「能表」為意象和韻律，而「所表」為情意，這些都需要細究來圖繪理則；至於進一步涉及學派競奇的部分，從現代派以下因為有「製造差異」的特殊經驗，所以緊接著廣加索驥以為「知所前進」的途徑的憑藉，也就不言可喻了。

參考文獻

七等生（2003），《我愛黑眼珠》，臺北：遠景。
方平等譯（2000），《新莎士比亞全集第十二卷‧詩歌》，臺北：貓頭鷹。
巴舍拉著，龔卓軍等譯（2003），《空間詩學》，臺北：張老師。
孔穎達（1982），《毛詩正義》，十三經注疏本，臺北：藝文。
白靈主編（2003），《中國現代文學大系（貳）：詩卷（一）》，臺北：九歌。
布魯格著，項退結編譯（1989），《西洋哲學辭典》，臺北：華香園。
史蒂芬斯著，薛絢譯（2006），《大夢兩千年》，臺北：立緒。
向明主編（2006），《曖‧情詩：情趣小詩選》，臺北：聯經。
朱自清編選（1990），《中國新文學大系‧詩集》，臺北：業強。
艾克曼著，莊安祺譯（2004），《氣味、記憶與愛欲——艾克曼的大腦詩篇》，臺北：時報。
安傑利斯著，段德智等譯（2001），《哲學辭典》，臺北：貓頭鷹。
列維－布留爾著，丁由譯（2001），《原始思維》，臺北：商務。
余光中（2007），《蓮的聯想》，臺北：九歌。
杜普瑞著，傅佩榮譯（1996），《人的宗教向度》，臺北：幼獅。
李維－史特勞斯著，李幼蒸譯（1998），《野性的思維》，臺北：聯經。
孟樊（1995），《當代臺灣新詩理論》，臺北：揚智。
孟樊（2003），《臺灣後現代詩的理論與實際》，臺北：揚智。
周慶華（1999），《佛教與文學的系譜》，臺北：里仁。
周慶華（2000），《文苑馳走》，臺北：文史哲。
周慶華（2004a），《文學理論》，臺北：五南。
周慶華（2004b），《創造性寫作教學》，臺北：萬卷樓。
周慶華（2006），《語用符號學》，臺北：唐山。

周慶華（2007），《紅樓搖夢》，臺北：里仁。
周慶華（2008a），《從通識教育到語文教育》，臺北：秀威。
周慶華（2008b），《轉傳統為開新——另眼看待漢文化》，臺北：秀威。
周慶華（2009），《文學詮釋學》，臺北：里仁。
派佛著，閻蕙群譯（2008），《用你的筆，改變世界：如何寫出撼動人心的好文章？》，臺北：大是。
胡適編選（1990），《中國新文學大系・理論建設集》，臺北：業強。
查普曼著，王晶培審譯（1989），《語言學與文學》，臺北：結構群。
徐訏（1991），《現代中國文學過眼錄》，臺北：時報。
唐圭璋編（1973），《全宋詞》，臺北：文光。
莫渝（2007），《波光瀲灩：20世紀法國文學》，臺北：秀威。
陳黎等譯著（2005），《致羞怯的情人：400年英語情詩名作選》，臺北：九歌。
陳世驤（1975），《陳世驤文存》，臺北：志文。
陳義芝主編・賞讀（2006），《為了測量愛：當代情詩選》，臺北：聯合文學。
張默等編（1995），《新詩三百首》，臺北：九歌。
張默編（2007），《小詩，牀頭書》，臺北：爾雅。
張漢良編（1988），《七十六年詩選》，臺北：爾雅。
清聖祖敕編（1974），《全唐詩》，臺南：平平。
斯卡迷達著，張慧英譯（2001），《聶魯達的信差》，臺北：皇冠。
統一夢公園編輯小組企畫（2003），《愛情二十四節氣》，臺南：統一夢公園。
福勒著，袁德成譯（1987），成都：四川人民。
楊慎（1983），《升菴詩話》，續歷代詩話本，臺北：藝文。
楊澤編（1996），《魯迅小說集》，臺北：洪範。
碧果（1988），《碧果人生》，臺北：采風。
維柯著，朱光潛譯（1997），《新科學》，北京：商務。

鄭振鐸編選（1990），《中國新文學大系・文學論爭集》，臺北：業強。
戴維斯等編，馬曉光等譯（1992），《沒門》，北京：中國社會科學。
懷特著，陳永國等譯（2003），《後現代歷史敘事學》，北京：中國社會科學。
聶魯達著，李宗榮譯（1999），《二十首情詩與絕望的歌》，臺北：大田。
羅森堡著，陳香君譯（1997），《「新」的傳統》，臺北：遠流。
嚴羽（1983），《滄浪詩話》，歷代詩話本，臺北：藝文。

第二章

新詩意象的寫作

第一節　從詩景到詩境

我們藉由文字意象來觀照體會人生，詩可以穿透生命中簡單或紛雜的表象，從清新澄澈的小詩景到圓熟朗潤的詩境，其中也寄寓著現象世界的形上思維。詩歌意象可說是心物交融的產物，詩人對具體情境和生活細節的描繪，總是時空交錯並置，且雜揉著主觀的心理印象。詩人其實就是時空旅次的呢喃者，他們的生命短暫囈語卻得以長存。四月是艾略特荒原裡最殘酷的月份，這時節應是南國春日負暄，光影亮閃閃灑滿一地，雲樹飄絮晴絲裊裊，竟無從感受詩人心底的寒意，而太平洋明灩灩的波浪浩瀚無垠，又怎是陰風怒號的英倫三峽差可比擬？我們都是時空旅次中的孤獨行者，打從降生此時此地，有了屬於自己的家屋天地，也就有了寂寞的途程等在前頭，數不盡的出發與歸來，就在季節與星辰的流轉中，敷衍成片片日夢或記憶深藏其間的人世風景。然而，有些人不肯當時間的石人，寧願是空間的歌者，所以也就有了風的呢喃和雨的囈語，他們想用這斜斜的絲網罩住不經用的生命。但是，不管我們如何在冰涼的旅途中努力前行，就算人人都有千耳千眼，也無法聽見窺視世界的全貌，更不用說抓住幾個啟示的瞬間，在獨白中留下無聲的迴響。那麼，我們又該怎樣看待生命途程中的自我追尋？法國大文豪普魯斯特（M. Proust）在《追憶似水年華》中曾說：

> 真正的旅程只有一條，沐浴在青春之泉的方式也只有一種，不是探訪奇鄉異地，而是藉由別人的眼睛，透過另一雙眼睛來看這個世界——一百雙眼睛就有一百種天地。我們可跟隨畫家艾爾斯蒂爾（Elstir）的目光，依循作曲家凡德伊（Vinteuil）的眼神，只要跟著他們，我們真的可以展翅，在星空中翱翔。（轉引自鮑義，2000：19）

星空中的普魯斯特俯瞰人間睥睨一切，本屬於塵世肉慾的，卻又何其超凡脫俗，他乘著時間的翅膀，翩翩起舞於空間的舞臺，沉浸在記憶和慾望的想像之中，終於為我們描繪出真實動人的生命圖景。在他的筆下，那許多生命中的蛛巢小徑，往往與繁花似錦的回憶網路曲折相連，深刻且複雜地交織在一起，現實與虛幻、內在與外在、自我與他人以及心靈與肉體的種種糾葛纏繞，透過細膩舒緩的筆調，刻劃出芸芸眾生的喜樂悲苦。對普魯斯特來說，真正的星雲應該是爆裂開了的星球碎片，雖然深廣敻遼無限擴展，但仍舊是朦朧虛無可望不可及的，令人覺得這時空之旅一樣飄泊無依，不知如何把失去的東西都找回來，在抽象而疏離的現實情境中到達最終的永恆居處。

於此，小說家的人生觀照難免宿命蒼涼，但他的語言毋寧是縟麗細緻的，敘述抒情時顯得瑣碎卻又深沉，不斷衝擊著善感脆弱的心靈，提供我們對生存情境的一種詩意想像。生命終將如落葉般飄飛，所有的情愛最後勢必分離結束，旅程的盡頭或許都是令人失望的，個人的慾念註定永不得滿足。雖然如是，當無可名狀的悸動觸發了生命的玄思，我們或許可以仰望夜空中的星斗，在斑爛裡追憶起苔綠瓦紅的舊夢，不管是春暖秋涼抑或夏燠冬寒，只要雙瞳順著斗杓的方向滑落，心之危檣孤筏便能駛向遙遠而又明亮的銀河。常常想起那曾經走過的最遠的街燈，迷離飄忽的光暈照見許多落寞的身影，在時代的風雨聲中花鈿委地枯死，然則透過書寫的方式，我們可以於字裡行間尋回並安置，那些早已黯淡的昔往輝光，那些逸失的年少情懷。或許藉由寫作這種活動，我們可以打開一個平行的宇宙，有時候通過文字的書寫，我們能夠隨心所欲地驅遣運轉最深層的記憶，讓記憶的碎片凝聚在一起，就像普魯斯特會因為一塊小瑪德萊娜點心的味道，建構出《追憶似水年華》的時光巨廈。當我們逐漸意識到自我與周圍世界的存在，同時也體驗著精神上無端的迷惘和苦悶，「唯一真實的樂園，就是失去的樂園。唯一具有吸引力的世界，就是你無法進得去的世界。」其實，人一直是活在「失樂園」裡的，搦管為文攄舒情思，能以記憶來修補建構這「時光的大教堂」，書寫者從此能夠瞭解生命的本質和意義，作品也可以永遠挽留住逝去的美好時光，而寫作就是人在此世的最佳依憑。因此，透過對自我記憶的書寫，我們可以賦生命予形式、故事、或紀年，並且藉著寫作來了解我們的人生，一段段離散與放逐的終極旅程。

詩為什麼而存在？美國詩人 H. Crane（1899～1932）曾經如此自我表白："And so it was I entered the broken world/To trace this visionary company of love, its voice / An instant in the wind (I know not whither hurled) / But not for long to hold each desperate choice.”（於是我就這樣進入了破碎的世界／去追蹤這愛的幻想的伴侶，它的聲音／在風中的一瞬（我不知道擲向何方）／但沒多久又去抓住每一個絕望的選擇）。既然生存在此殘破不堪的世界，我們愛的幻想的伴侶難以追躡其蹤，我們又不得不把握每次契機，那麼詩就更應該是一種絕望的堅持，正如溺水的人會緊抱眼前的浮木一樣。雖然這位「最後的詩人」頗具自我摧殘的傾向，作品卻能展現出萬鈞之筆力，意象修辭直指「事物的中心」。如此英年早逝的才子，留下了不少生命的喟嘆，但又極為堅定地宣告他的文學信仰，詩歌就是他幻想的伴侶，以愛來維繫這個支離破碎的世界。歸根究底，詩就是這個愛的幻想伴侶，在那意義徹悟的目瞬間，情景交融且表裡如一，作家敘寫個人初起和繼起的印象，匯通為整全的美感經驗，表達出渾融無間的自然境界。常言道：「天地人間盡皆文章」，在日月星辰之下，於山川草木之間，我們所經歷過的浮世璀璨蕭瑟，與夫個人心境之悲歡苦樂，正是文學寫作的素材，而透過文學寫作的方式，或許我們能把往昔失落的情懷尋回安置。

路易士（C.D. Lewis）於《詩歌意象》（*The Poetic Image*）一書中宣稱說：「一個意象「是一張由文字所組成的照片」，甚且「一首詩本身就是一個由多重的形象所構成的意象。」（C D. Lewis，1984：18）一首好詩必然具備真切可感的意象，讓讀者於吟詠詩句時也能比物附情，保有生動深刻的印象。詩若非意象而為何？對此，路易士亦指出：「在所有的詩歌當中，意象是不變的事物，而且每一首詩自身就是一個意象。」（C D. Lewis，1984：17）詩人乃藉由文字意象修辭來對客體世界比興物色，使其眉間心上諸多主觀印象能與情景交融，傳達出詩人在主客合一時真正的體會與感受。

「意象語」（imagery）是「由高度畫感的詞語所激發的意象或心象」（mental pictures or images created by visually descriptive words），它可以說是抒情文學的第一構成要素，捨棄了它，一切的情感便無予以法客觀化、具象化，故文學作品表情達意之所以成功，端賴鮮明的意象語言，刻劃出栩栩如生的情境，引發讀者無盡的審美聯想。（黃仲珊、張陵馨編，1998：129）文學語言異於認知語言，在人類傳遞情意思想的過程中，自有其不同的功能和效果，詩歌意象常是一具體而特殊的詞語描繪，知識理念卻往往經由普遍且抽象的文字表達，雖然這兩者各有其獨到之處，但是也都各不免於自身之限制。就詩歌寫作的方式而言，波赫士（J. L. Borges）曾經提醒我們：「有的時候，詩人似乎也忘了，故事的述說才是最基本的部分，而說故事跟吟詩誦詞這兩者之間其實也並非涇渭分明。人可以說故事；也可以把故事唱出來；而聽眾並不會認為他是一心二用。反而會認為他所做的事情都有一體的兩面。」（波赫士，2001：66）

詩歌與創作、閱讀、語言、現實乃至於歷史的關係至為密切，詩人如何在詩行中發出自我的聲音？詩人又怎樣來調和詩行間的對話？簡政珍於闡述「詩作和詩心」時便說：「詩是在靜謐中使先前濃郁的感觸再轉成聲音，詩人藉文字和自己獨白，雖然這個獨白先前已濃縮了多少對於外在世界的感悟和回響……寫詩是一種獨白，在獨白中吐露時代的聲音。」（簡政珍，1999：32～33）此外，簡政珍論及臺灣現代詩美學時，對於概念化與超現實經驗的問題，亦曾有如下洞識灼見：

> 詩美學應該落實於詩語言的情境。語言以物象的觀照為基礎。物象透過文字的觀照方式，是詩美學關注的起點。所謂物象，涵蓋自然的存在物以及覃子豪所謂「人生的事象」……我的觀照構成他的一部分，我在他的存在中看到自己的影子。哲學家如此，詩人的意識更是在接納各種感覺中湧動。詩使草木生情。詩也使生存的世界富於人文的色彩。人和自然律動，自然的真實涵蓋了人的影子。人和人互動，「他者」的世界就有我不能缺席的必要性。物象的觀照實際上是詩人意識的投影。（簡政珍，2005：39）

詩歌意象有其象徵的或隱喻的涵義（symbolic or metaphorical connotations）在內，可以引發審美想像，例如松樹令人聯想到山中隱士的閒靜少言玉潔冰清，以及鶴髮紅顏共天光雲影怡悅自得的形象，而柳枝則常與離情別思相繫，灞水橋邊垂條千尺，飄絮吹綿又惹恨牽愁，孤寒之青袍相送富貴之玉珂，沉淪鬱抑淒然銷魂，莫此為甚。這些詩的意象語早已成文學成規，自有其字義背後隱含的意義，讓人有無窮無盡的想像空間。

另一方面，巴特（R.Barthes）認為相片呈現之映象是「一種依比例、觀點、色彩所作的簡化」，相片裡再現之景物已經過剪裁切割，是一種藝術化了的自然。巴特指陳存在於映象與客體之間的差距，是來自時空的永遠「不再」，而非一度停留在那裡的現實：

> 相片所牽涉的意識類型無先例可循，因為它不僅構成物在「那裡」的意識（這點任何拷貝都可達成），還有「曾經在那裡」的知覺。我們有一新的時空類別，也就是空間的臨即感和時間的先驗性，「這裡現在」和「那裡當時」。在這個層次的

> 指定訊息或無語碼的訊息中，我們可充份瞭解相片的「真的非現實」：其非現實指的是這種現在，因為看相片絕非幻覺，但其人物卻又不在「眼前」。（簡政珍，1991：92）

於此，攝影師和詩人以影像文字盡情地摹擬自然和現實，我們是透過他們的靈犀之眼來，在那暫停的瞬間看見一個世界，同時也感受到存有的真實。錄影、拍照、繪畫或文字書寫都涉及到作者對時間、地方、經驗與記憶的剪裁融合，他們會對「景、風、心、色」等境象有所取捨，因而將時間空間化、空間時間化以及現實時空化。創作者藉由景物的符號來交流訊息，他們將經驗與記憶中的風景顯露出來，可說是「空間感」和「自我感」的展現，其中都寄寓著深刻的歷史意義。就詩景中的物象、經驗與記憶而言，論者以為：「詩人重構現實，在詩中表現的空間以『地方』為中介。詩人對地方的感知與時間連在一起。在特定的時間與地方，詩人記憶的是有序的經驗。詩人對過去的感知即對地方的感知，亦即是記憶，特別是關於私有的記憶。因此，關於一個地方，即同時是關於記憶的而且是能夠敘述的。」（陳惠英，2002：113）語言、經驗與詩的表現息息相關，詩人將自我投射於境象之中，並藉由意象修辭把抽象情思化作為具體文字，詩「景」就成為一種有意味的符號，讓讀者以自己的經驗和想像來讀解。儘管物象在時空裡會有所改變，但記憶中的風景則能呈現出詩人的夢想，是詩人情感的自我投射，而詩境之虛實與時空之感興亦得以會通。

巴舍拉（G. Bachelard）的《空間詩學》是一種空間原型的閱讀現象學，就中探討詩意空間與深廣意識的密切關係，作者論述了從家屋、地窖到閣樓、茅屋，從窩巢、介殼到角落、微型等種種空間的面貌和意義。對巴舍拉來說，詩的意象就是「心理上驀然浮現的立體感」，它隱藏於我們對宇宙世界的深廣意識，更具現在我們對家屋天地的「私密的浩瀚感」中。巴舍拉認為「詩意象乃是處於一清新存在狀態的徵兆」，雖然在本質上它是多樣變異的，但是這種瞬間湧出的想像語言，能夠讓思維的烏雲灑下一陣麗詞的雨點，也可以表現在時光折射中的美感。（巴舍拉，2003：13）設若這一系列小詩景的符號是作者的經驗與記憶在時空中的匯流，那麼它正可以為我們提供一個詩意想像（*imagination poetique*）的場所，以下幾段文字值得我們參考：

> 在由回憶所構築的過往劇院中，舞臺布景強調了主要角色們的性格。有時候，我們以為我們瞭解自己，而我們所知道的，不過是一連串生活在安適空間裡的固著經驗而已，這個人不想消失，而且即使是沉浸於過去，當這個人著手尋找過往的時光時，他也希望時光能夠「暫時停止」飛逝。空間把壓縮的時間寄存於無以數計的小窩裡。這正是空間存在的理由。（巴舍拉，2003：70）

> 寂靜空間擴展為浩瀚感（*immensite*），「沒有什麼東西能像寂靜一般，讓我們感受到一種無邊無際的空間感。聲音讓空間有了色彩，讓空間獲得了一種發聲體。但是聲音的闕如卻讓空間更顯純粹，而在寂靜當中，我們陷入了某種巨大、深沉而沒有界線的感受中。這種感受完全掌握了我，而我在許多時刻都沉浸在這種夜間的寧靜所散發的莊嚴中。」（同上，112～113）

空間把壓縮的時間，寄存於一處小小窩巢裡，這正是空間存在的理由……把時間中的一份回憶加以場所定位（*localiser*），只是對傳記作者有意義，也只是呼應外在的歷史，將之向外用於與他人溝通。但是，較傳記來得深刻的詮釋學，就必須剔除掉與歷史相連、但並未對我們的命運起作用的時間順序，以決定命運的重心。（同上，70～71）

如果有所謂詩意哲學（*philosophie de la poesie*），這門哲學的誕生與再生，必然得透過一寓意勝出的詩句，並緊緊依附在一個戛然獨造的意象，說得更確切些，即心醉神馳（*extase*）於此意象的清新感（*nouveaute*）之中。（同上，35）

若要構作一首完整而結構良好的詩歌，精神就必須有所籌謀，預想清楚，但是對一個單純的意象來說，根本是無所預謀的，只消靈魂顫動一下，即見分曉，靈魂透過詩的意象，說出自己在場。（同上，41）

意象在激起表面的多方共鳴前，先有深切的感動。對於讀者的純粹經驗而言，此言亦真。我們透過讀詩所得到的意象，現在真的化入我們自身，在我們內部生根發芽。我們由別人那兒接收到它，可是現在，我們開始產生一種印象，我們可能創造過它，我們應該創造過它。它成為我們語言當中的新存在，讓我們成為它所表達的意涵，以此來表現我們，換句話說，它在變現成表達方式的同時，也變現為我們的存在。在此，表達創造了存在。（同上，42）

> 在由回憶所構築的過往劇院中，舞臺布景強調了主要角色們的性格。有時候，我們以為我們瞭解自己，而我們所知道的，不過是一連串生活在安適空間裡的固著經驗而已，這個人不想消失，而且即使是沉浸於過去，當這個人著手尋找過往的時光時，他也希望時光能夠「暫時停止」飛逝。空間把壓縮的時間寄存於無以數計的小窩裡。這正是空間存在的理由。（同上，70）

> 但是詩意在所有的層面上比精神分析延伸得更遠。從夜夢中，往往誕生白日的幻夢。故事的粗坏不可能滿足詩意的白日夢；它不受一個早已糾葛的情結所縛。詩人活在清醒的日夢裡，這夢存活在世界中，面對著世間萬物。它將宇宙聚攏在一件客體的周圍與內部；在敞開的匣盒裡看見白日的幻夢，在精緻的珠寶盒裡凝結著宇宙的廣袤。如若篋盒裡有著珠玉與寶石，那即是過去，一段久遠的過去，穿越一代又一代，成為詩人的小說題材。當然，寶石將會訴說著愛，但也訴說著力量，與命運。所有的這一切遠比一副鑰匙與鎖頭來得更重要！（同上，161～162）

以上幾段文字提到空間的浩瀚感、詩意哲學、詩的意象、以及詩意日夢與夜夢，巴舍拉這些論述都和記憶和空間的關聯，對我們大多數人來說，平生度過的重要時刻與私密場所，往往會較年月日的時間次序來得重要，個人的體會銘記自然也更加清晰深刻。我們的記憶依憑空間才能夠留存下來，否則很快就會淡忘消逝的，詩景的符號總是與日夢與夜夢交織在一起，再也分不清何者為真何者為幻，因為在我們記憶的珠寶盒裡，已然凝結著廣袤深遠的大千宇宙。

緣此，巴舍拉認為一首詩的創作亟需一個單純清新的意象，他特別強調詩歌意象的直接感發力量，這個突然湧現、戛然獨造的意象，能夠將全詩綰合在一起，並且深深撼動讀者的心。回憶就是形象的靈光所在，在不斷持續消逝卻又存在的風景裡，詩人「靈魂透過詩的意象，說出自己在場，」並得以保留虛實難明的境象。

從詩景到詩境，詩人為我們建構起審美想像的空間，這些詩歌意象引領我們走入夢境裡，在詩歌的觸動中內化成生命的一部分。另一方面，詩的特質為何？詩的聲音來自何處？美國二十世紀經典女詩人碧許（E. Bishop）雖然詩作不多，但是她以細膩刻畫的技巧著稱，往往運用精確的意象來描寫客觀物象，其詩作呈現出一種冷靜的距離感，能夠超越表象世界直抵事物的本質核心。楊牧嘗為碧許的詩集選中譯本作序，在〈解識蹤跡無限大〉一文裡他指出現代中西「詠物詩」的特色所在：

> 但碧許之能使不尋常的和尋常，平凡的鳥獸意象轉化，使詩起自耳濡目染，通過有情的觀察和更廣泛深刻的好奇，追尋，翩翩然銜風而起，終於攀升到一個藝術粲然的高度，卻並不完全是偶然的……詩還需要藉由你細緻而充分的耳目用心，逼近那些走獸和飛禽的情性，想其當然如此，體會而感受之，捨棄邏輯原理或網路程式遂以靠近，揣摩他們的氣血，發現他們的快樂，憂愁，和恐懼。以及你的，和我的。（碧許，2004：12）

根據以上引文，楊牧認為碧許能在詩中解識鳥獸蟲魚之蹤跡，卻又小中見大，化腐朽為神奇，詩韻相當優美，充滿豐富的想像力。碧許許多描寫地景的詩行，除了心象的投射之外，就是聆聽天地的聲音，她用心觀察一切事物，試圖捕捉自然的真實面貌，將之與記憶、夢境交織為一。碧許的詩仍然保有寓教於誨的傳統，不直接說出卻以比興技巧來表達，有其對生命的堅持與規勸諷喻，也表現出她對真實自然的體會。（碧許，2004：12～13）另一方面，墨西哥詩人帕斯（O. Paz）亦曾以「大音希聲」來稱讚碧許的詩：

> 她的聲音來自於他方，彼處，也就是任何境域和任何地方。詩人所聽見的聲音，並非來自於發出神諭的祕穴，而是她自己的房間。然而，一旦詩發生了，「剎那間你便置身在一個完全不同的世界／那裡的每一件事都在波動中發生」……清新、澄澈、可以瓶供——這幾個形容詞通常用來指涉水，兼具物質與道德的意涵，以之形容碧許的詩，也十分妥切。如水一般，她的聲音從幽窈和深邃之處湧出；如水一般，它滿足了一種雙重渴慾：渴慾真實的同時也渴慾神奇。水讓我們透視物各自然，物色閒適自若於深邃之中，卻也持續蛻變不居：隨著影細微的變化而變化，有時搖蕩，有時傾翻，過著一種幽靈似的生活，忽而天末一陣風起，隨即四散析離。你聆聽她的詩歌如聆聽水吟：音節在石隙與草葉之間呢喃，文字起波，渙渙然盪開一片泱漭的寂靜和澄明。（碧許，2004：28～29）

帕斯認為碧許的詩「清新、澄澈、可以瓶供」，她「用字曉晰，朗如白晝」，將語言文字錘鍊得出神入化，其藝術性相當高。（碧許，2004：30）碧許的詩開啟了我們的視野，她捕捉物象細貌的功力強，記憶中的情景時常跨時空重現，其詩作剔透自明且具認知的穿透力量。碧許詩的意象擺盪在本相與諸多不同的變貌之間，有時出之以隱喻象徵，有時則以幽默呈現，不管如何運用，她都能夠充分發揮詩人的想像與自由。此外，帕斯又教我們如何讀詩，也就是要「學習大音稀聲的奧妙」:「我們已經忘記了詩並非存在於說白了的話中，而在於字裡行間，瞬息顯現於停頓與沉默之間。」（碧許，2004：30～31）碧許的詩往往含蓄不露、意在言外，它為我們提供一種美的愉悅，那是屬於心智和文字的交織，在文本中她的沉默似乎訴說著些什麼，而她細微的音聲奶從幽窈深邃之處湧出，「音節在石隙與草葉之間呢喃，文字波起，渙渙然盪開一片泱漭的寂靜和澄明。」（碧許，2004：29）

第二節　中西詩學意象概述

當今中西學界對於「意象」的定義和使用，往往言人人殊莫衷一是，很難有共通一致的看法。而現有的中西詩學意象研究，少見中西意象觀念模式之溯源分析，多的是意象類型之組合與運用，特重於辭章或篇章意象之結構，鮮及審美意象思維之推原探本，在中西意象學的研究上仍不無缺憾。故此，吾人可比較中西意象觀之異同，援引中西傳統的相關論述以資相互闡釋，對意象再作更為全面而深入的探討，或許會有助於我們對文學本質的完整理解。「意象」一詞常見於今人之文學評論中，它的含義大都如下：「作家頭腦中浮現的形象」、「作品中的形象」以及「融會著作者情意的形象」，且往往是指個別的形象，而非整幅的畫面。（楊明，2005：402）文學與其他藝術一樣，都使用意象來表情達意，其首要標的乃在形成具體可感的形象，讓讀者憑藉此一文字繪的圖畫而產生審美聯想。可是，到底什麼是「意象」？亞伯拉姆斯（M.H. Abrams）明白指出「意象」（imagery）一詞在文學批評中極為常見，然而意義卻是最不確定的，從讀者所親身體驗一首詩的「心象」（mental picture），到造就一首詩為整體的構成要素。（Abrams，1992：121～122）意象其來有自，我們主觀的感覺竟然是對客觀物象的摹擬或重複，透過回憶和聯想的心理運作，我們可以讓具有美感經驗或印象深刻的事物，在我們腦海中重新顯現它的影像光彩。

眾所周知，文學與其他藝術科目一樣，都使用意象語言來表情達意，其首要的目標乃在形成具體可感觸的形象，讓讀者憑藉此一文字繪的圖畫而產生審美聯。「意象」原本是一個心理學名詞，心理學家布雷（B.W. Bray）曾為它下過這樣的定義：「意象是吾人意識上的回憶。原物不存在，它能在吾人的知覺上，重新完整的或部分的產生原始印象。」我們可以將意象簡化為心畫，而意象的構設既然屬於個人內心的活動，則吾人亦須把經驗過的印象內容予以剪裁、組合、融會，以便由意象群（the image-clusters）、意象型（image patterns）以及主題意象（thematic imagery）共同完成這一幅人生的心畫。有的人認為意象就是文字繪的圖畫，它是浮現在我們心中的具體事物，而意象與意象之間的對比或組合，便能表達我們抽象的情思概念了。文學作品之成功與否，有賴於其描述記敘之具體生動，端在能形成鮮明的意象。意象這個詞語有三個較為顯著的用法，也是特別常見的慣用詞，但就整體的意義而言，意象應是能令一首詩達到具象的效果，剛好與抽象的思辯相反：

> （一）「意象」是用來表示所有感覺知覺作用關涉的對象和特質，在一首詩中或文學作品內，不管是否出之以字面的描述、典故，或是藉由明喻和暗喻的媒介來表達。（二）「意象」是用來表示只有對可見的物象和場景的具體描述，尤其是這描述是生動的且特殊化的。（三）在最近的用法中極為普遍，「意象」表示比喻的語言，特別是明喻和暗喻的喻依。（Abrams，1992：122）

意象應該能令一首詩達到具象的效果，剛好與抽象的思辯相反，雖則我們可將意象簡化為心畫，但意象的構設既屬於個人內心的活動，那麼我們也應該把經驗過的印象內容加以剪裁、組合、融會，以便由意象群（the image- clusters）、意象型（image patterns）以及主題意象（thematic imagery）共同完成這一幅人生的心畫。（C. H. Holman et.al., 1980：249）究其實，意象就是文字繪的圖畫，它是浮現在我們心中的具體事物，而意象與意象之間的對比或組合，便能表達我們抽象的情思概念。眾所周知，文學作品之成功與否，有賴於其描述記敘之具體生動，端在能形成鮮明的意象。論及西方詩學意象，且讓我們先看看《新普林斯頓詩歌與詩學百科全書》是怎麼說的：

> 意象（image）和意象群（imagery）是詩學理論中最廣受使用而少為人理解的術語，在許多不同的情形下浮現出來，我們不太可能對它的用法提供任何理性的、系統的解釋。一個詩歌的意象，各式各樣地，是一個隱喻、明喻，或是比喻、借喻；一個具象的言語關涉；一個經常出現的母題；一個在讀者心中的心理事件；一個隱喻的媒介或喻依；一個象徵或

象徵的類型；或是作為一個統一的結構，一首詩的總括印象。（Friedman，1993：560）

西方文論家認為，意象是指由我們的視覺、聽覺、觸覺、心理感覺所產生的印象，憑藉語言文字的表達媒介，透過比喻和象徵的技巧，將抽象不可見的概念，轉化為具體可感的意象。職是之故，一首好詩必然具備真切可感的意象，讓讀者於吟詠詩句時也能比物比情，保有生動深刻的印象。詩若非意象而為何？許久以前路易士就曾經說過：「在所有的詩歌當中，意象是不變的事物，而且每一首詩自身就是一個意象。」（Lewis，1984：17）一般而言，意象有固定的和自由的兩種，前者由於經常套用之故，對所有的讀者來說，其意義和聯想價值也就大同小異；而後者並不受制於上下文，其意義或價值乃因人而異。另一方面，意象又可分為字面的和比喻的，字面的意象是用字喚起某字面物件或感情在感官上存留的記憶；而比喻意象則包含有字面意義的「轉換」，詩中意象是代表一字面景象。意象通常應具各別相、具體性，並能引發超感覺經驗的反映或回憶。（Holman & Harmon，1986：284）

所謂的意象是指我們意識中的記憶，我們常常會將記憶與印象揉合在一起，並對世界的物象有所反應，而詩人憑藉著心靈的活動，召喚自己往日的回憶經驗，此時內心的意念適與外在的景象結合，運用具象的詩歌語言來傳達抽象的情思情，便能造就暗示或象徵的聯想效果。論及詩歌中意象群的戲劇性結合時，趙之蕃曾經指出：「所謂意象，即運用心能，組織成的心靈圖畫，簡名之曰心象。雖然它不一定只是屬於視覺的。凡過去的感覺或已被知解的經驗，在心靈上的重現，或詩人的自我表露，我們都謂之意象。由各別意象組構成的一整幅人生的圖畫，或燦現的一個封閉的世界，我們就叫它們為意象。」（趙滋蕃，1988：363）與此相似，姚一葦也認為「意象可以說來自個人過去經驗的累積。但是此間所謂的經驗並不限於個人親身的經歷，亦包含得自傳聞或圖畫的記載。」（姚一葦，1979：56）姚氏相信只要活人在此世，自然會心與物接主客交感，從而產生複雜而豐富的意象，有時這意象的繁複也非語言文字所能傳達。於是，姚氏乃援引葆爾丁對意象的十種分類，並且指出意象會隨著我們的知識和經驗而有所改變：空間的意象、時間的意象、關係的意象、人事的意象、價值的意象、感情的意象、確定的或不確定的意象、真實或不真實的意象、意象劃分為意識潛意識與下意識三種不同領域、公眾的意象與個人的意象。（同上，57-61）

西方文論家認為，意象是指由我們的視覺、聽覺、觸覺、心理感覺所產生的印象，憑藉語言文字的表達媒介，透過比喻和象徵的技巧，將抽象不可見的概念，轉化為具體可感的意象。然而，當一首詩的意象無法完全為人了解時，它的意義和作用就會有某種程度的神秘感，因此讀者若欲探究意象箇中之奧妙，就得進入了詩意所寓的想像世界，把各種意象串連起來，再加以綜合判斷，最後找到對詩作的整體認識。我們要探討詩歌意象的意義與作用，最好可以兼顧到意象本身所欲傳達之意旨為何，以及詩人運用意象的想像能力和鍛字煉句的基本技巧。大致來說，意象有固定的和自由的兩種，前者由於經常套用之故，對所有的讀者來說，其意義和聯想價值也就大同小異；而後者並不受制於上下文，其意義或價值乃因人而異。再者，意象又可分為字面的和比喻的，字面的意象是用字喚起某字面物件或感情在感官上存留的記憶；而比喻意象則包含有字面意義的「轉換」，詩中意象是代表一字面景象。準此而言，意象通常具各

別相、具體性，並能引發超感覺經驗的反映或回憶。（Holman & Harmon，1986：248）

「意象」乃為詩歌創作與批評的焦點，不明其理便無法一窺堂奧。意象、意象語（Image、Imagery）到底是什麼？歷來對此意見不一，眾說紛紜。張錯認為「凡是文字在閱讀中引起圖畫般的形象思維，都叫意象。一首詩的構成，可能藉文字組成不同的意象單元。在閱讀中，意象經常互補、重疊、牽引、暗示作者要表達的主題。」（張錯，2005：134）英美新批評家極為看重詩歌中的意象呈現，因為意象是詩的字質密度、肌理張力之所繫，捨此便無由了解其幽深入微的境界。作家使用意象修辭來描繪事理景物情，藉由隱喻和象徵的意義關涉，便是希望創造具體生動的文字圖畫效果。英美新批評家倡導「細讀」（close reading）法，對詩歌的賞評乃以意象為主要剖析對象，其焦點便落在細微且又整全的肌理結構上，並強調比喻不只是修辭手法，而是一種理解世界的方式。然則，意象一語並非是舶來品，它本是中國古代文藝理論固有的概念，也不只是英文 image 的翻譯詞語而已，更不是英美意象詩派的產物，它散見於古代文論、詩話、詞話、書畫美學的篇章之中，但從來卻無確定的涵義和一致的用。

中國古人所使用的意象這個詞語，其含義究竟和我們今天的是否相同？這是一個值得我們思考的問題。在不同的典籍當中，意象一詞便有不一樣的含義，例如稱說人物時可指某種具體情景中人的意態神色，意謂一群人的群體意態和精神面貌，或關涉到人的意緒及心理等等。其次，當古人用意象來指稱山川風景，其實是說自然環境也有著人的神情意態，歸根究底，那是人的主觀情意投射於客觀的物象之上。再次，用於繪畫方面的意象一詞，是指所繪事物蘊含的神韻情致，說穿了就是「『意』呈現於外的一種虛活靈動之『象』」。（楊明，2005：411）接著，意象用於論書法時，簡直就是文字的借代語，例如評語「意象蕭散」，是指瀟灑的意趣。最後，詩文評論中的意象有諸多含義，其本義乃指說作品中意和象之統一體。（楊明，2005：403～439）詩人憑藉自己的記憶與經驗來再現藝術化的自然，此一人心營構之象呈示於詩境時、已經融匯了詩人在時空之流中的感興，儘管原始物象會有所改變，但是記憶裡的風景則能呈現出詩人的夢想，也是詩人情感的自我投射。

王夢鷗論及「文學語言的傳達力」時，亦曾指出在字句音聲之外，作家無不孜孜於表現「文學作品上每一字句裡面的『意義』」，而韋勒克將「文學語言構造的中樞」分析成四種：意象、隱喻、象徵、神話，王氏卻覺得這樣的方式似乎太多，但僅以「隱喻」一詞統稱又嫌過少。（王夢鷗，1995：161～162）王氏歸結說「文學語言表達那想像品的方法，」古今中外的意見殊無二致，因此後來他在談文學語言上的意象構造時，便將內在想像品與字句上的意義的外射和表現方法分為三種，而他又認為其所傳達的層次與中國古代詩法賦、比、興頗為相似：「（一）意象之直譯；（二）用譬喻來表述意象；（三）進入譬喻的世界只表述那譬喻性的意象。」（同上，170～171）此外，意象在宗教文學作品中也有相當大的作用，往往能使抽象觀念化成具體的情境。另一方面，李瑞騰也指出：「『意』和『象』組合，內容上已經包含了由『意』生『象』的過程和結果，在詩中是用文字呈現出來，也就是所謂意象語。所以『意象』可說是由文字構成的圖畫，其中有可以感知的情意。」（李瑞騰，1997：45）張漢良論及詩的意象時，曾經點明此一術語最為籠統曖昧，因其指涉不一意義隱晦。張氏認為「意象」本為心理學名詞，他引用心理學家布雷的定義，並試為其舉例說明：「意象是我們意識上的回憶。原物不存在時，它能在我們的知覺上，重新完整的或部分的產生原始印象。」（張漢良，1977：1）上述的定義說明一項事實，我們的主觀感覺終究受制於客觀物象，官能知覺不斷地摹擬或重複外界事物的影像，由此觀之，意象便是「心理上的圖畫」。

除此之外，意象在宗教文學作品中也有相當大的作用，往往能使抽象觀念化成具體的情境。然而，論者亦曾自覺到，我們腦海中的影像並非全是源於心物交感，有些影像也可能來自我們的記憶或想像力，甚且可能從我們的夢境和幻象中產生。張氏以花為例，他說畫家畫一朵菊花，詩人寫一朵菊花，儘管兩者的藝術媒介不同，都能讓他們的觀眾和讀者在腦海中浮現菊花的形象。有鑑於此，張氏乃歸納出意象的三個範疇，且指出這三個意象範疇並不互斥，它們之間的關係反倒相當密切：「（一）心理上的意象；（二）喻詞的意象；（三）作為象徵意義或非哲學性真理的意象型式，可稱為象徵的意象。」（張漢良，1977：5）張氏相信「除了純粹唯美自足的意象之外，任何意象，祇要納入恢宏的意象結構，便會逐漸呈現象徵意義……詩人往往由心理和喻詞意象出發，進入象徵意義；透過象徵體系，而呈現出他的靈視。」（同上，25）

周振甫認為「意象是情意和形象的結合，用意象來表達情意」（周振甫，2005：232），這種結合在中國古已有之，可從作者、讀者與作品等不同的角度加以解釋其間過程，並且自情意、物象和文辭的關係來看它如何生發延展。為什麼詩人要通過形象來表達情意？意象的作用乃在於以象達意，詩人往往用曲折含蓄的文辭來描寫形象，憑藉物象以傳達幽深隱晦的情感思想，而曲隱的含意便包含在作品的形象之中。周氏進而言之：「作者先看到景物，引起感情，把感情色彩著在景物上，再寫帶著感情色彩的景物。」（同上，233）這種情意與景物的結合便能構成意象，因為詩人「窺情風景之上，鑽貌草木之中，」在「寫氣圖貌」、「屬采附聲」時，皆能「隨物婉轉」、「與心徘徊」，其文辭呈現出寓情於景情交融的藝術效果，如此一來自是旨遠辭文、情貌無遺了。詩人必須憑著個人的直觀去抒寫真情實感，在吟詠情性之餘，要能描繪真景物，且將自然藝術化，使之沾染審美的趣味，如此方能達致情景交融的境界。就我們的感官反應而言，詩歌中意象的表現有以下幾種：視覺意象、圖畫意象、聽覺意象、其他綜合的意象，而詩人如何運用這些感官意象來抒情達志，無疑地也成為古典詩詞中比興物色關涉所在。

陳植鍔於 1990 年出版了《詩歌意象論》一書，在同類型的大陸學者著作當中，對於中國詩學的意象研究有其參考價值，因為它結合了語言學與美學來探討古典詩歌的審美創造，全書引證詳實立論精闢，在研究方法與領域開拓上貢獻良多。他首先從意象的溯源與界說開始說起，接著依序談到意象與符號的關係、意象的組合方法與分類角度、意象的三大藝術特徵、意象統計舉隅與詩例解說、意象的美學意味和文化整合，以及意象如何更新和詩歌的發展關係。（陳植鍔，1990：127～146）唐詩的意象組合模式最主要有以下四種：「（一）并置式：本句自組、對句相組、順接、逆接；（二）跳躍式：不同空間不同時間的跳躍、同一空間不同時間的跳躍、同一時間不同空間的跳躍；（三）疊加式：複疊、疊指；（四）相交式：交叉、錯綜；（五）輻輳式：輻輳、輻射、聯幅。」（同上，78～88）陳植鍔認為詩歌意象可以依據下列幾種觀點來分類：語言分析的角度、心理學的角度、從內容上、按題材、從表現功能上。

（同上，127～146）詩歌意象有三種極為顯著的藝術特徵：主觀象喻性、遞相沿襲性、多義歧解性。（同上，127～146）

陳慶輝的〈詩歌意象論〉首先闡明意象論是如何形成的，同時也追溯其文化根源，次則界說意象的本質，以及解釋意象的構造方式，最後針對古典意象的類型予以歸納分析，亦指出意象的審美特徵。意象界說：意中之象、意和象、客觀物境（景象）、作品中的形象。意象的構造：並列結構的複合意象、敘述結構的複合意象、對比結構的複合意象、述議結構的複合意象。古典意象的類型：（一）從意象形成的角度而言，有直覺意象、現成意象、典故意象；（二）從意象的形態上看，有靜態意象和動態意象；（三）從意象的功能上看，有比喻意象、象徵意象、描述意象。意象的審美特徵：形神兼備、情景交融、透剔玲瓏、多重意味。（陳慶輝，1994：53～97）陳銘認為意象是詩歌構成的符號，他說：「意象並不是單純的自然物象，而是詩人腦子中經過加工的自然物象。它既有第一自然物象的個別特徵和屬性，更有創作主體賦予特殊內涵的特徵和屬性。」言不盡意、立象盡意、意象獨照、意象組合、象外之意與意外之象、意象靈動。（陳銘，2003：32～84）吳功正論及意象的組合手段，他首先說明中國文學美學意象論的文化淵源，吳氏引述胡應麟《詩藪》對古詩美學特點的概括語：「古詩之妙，專求意象」，並說此後古詩乃步上具象化之途徑，而中國古典詩歌的美學特徵全在於「意在象外」，最初的「意象」概念便來自「立象以盡意」的說法。王昌齡於《詩格》中言及「詩有三格」：「一曰生思。久用精思，未契意象，力疲智竭，放安神思，心偶照鏡，率然而生。二曰感思。尋味前言，吟諷古制，感而生思。三曰取思。搜求于象，心入于境，神會于物，因心而得。」吳氏以為此三格說實乃詩之審美三境界。

再次，吳氏就意象的文學審美功能來探討詩美學的創作規範，他歸結出四種審美評價標準：「重逼真、崇自然、尚空靈、有蘊藉」。關於中國文學的審美建構，最後吳功正總結道：「意象的審美組合從根本上說建構了中國文學美學的藝術思維模型——意象型——借助具象化對象表徵某種意念和情緒。中國文學美學的意象模型重在通過符號象徵喚起人們的情緒反應。『借物抒情』、『借景抒懷』諸多提法，都離不開這個模型。」（吳功正，2001：241）

清方東樹論詩之具體呈現，強調「意象大小遠近皆令逼真」，其後王國維亦有寫真景物真感情，讓詩「境界全出」的說法。凡此皆以意象為憑藉，強調情與景會，意象融適為詩歌之極至表現。詩人憑藉自己的記憶與經驗再現藝術化的自然，此一人心營構之象呈示於詩境時，已經融匯了詩人在時空之流中的感興，儘管原始物象會有所改變，但是記憶裡的風景則能呈現出詩人的夢想，也是詩人情感的自我投射。對此問題，清代詞學名家況周頤認為，平日之閱歷與目前之境界皆可相滋養相觸發，而成就麗詞華章：

> 人靜簾垂。鐙昏香直。窗外芙蓉殘葉颯颯作秋聲，與砌蟲相和答。據梧冥坐，湛懷息機。每一念起，輒設理想排遣之。乃至萬緣俱寂，吾心忽瑩然開朗如滿月，肌骨清涼，不知斯世何世也。斯時若有無端哀怨棖觸於萬不得已；即而察之，一切境象全失，唯有小窗虛幌，筆床硯匣，一一在吾目前。此詞境也。三十年前，或月一至焉，今不可復得矣。

> 吾蒼茫獨立於寂寞無人之區，忽有匪夷所思之一念，自沉冥杳靄中來。吾於是乎有詞。洎吾詞成，則於頃者之一念若相屬若不相屬也。而此一念，方緜邈引演於吾詞之外，而吾詞

不能殫陳，斯為不盡之妙。非有意為是不盡，如書家所云無垂不縮，無往不復也。（況周頤，1960：9～10）

舉凡詞人所經歷人生之路、滄桑世事，與夫浮沉際遇，詞人於某時某刻身臨其境，正如人靜簾垂、燈昏香直、殘荷砌蟲、蒼茫杳靄，一片清寂之中，靈臺澄明虛靜無礙，絕心機止紛爭，凝神待物以要天鈞。懷抱著這樣的深靜情懷，創作者才能神與物游，在已然靜穆的詞境中，蓄積已久的真情，也會噴薄而出的，靈感自然無端而來，援筆便可立就。正因為「境象非一，虛實難明」，所以詞人在「聽風雨、覽江山」的時候，心中早已形成無限情思，一旦托之於詞，則託喻之意「若相屬若不相屬」，意內言外，有「萬不得已者」，盡在有無之間。像這種透瑩空靈的意象，色韞本根且深邈有餘味，才能使人「思而咀之，感而契之。」因此對王氏而言，客觀物象乃為主體情意之本，兩相交涉成趣，舉凡形象之屬，皆可化作審美意象，這樣才能指遠濟深，詩作餘味曲苞，使人玩味無窮。

根據汪裕雄的自述，他的《意象探源》主要目標是：「從中國古代文化背景看意象在中國文化符號系統中的整合作用，描述其從一般文化領域象審美與藝術領域延伸的脈絡。」（汪裕雄，1996：417）另外，胡雪岡的《意象範疇的流變》一書，首先論述意象說的濫觴和成熟，次及意象的建構和形態問題，終於意象的界說與辨析。（胡雪岡，2002：）嚴雲受在《詩詞意象的魅力》一書中，剖析意象的內涵，詳述意象的類型，探討意象的組合方式，以及辯證意象和語言、意象和意境的關係。首先他就意象的源頭說起，談到意象理論的發展情形，並就殷璠和方東樹的興象說作一比較，再觸及意象的深層構造與多義性等問題。隨後他將意象分為原型意象、現成意象和即興意象，並從其他角度來分類，得出總稱意象和特稱意象，直接體現意象與間接暗示意象，以及中心意象等。他認為意象組合的原則有以下五個：意為主、有機性、深層性、聲律美、獨創性。至於意象組合的方法，他舉出七種加以說明：承續、疊加、剪接、對比、輻射、逆挽、綜合。接著他從意象與語詞、詩性語言、詩中的非意象性語言，以及「得意不能忘言」等議題來辯證意象和語言的關係。最後，他就意象與意境的關係略作分析，主要著眼於意境概念如何生成，以及意象如何構成意境。（嚴雲受，2003：2）

黃永武認為「『意象』是作者的意識與外界的物象相交會，經過觀察、審思與美的釀造，成為有意境的景象。然後透過文字，利用視覺意象或其他感官意象的傳達，將完美的意境與物象清晰地重現出來，讓讀者如同親見親受一般，這種寫作的技巧，稱之為意象的浮現。」（黃永武，1976：3）黃氏論意象標舉「具體」和「真切」，強調要以具體的物象來表達真切的情思，因為「描寫的文字愈具體愈真切，形象使愈凸出」，讀者便能從熟悉的事物寓意中，了解作者的心意而產生共鳴。由此可知，意象本來就是作者的心象，不管是再現個人經驗中的事物，或是創造新的形象思維，都必須經過藝術手法的剪裁，才能結合詩歌的本質與表現。關於「心象」一詞，鄭明娳也提出過類似的看法：「心象有兩種，一種是事物現象的投影。另外一種是抽象的、幾何的、圖像的造形之凝聚。換句話說，產生心象的途徑可分為具象和抽象兩種……作者的思想和作者的情感是透過心象互相還原、甚至是互相衍生，這種還原和衍生的結果就在意象呈現出來，透過意象的訊息傳達到讀者的心裡。」（鄭明娳，1994：73）鄭氏將意象區分為抽象和具象，對她而言，文學創作的構思想像與傳釋反應，在於抽象與具象的相互轉化中，終乃以意象的形式呈現之。

意象經營是詩歌表現成功與否的重要因素，詩人將個人的情感投射於物象上，再藉由文字來呈現抽象思維，對此問題李元洛曾說：「所謂詩的意象，就是主觀的心意和客觀的物象在語言文字中的融匯與具現，它是詩詞所特有的審美範疇。」（李元洛，1990：167）此外，吳戰壘認為意象是寄意於象、以象盡意，讓客觀物象與主觀情志相互交流，在審美過程中觀照玩味，目擊道存以求精神與物態之契合。朱志榮也談到審美意象的基本內涵，首先他指出應該包括了意、象、象外之象。再次，他強調審美意象的創構過程是物我貫通、情景合一、神合體道。接著，朱志榮歸納出審美意象的基本特徵為虛實相生、意廣象圓、意象與意境的異同。最後，他則說明自然、人生、藝術這三種審美意象的基本類型。（朱志榮，2005：155～182）吳曉從意象符號與情感空間的建構來談論詩歌與人生的關係，他在這本書處理了意象的符號功能、意象的生成及分類、意象的外在美感與內在含量、意象與直覺、意象與視角、意象的組合等問題，雖然其研究對象主要是現代詩歌，但是對我們探討中西詩學意象仍有助益。（吳曉，1995：1～22）

第三節　新詩意象的浮現方式

意象乃為詩歌之靈魂。對新詩寫作者來說，意象的經營相當重要，從思想內容到外在形式，都必須透過以下幾種方法來經營意象：

「主觀感觀與通感、題材與語言的多元化、含蓄、跳躍與並列，以及轉折修辭。」(鹿憶鹿，2008：26)。由於意象與象徵對詩歌語言和境界的分析極為重要，因此劉若愚（James J.Y. Liu）乃闢專章對意象與象徵詳詮解說，但是有關意象的定義、性質和功能之解說並無達詁，往往言人人殊各執一端，如欲面面俱到包羅眾說，至為棘手亦無此可能。緣此，劉氏乃倡議以意象的種類分別來界定問題，首先，劉氏明白指出「意象」有肖像和隱喻的意義，用以指喚起心象或者感官知覺的語言表現，也用以指隱喻和明喻兩種表現方式。他在《中國詩學》一書裡探討了意象、隱喻與象徵的區別，並且將中國古典詩歌的意象劃分成兩大類：單純意象和複合意象，後者還包含並置、比較、替代以及轉借四種意象。（劉若愚，1977：151～213）劉若愚先為這兩大類意象下定義：「單純意象是喚起感官知覺或者引起心象而不牽涉另一事物的語言表現；複合意象是牽涉兩種事物的並列或比較，或者一種事物與另一事物的替換，或者一種經驗轉移為另一種經驗的語言表現。」（同上，152）劉氏繼而又指出象徵與複合意象的不同點：

（一）複合意象只有局限的意義，而象徵是意圖具有普遍的意義的；（二）象徵是被選來表現某種抽象意念的一個具體的事物；複合意象的情形並不經常都是這樣，雖然有些批評家似乎認為如此；（三）複合意象不必含有感官經驗以外的東西，而象徵是表現精神經驗或抽象觀念的具體事物；（四）關於複合意象我們通常能夠說出有關的兩個元素是什麼，雖然可能很難指出哪個是主旨哪個是媒介，或者確認主旨雖然不難，指明媒介確不容易；可是關於象徵，尤其是個人的象

> 徵，通常很難確認主旨（所表現的東西），雖然媒介（被選來表現某種其他事物的東西）經常是被指明的。（劉若愚，1977：153～156）

劉氏的意象分類體系既不完全等同於西方的意象類型，也和中國傳統詩學中的辭格類型與賦比興詩法互異其趣，因此在早期中西比較詩學的領域中，便有開徑自行啟發後人的意義，同時也為欣賞和研究中國古典詩留下評賞的典範。劉氏於此列舉不少意象與象徵（Imagery and symbolism）的中英詩句：「妳比夜晚的太空更美，穿著千星閃耀的豔服。」（Thou art fairer than the evening's air/clad in the beauty of a thousand stars）；「生命之酒已經吸盡，而窖裡／只剩下殘渣可以自豪。」（The wine of life is drawn, and the mere lees/Is left this vault to brag of）；「以默想或愛的思念一般飛快的翅膀」（With wings as swift as meditation or the thought of love）；「山谷更是幽暗了，越來越遺忘。」（Darker grows the valley, more and more forgetting）。

黃永武認為「今天舊詩要求新求變，新詩要務本務實，兩者均需要一套融貫新舊中外的新理論」，因為黃氏相信「詩的形貌格律或有新舊不同，但詩人的匠心與技巧並沒有新舊的界限，」（黃永武，1976：3）所以他說意象、談密度，試圖作者精心設計之所在。雖然黃氏《中國詩學》專門致力於古典詩之探究，但是意象的浮現是作詩的基本訓練，考驗著詩人的想像能力，黃氏乃就古典詩歌中意象如何浮現，提出下列八種意象浮現的方法，也可以供我們寫作新詩意象的參考：

> （一）將抽象的理論觀念，改作具體的圖畫的視覺意象；（二）將靜態敘述的形象，改作動態演示的動作意象；（三）加強各

> 種感官意象的輔助，使意象鮮明逼真；（四）故意將接納感官交縱運用，造成印象與感官間的錯綜移屬，使意象更活潑生新；（五）將兩個以上時空不同的獨立意象，用綰合疊映、轉位等手法，連鎖起來，誕生新的風韻；（六）集中心力去凝視細小的景物，予以極大的特寫，使景物因純淨孤立而變成凸出的意象；（七）把握物象的特徵，窮形盡相地誇大其特徵，可以使意象躍現出來；（八）用各種陪襯的手法，烘托出懸殊的比例，使意象交相映發，倍加明顯。（黃永武，1976：3～42）

上述這八種浮現意象的方法，是黃氏從前人的詩歌中加以綜合歸納而得，雖然無法涵蓋所有的作詩章法，但是足以統攝一般常用的詩歌範圍。我們如能善用這八種意象呈示的方法，便可使意象在詩中清晰地浮現出來，描繪出鮮明動人、栩栩如生的畫面，從而引起讀者的共鳴。新詩中的意象應當如圖畫般清晰可見，必須避免抽象理論的說明，黃氏認為「與其敘述一件人物事態，不如讓它自己表現給讀者看，動態的演示能構成活生生的場景，生氣盎然，則意象的浮現格外清晰。」舉例來說，鄭愁予的〈天窗〉：「每夜，星子們都來我的屋瓦上汲水」，以及瘂弦的〈深淵〉：「在三月我聽到櫻桃的吆喝」，「在夜晚床在各處深深陷落」等詩句，都能夠發揮動態的誇張藝術效果。想像和象徵手法都是新詩寫作不可或缺的，詩人皆能巧妙地運用誇飾技巧，來加強詩中意象的凸出顯眼。例如洛夫的〈烟之外〉：「潮來潮去／左邊的鞋印才下午／右邊的鞋印已黃昏了」。詩人欲使詩中事物不但具有形象，同時也具備聲光、香味和觸覺。

究其實，詩歌意象就是詩人主觀的心意和客觀的物象在語言文字中的融匯與具現。論及新詩的意象類型，林文欽亦指出現代詩的四種意象類型：賦陳、比興、理趣、點化。隨後，他也說明現代詩意象結構的四種組合方式:並列、對比、綰合、疊加。(林文欽,2000:86～203)此外,李翠瑛從下列六個方面說明現代詩中的古典意象:「(一)古意今用;(二)自出新意;(三)古意今語;(四)取材相近;(五)想像擴張;(六)語言合用。」她又以含蓄性、跳躍性、主觀性、轉折性及多樣性來解釋現代詩的意象經營技巧。(李翠瑛,2002:305～342)至於詩歌意象的經營應該考量什麼,李元洛則認為詩意象的創造有三個原則:「(一)新穎獨創;(二)單純而豐富;(三)意在象中,因象悟意。」(李元洛,1990:200～209)

大陸學者趙山林談到詩詞曲的意象結構,在整理了意象說發展的脈絡之後,即指出意象結構的組合十種方式:「(一)承續式意象組合;(二)層遞式意象組合;(三)推進式意象組合;(四)並置式意象組合;(五)對比式意象組合;(六)反諷式意象組合;(七)交錯式意象組合;(八)輻輳式意象組合;(九)輻射式意象組合;(十)疊映式意象組合。」他認為意象結構常常是交叉的且有其空白之處;(一)意象結構組合方式常是交叉的:並置式+承續式的意象組合;(二)重視空白在意象結構中的作用。(趙山林,1998:120～140)李元洛認為詩人苦心構思以經營意象之美學,其所呈現的構成狀態是多種多樣,約有十種意象組合的構成方式:「(一)動態性的化美為媚的意象;(二)比喻式意象;(三)象徵性意象;(四)通感意象;(五)交替式意象;(六)疊映式意象;(七)並列式意象;(八)『語不接而意接』的意象;(九)輻輳式意象;(十)輻射式意象。」(李元洛,1990:176～199)吳曉則指出「意象組合的實質是意象的有序化並置」,他說明意象結構由淺入深的三種狀態,並且闡釋九種意象組合的手法:意象的疊加、意象群、貫串式組合、枝叉式輻射結構、意象的跳躍、對比式組合、復沓式組合、擴張式組合、以及荒誕組合。（吳曉，1995：169～202）以上這些意象組合的方式，可供我們創作或欣賞新詩時參考。

我們又該如何來判斷在某一首詩中意象的好壞？劉若愚提出下面的建議，供我們參考：

> 第一，我們不要忘記陳腐的意象本來一定都是獨創，而在指責一首詩充滿陳舊的意象，我們應該先問它是什麼時候寫成的，換句話說，是否這些意象在詩人使用時已經事陳腐的。其次，我們應該問意象的用法怎樣：它達到什麼詩的目的，不論它是否獨創。意象的效果並不完全依賴它的獨創性；因為雖然一個獨創的意象可能以其新奇刺激讀者的想像力，可是一個因襲的意象正以其非常熟習，更能隨時喚起所希望的反應和有關的聯想。關於意象還有一點應該考慮：顯示詩人之個性的意象。因為「文如其人」（Style is the man himself），在一個人文體的形成中起重要作用的意象，時常提供了解這個人的線索。（劉若愚，1977：178～199）

劉若愚隨即舉了不少中英詩例詳加說明，詩家到底如何驅遣前人用過的意象，而又能避免陳腔濫調之譏，例如：

> （一）詩人可以使用因襲的複合意象但是將比擬進一步發展，或者在中心的類推上附加微妙的變化；（二）借用的意象在新的上下文可以給與扭轉。（三）有時候，借用的意象可以加以改變而引出稍微不同的意象來；（四）在中國的劇詩中，最常見的意象的用法是寫景，藉以幫助觀眾想像出情節的具體背景和創造出一種適當的氣氛；（五）除開描寫舞

臺背景，意象可以用來表現劇中人物的感情。事實上，意象在各種詩中都作為表現感情的一種手段；只是在詩劇中，意象所表現的是劇中人物的感情而不是作者本身的感情；（六）有時候上述劇詩中的兩個目的——寫景與表現劇中人物的感情——是結合在一起的；（七）意象所能達到的另一個戲劇的目的是描寫一個劇中人物而影響我們對他或她的態度；（八）意象的戲劇效果可以因反覆出現而增強。雖然構成隱藏的圖案而貫穿整個戲曲的莎士比亞那種反覆出現的意象，在中國的劇詩中找不到，可是我們偶爾碰到在一個戲曲中重現幾次的意象。（劉若愚，1977：179～195）

大致說來，意象是心物交融、主客合一的結果，詩人之「心」與「意」居關鍵作用，在語象中所呈現的物象和景象，皆或隱或顯地著我之色彩。因此，詩人必定會在創作過程中，搜索枯腸絞盡腦汁，尋求具體的或是能營造審美意象效果的語詞，而設法避免抽象模糊的字彙。但是，我們也未可僅憑詩中意象運用之多寡或其意象之性質，就遽然定其高下，而是要對一首詩有了通盤的理解之後，才來判斷其意象經營是否得當，審美表現是否成功。

第四節　新詩作品的意象賞析

沒有意象修辭的經營，新詩寫作就等於沒有特色，簡政珍認為在風景物象的流轉之中，意象是詩人「發現」與「建構」的藝術結果，這是因為「詩是意象思維，而意象經常以隱喻或是轉喻（換喻）的型態展現。」（簡政珍，2004：28）舉例來說，美國意象派詩人龐德（E. Pound）最具意象的詩作〈在地鐵車站〉（In a Station of the Metro）:「人群中這些臉的幢影／濕黑的枝上的花瓣。」（葉維廉，1983：65-66）（The apparіation of these faces in the crowd:/Petals on a wet, black bough.）據說龐德初作此詩時，有感於每次往來巴黎地鐵間，在黯黑幽密的隧道之中，看見人潮移動飄浮而過的臉孔衣服，而這些景象已成幻影深植於記憶之內。一開始龐德花了整天去思索，如何透過文字把意象表現出來，結果沒能寫出，但是後來他仍將這感觸寫成一首三十行的詩。然而，這首詩龐德還是不太滿意，未幾又將它修改為十五行，一年之後，終於濃縮成上引的兩行詩句。臉的幢影和花瓣是詩中的兩個基本意象，龐德於此試圖描繪瞬間的浮光印象，他在地鐵車站所體會到的美感經驗，撇棄抽象的理性思維陳述，以蒙太奇剪輯的方式來具現眼前的人事物，不加任何邏輯因果的說明，讓詩人惝恍疏漠之情，悄然隱入幢幢濕黑的花瓣人影之中。龐德把這種詩歌表達技巧命名為「意象疊加」，並且說他是從中國古典詩學習而來的，其特徵乃在於將兩種不同時空中的意象巧妙疊合在一起，使之產生嶄新的藝術圖景，藉此視覺意象語引發讀者的審美聯想。詩人運用這種高度濃縮的詩歌意象，意象並置所產生的疊象之美，頗能夠掌握具體的細節，有效地提高意象的視覺性，在「目擊道存」的當下剎那，將外在的、客觀的現象自身轉化成內在的、主觀的現象。

新詩意象來自於詩人的各種感官經驗，而詩人主要靠視覺或聽覺讓讀者感受到各種詩意美感，在語言表現上則不斷產歧義，亦能豐富詩作的內涵。眾所周知，白話小詩從源起與傳承，歷經成長與茁壯的過程，至少也有八、九十年的時間，其中不乏佳作典範垂訓後世，但是編選者皆為小詩的界定頗有「異見」，想歸結出客觀的判準並非易事。小詩既以「小」為名，體製篇幅上就須加以限制，行數不宜過多字句不能太長，總得符合短小精簡的標準，所以論者於設定小詩行數的極限時，有從一行到十幾行的不等，皆能符合客觀形式的標準。然而，除此之外，小詩在語言技巧上是否更應講究精煉含蓄，在內容安排方面是否更應注意其張力轉折，務求結構組織縝密迂迴包孕無窮，是不是更須審慎處理意象修辭，使其達致靈活圓熟、晶瑩剔透的境地？如此一來，小詩之美方能引人入勝。（羅青編，1979：9～40；張默編著，1987：1～42；向明＆白靈編，1997：1～22；陳幸蕙編著，2003：5～7；林于弘，2004：327～348）小詩的寫手在中國新詩的發展史上頗不乏人，但是能成大家者恐怕不多見，冰心、宗白華、聞一多、卞之琳等尤為箇中翹楚。降及現當代臺灣詩壇，小詩創作後繼無力，雖書寫者眾亦偶見佳篇，然終難成一派氣候景象。儘管如此，現代詩的初學者，由閱讀小詩入手較易掌握，至於嫻熟於小詩寫作的好處，羅青則認為十幾行之內「可容納無盡的變化以及各種不同的句法，也可以傳達相當分量的內容，處理許多人生重要的經驗。這在詩的造句、鍊字、謀篇及構思上，都可提供良好的訓練」。（羅青編，1979：12）如果寫詩的新手能使用這種短小的詩型，以凝煉飽和的文字意象，最為省淨經濟的手法來表現個人的經驗，在有限的篇幅內描寫出對事物深刻的印象，引發讀者無窮的審美聯想，含蓄不露卻能啟人思緒。然則，到底新詩意象的魅力何在？此處我將簡析幾位現代詩人的代表作，以便明瞭意象如何浮現，情景怎樣交融：

周夢蝶的〈擺渡船上〉：「負載著那麼多那麼多的鞋子／船啊，負載著那麼多那麼多／相向和相背的／三角形的夢。／／擺盪著——深深地／流動著——隱隱地／人在船上，船在水上，水在無盡上／無盡在，無盡在我剎那生滅的悲喜上。」（周夢蝶，2000：26）周氏此詩意象活潑豐繁，文字殊為清新，例如「鞋子」、「船」和「三角形的夢」，各意象語皆能指向總主題，這些意象復又形成嚴謹的結構，讓全詩顯得凝重有力。周氏的詩作頗有禪理哲思，這首詩象徵意味濃厚，透露著禪機妙諦，詩人以相對論的觀點來看船與人、水與無盡以及無盡與剎那，表現出他對自然生滅的悲喜體會。詩人透過在擺渡船上的見聞思索，道出他對人與自然、心靈與宇宙的相互為用，虛空無盡我願無窮的看法。周氏另有詩作〈讓〉，意象淒楚孤絕，趣味盎然，亦值得我們在此探究：「讓軟香輕紅嫁與春水，／／讓蝴蝶死吻夏日最後一瓣玫瑰，／讓秋菊之冷豔與清愁／酌滿詩人咄咄之空杯；／／讓風雪歸我，孤寂歸我／如果我必須冥滅，或發光——／我寧願為聖壇一蕊燭花／或遙夜盈盈一閃星淚。」（同上，26）周氏之詩好用暗喻，這種暗喻並非全是刻意營造而來，大部分是出於自然的表現，意象語與詩旨相當吻合貼切。前四句描寫春夏秋三季的景觀，藉以圖繪自然的美好，詩人情懷的執著，以及悲劇的情愫，意象語極為精鍊。在後四句裡，詩人坦言願承載幽暗冬季之風雪孤寂，並以聖壇上的燭和遙夜之星淚，抒寫其孤高的生命情懷，展現出宗教家殉道卻又遺世獨立的胸襟，就中頗有淒苦蕭索的況味。（羅任玲，2005：326～327）詩題〈讓〉及四次鋪敘，在在表現出詩人對造物者的謙卑情懷，不管終將冥滅或發光，都能燃燒自己照亮別人，這是一種犧牲奉獻的深情表現。周氏此詩之意象戛戛獨造，比喻貼切生動，節奏鏗鏘有力，比興物色皆達致情景交融的境界，呈現出新古典的語言風貌。

余光中的〈山中暑意七品〉寫空山松子：「一粒松子落下來／沒一點預告／該派誰去接它呢？／滿地的松針或松根？／滿坡的亂石

或月色？／或是路過的風聲？／說時遲／那時快／一粒松子落下來／被整座空山接住」（余光中，1998：22～23）此詩頗富奇想，意象空靈跳脫，詩人以目擊者的身分說話，將松子掉落的偶發事件渲染成一則「山中傳奇」。（陳幸蕙，2002：148）全詩只有十句，卻連用了四個問號，令人頗有懸宕之感，最後四行更以「說時遲／那時快」的快速轉折，直寫松子墜落「被整座空山接住」的情景，結尾煞是出人意表，頗耐人咀嚼。余氏另有同題之詠，可作參照並識：「一枚松果落在我頭上／猝然一驚，又一喜／這輕輕的一拍，是有意或無意？／仰看那古松，肅靜無風／青針千叢密繡著夏空／不像是誰在跟我遊戲／拾起松果仔細地端詳／鱗甲層層不像是暗器／小小的松果未必有意／冥冥的造化未必無心／用一記巧合將我拍醒／天機半吐快到我唇上／忽然，再驚於一聲鷓鴣」（余光中，1998：8～9）此詩具有俳句般的效果，諸多意象或隱喻，例如松果、古松、鱗甲、暗器和鷓鴣等，饒有古風，但又能與現代生活綰合在一起，其玄機雅趣十足，一切都在可解與不可解之間，實在令人玩味。

洛夫的〈金龍禪寺〉：「晚鐘／是遊客下山的小路／羊齒植物／沿著白色的石階／一路嚼了下去／如果此處降雪／而只見／一隻驚起的灰蟬／把山中的燈火／一盞盞地／點燃」（洛夫，2000：30～31）簡政珍認為：「以意象的經營來說，洛夫是白話文學史上最有成就的詩人。」（簡政珍，1999：252）洛夫詩中的意象往往出人意表，隨意揮灑自如，令人耳目一新。此詩的意境朦朧似有若無，將古典詩與現代意象主義融合為一，表現出一種幽靜的閒趣，和視覺意象的跳躍並置。此詩詩質密度相當高，文字清新意象靈動，節奏自然明快，巧妙運用轉折的譬喻、暗示和斷接手法，表達了詩人無我不執的禪機體悟。此詩的審美聯想端賴意象的引逗與動態呈現，晚鐘乃是時空的暗喻，已為全詩定下蒼茫的基調，詩人還用擬人化手法，讓「羊齒植物」成為能「嚼」的動物，竟一路跟隨遊客下山去了。詩人再由「白色的石階」聯想到「如果此處降雪」，省略掉許多邏輯因果的說明，作者以物擬物的形象化技巧高超，反而讓讀者更有想像的空間，使不可能發生的意象具有新奇的效果。究其實，金龍禪寺沒有雪，只見一隻灰蟬騷動，點燃山中所有的燈火，以禪語機鋒作結，頗為耐人尋味。洛夫將時間和空間的意象巧妙地並置在一起，也將視覺、聽覺和觸覺意象結合，營造出意趣盎然、禪理玄妙的現代小詩景。附帶一提，唐人劉長卿的〈送靈澈〉詩：「蒼蒼竹林寺，杳杳鐘聲晚。荷笠帶斜陽，青山獨歸遠。」（清聖祖敕編，1960：1479）就詩歌的情境而言，劉氏五絕與洛夫之詩是頗為相似的，兩者都描寫了在晚鐘的鐘聲裡，遊客下山歸返的景況，只是劉氏收尾點到為止，洛夫則以禪機妙悟作結，這兩首小詩同樣表現出幽深敻遠的意境和韻味。

瘂弦的〈深淵〉第一小節：「孩子們常在你髮茨間迷失／春天最初的激流，藏在你荒蕪的瞳孔背後／一部分歲月呼喊著。肉體展開黑夜的節慶。／在有毒的月光中，在血的三角洲，／所有的靈魂蛇立起來，撲向一個垂在十字架上的／憔悴的額頭。」（瘂弦，1981：239）瘂弦的詩頗有現代歐美的異國情調，融入西方象徵主義的美學沉思，從敘事中展現人物的眾生相，並且喜用特殊具體的物象，造成跳躍疊映的視覺效果。此詩意象紛繁奇異，呈現出流動跳躍的狀態，詩人詭譎多變的想像，採用分鏡式的鏡頭掃瞄，為讀者圖繪出冷凝蒼涼的人間世，也傳達詩人對生命的悸動、焦慮、空洞及悲哀。（陶保璽，2003：114～115）

鄭愁予的〈小小的島〉：「你住的小小的島我正思念／那兒屬於熱帶，屬於青春的國度／淺沙上，老是棲息五色的魚群／小鳥跳響在枝上，如琴鍵的起落／／那兒的山崖都愛凝望，批垂著長藤如髮／那兒的草地都善等待，鋪綴著野花如果盤／那兒浴你的陽光是藍的，海風是綠的／則你的健康是鬱鬱的，愛情是徐徐的／／雲的幽默與隱隱的雷笑／林叢的舞樂與冷冷的流歌／「你住的那小小的島我難描繪／難繪那兒的午寐有輕輕的地震／／如果，我去了，將帶著我的笛杖／那時我是牧童而你是小羊／要不，我去了，我便化作螢火蟲／以我的一生為你點盞燈」（鄭愁予，2003：68～69）意象綰合是「把許多分散的意象統合在某一特定主題，或依附於詩歌中的某一個中心意象，按照一定的規律串連起來。」（林文欽，2000：192）此詩運用了借代修辭格，以「你」來借代詩人心愛的人，因此詩中所描寫的小島之美，其實就是心上人的美。這首詩分成四節，雖然前三節都在描寫這小小的島，表面上寫大自然的景色物象，但是詩人的情感卻層層加深，在最後一節裡乃將情感和盤托出，由景及心直抒胸臆，表現出他對愛人的誠摯熱情。此詩前三節的意象清新奇麗，例如島、淺沙、魚群、小鳥、山崖、長藤、草地、野花、陽光、海風、雲、雷、叢林、流水以及地震等意象語，都綰合在「小小的島」的主題中。最後一節的意象如笛杖、牧童、小羊、螢火蟲和燈，也都能夠綰合在「你」的主題中，而「你」就是「小小的島」，最終呈現出藝術統一的狀態，傳達了由景入情的心靈悸動。（同上，195～196）除此之外，〈踏青即事〉第三小節：「籬散／簷曲／／灶小餵得兩人／樹斜紅過三窗／／泥細的／塘淺的／種蓮呢還是／任它恣意漫生些／菰蒲？」（鄭愁予，2004：275～276）此詩擴張古典詩意，單一名詞意象如籬、簷、灶、樹、窗、泥、塘、蓮以及菰蒲，幾乎從古典詩詞擇取而來，詩人將古人情感重新詮釋，使讀者有新鮮的感受。

楊牧的早期詩作〈水仙花〉:「過去的星子在背後低喊著／我們不為甚麼地爭執／躺下，在催眠曲裡／我細數它們墜落谷底／寂然化為流螢／輕輕飄過星光花影的足踝／／唉！這許是荒山野渡／而我們共楫一舟／／順時間的長流悠悠滑下／不覺已過七洋／千載一夢，水波浩瀚／回首看你已是兩鬢星華的了／／水仙在古希臘的典籍裡俯視自己／——今日的星子在背後低喊著／我們對坐在北窗下／矇矓傳閱發黃的信札」(楊牧，1994：130～131）此詩詩題〈水仙花〉與古希臘神話有關，作者利用它來調合中西文化的不同內涵，希望能夠塑造出新的詩歌意象。水仙花在西方本是自戀的象徵，於此卻暗示楊牧對往昔歲月依戀難捨，詩人以今日之我與昨日之我對話，頗有光陰催人的無奈之感。(賴芳伶，2002：227～267）此外，《海岸七疊》裡的〈晚雲〉一詩，意象也很清新生動，值得我們細讀:「把晚雲關在短短的小門外／看一隻灰白的鷗斜斜飛過／多草莓的野地，投向正北／我們觀察寧靜的風／吹不動一朵扶桑淺紅，也許／那並不是風:『若是扶桑不動／你如何斷定這一刻寧靜的風？』／『坐好坐好，你坐扶桑我做風』／有人羞澀搖頭如向晚的淺紅／聽寧靜承諾地輕拂過／美麗的手臂和肩胛，撩過／衣襟和頭髮。天黑出門／我看到小門外飄來一點螢火／秘密地，有意飛過她的足踁」（楊牧，1995：270～271）此詩的意象用語相當優美，音韻節奏十分自然和諧，例如晚雲、小門、灰白的鷗、草莓的野地、寧靜的風、扶桑淺紅、手臂、肩胛、衣襟、頭髮、螢火以及足踁等，而這些意象的色彩多樣且生動，詩人運用了視覺、聽覺、觸覺的感官意象，巧妙地把它們綰合在一起，並且藉以娓娓訴說其心中的無限柔情。這是一首意象經營相當成功的情詩，惜乎論者甚少提及此詩，因此我認為將來可再深入探討。

周慶華的詩歌創作時間約三十年，已結集的八本詩冊，可算是有分量的詩人。詩集《蕪情》（1998）是周慶華的少作，除冠首詩外，收錄 45 首，另附 24 首童詩。〈都市四季〉：「一場場變味的煙雨／三五株凝塵的杜鵑／六七陣從草嶺吹落的山風／許久以來我們便習慣於這不像春天的春天／當流浪的白雲飄然而過／天空像列火般燃燒起來／地上像熱泉般沸騰起來／我們才開始尋找那喧鬧的蟬聲／蟬聲悄然遠去了／陽光緩緩地爬過樹梢／我們也在目送那趕路的銀月／從黃昏到黑夜到入夢／還不知道蘆花翻白的消息／卻聽見了群雁南飛的消息／過去那想擁抱一切的狂妄／如今也該讓它像動物一樣的冬眠了。」（周慶華，1998：9～10）〈午睡〉：「躺著像一座山／宛似千古不變的睡姿／只聽見雨聲不斷地飛過窗外／遽然從夢中醒來／窗口已敷上一層薄暈／任雨絲隨意的飄灑／忽有腳步輕盈的踩過廊下／疑是伊突然的造訪。」（周慶華，1998：25）〈夜釣〉：「風細咻過柳岸低處／湖面浮著天上的淡光／猛抽黑夜中幌動的垂竿／正釣起一彎微醉的月。」（周慶華，1998：58）〈雨中閒步〉：「傘開一個美麗的圓／圓下我是會行走的雕像／踩響大地的囚籠／雨外的青天將無餘音。」（周慶華，1998：64）〈失眠〉：「一方床是輛開不動的車／冷硬的鎖住想發動的引擎／從夢裡走過來晃過去／正要迎向發現的雲山／卻又踩進黑暗的沼澤裡。」（周慶華，1998：70）《七行詩》（2001）按照主題分類成八卷，依序是：詠物、解禪、敘事、答客問、魔幻、後現代、懷鄉、續蕪情，詩作共計 149 首。十卷本的《未來世界》（2002），每卷十首，共有 100 首詩作。繼《蕪情》、《七行詩》、《未來世界》後，《又見東北季風》是一五卷本的詩集，收錄周慶華的近作有百首之多，大都以短小的篇幅來記錄作者家鄉的風土人情，在在呈現詩人於物我交融後的靈犀感悟，語多雋永淺近，泰半作品清新可喜而又圓融飽滿，令人對東北季風吹拂下的山鄉僻壤有了幾分好奇。這些詩作計有十行詩 39 首，十二行詩 44 首，十四行詩 17 首，應該是作者有意選擇短小的篇幅，以有限的文字來表達無限的情思，大部分詩句的語言也都能力求具體精鍊。

綜觀《蕪情》、《七行詩》與《未來世界》三本詩集的詩型，除了（紅塵）一詩長達一百二十七行，絕大部分的作品也是以小詩為主，從一行、兩行到十數行不等，鮮有二、三十的長詩。如就現代詩的形式而言，周氏四本詩集的大部分作品都在十六行之內，符合了羅青所設定「小詩行數的最大極限」，讓人可以很快讀完又能留有整體印象，且不時玩味思索其言外意趣。（羅青編，1979：38）其實，詩型之長短與作者抒發情感的方式有關，如欲表現詩人的瞬間感受，則短小的詩型越能奏其功，因為詩人「往往通過若干最有感發意義的畫面或瞬間，來表達他們對於世界與人生的看法，而不是面面俱到地羅列事物的各個方面和事件的所有細節。」（邵毅平，2005：41）

在《又見東北季風》的（楔子），作者開宗明義點出這些詩作可能隱含的記史記事傾向，詩的敘述聲音告訴我們說，在「起風的時候，流轉的生命就會被喚醒」，而跨越過山陵海隅的路線，總想「討回逐漸流失的崖岸」，決定「是否要逆溯前進，尋找一處渾然遺忘的家園」。（周慶華，2007：19）再次，這本詩集是周教授配合其胞弟藍慶國所策劃的「東北季風影像展」（*www.39cafe.net*）而寫就的，從 390 張臺灣東北角攝影作品中挑選了四分之一的圖片，以影像搭配文字，嘗試呈現九份、金瓜石、十分、平溪鄉、北迴線、東北角海岸的不同風貌，可說是富於個人感情色彩的臺灣地理影像。從這本詩集的名稱來看，作者便彰顯了微觀的「地緣詩學」（geo-poetics），其詩乃聚焦於臺灣島嶼內部的地緣位置，以東北季風來象徵臺灣東北角的風土人情，還有那些屬於作者私密的個人和家族的記憶。（孟樊，1998：332～336）這本詩集除了寫特殊的風景地貌物象之外，當然其中不免加入作者個人的情感經驗，詩篇裡到處可見屬於他自己的生命記憶，為這一殊異的時空之流剪取片段的風煙光景，留下幾行詩句見證歲月如何凋人朱顏。詩人周慶華展現了相當深刻的觀察功夫，泰半作品的靈視聚焦之所在不外是他自己的家屋天地，其捕捉物象細貌的功力深厚，詩的文字明晰清澄，融合了知性與感性，尋常巷陌、斜陽芳草、圮牆廢坑、貓狗甕壺，娓娓道來莫不有情。其詩音聲幽窈深遂，物象與心象交疊融合，頗能解識草木山川鳥獸蟲魚之蹤跡。在他筆下，物象各任自然卻又由人透視，詩人且將自我隱藏其間，為物象代言，逼近其情性和感受，深得現代「詠物詩」之旨趣。周慶華在詩的表現手法上，從早期到近期相當一致，無論是選取題材內容，或運用語言型式，大都用短小的篇幅和具體的意象修辭，淡淡幾筆細描粗繪世情物態，在數行或十幾行內頗見靈心巧慧，其低沉而又內斂的情思，泰半時候也能反映出詩的理趣來。然而，有些詩作的語言還不夠凝鍊，意象修辭可再熔鑄，詩的結構張力鬆弛，似乎仍有的改寫餘地。

這本詩集將以影像搭配文字，同時以兩種藝術型式呈現東北季風吹拂下時空的周流遷化，我們可以透過這些意象去感受瞬間存在的真實，那些自然景物如何在詩人及攝影師的心眼中「延異」姿色，暫且以心靈時間來抗拒客體時間的淹煎，雖然在流逝的時間細沙裡，我們的精氣神飄若遊絲，終將匯入廣袤的星海之中。這些畫面和詩句所呈現的，也可以讓我們思考影像與詩境之虛實，儘管物象在時空裡會有所改變，但是記憶中的風景則能呈現出詩人和攝影師的夢想，也是他們在情感的自我投射，當然是二度或三度和諧下的藝術創造品了。但是，我感到興趣的問題是：從自然物象到攝影圖示，再到詩人的文字刻劃，這其間的心靈活動和創造行為是一個怎樣的過程？我們在這裡所看見的特寫鏡頭是怎樣一種經過剪輯的現實？詩句的意象並置所鋪陳堆疊出來的景觀，又呈現出什麼審美意境？其藝術感染力有多大？

舉例來說，卷二「又見東」裡的〈牽掛〉一詩用「頂真」格的修辭法寫出：「山想念水／水渴望白雲／白雲正在扮飾一棵樹／樹催促著橋流動／流動中有許多的倒影／倒影從淺綠擴散到墨藍／墨藍裡的皺褶被冷風掀去／掀去的激情都會再回來／回來時不許帶著眼淚／眼淚留給一輛車／車要開到對岸／對岸看不見」。「頂真」原稱「頂針」，黃慶萱教授對此一詞格的來龍去脈有簡要的概說：「原來本是古代婦女縫紉衣裳時套在手指上的金屬環，環上滿布小凹點，用來推針穿布。後來詩文中用上一句的結尾詞語，頂出下一句的起頭詞語，就像用『頂針』把針線頂出來一樣。偏偏有人覺得吟詩作文何等風雅，怎可比作女紅用的小玩意？於是改稱『頂真』。語文本就約定俗成的，現在大家用慣了『頂真』，也就不必改回『頂針』了。總之，用上一句結尾的辭彙，作下一句的起頭，使鄰接的句子頭尾藉同一詞彙的蟬聯而有上遞下接趣味的修辭法」（黃慶萱，2002：689）「頂真」使用的原則：橋樑、和諧、緊湊、趣味。

周慶華在他的少作〈陌生的故鄉〉一詩之後序曾說：「故鄉石城，原是一淳樸小村，對外交通全賴鐵路，近來濱海公路拓經此地，原在村道旁的茅棚、古屋，被拆除淨盡，變成樓房林立，而人事也已全非。旅外多年，乍見恍如隔世，感觸頗深，遂有此作。」（周慶華，1998：27～28）。「一個世界在我們的夢想中形成，這是一個屬於我們的世界。這個夢幻的世界向我們揭示出拓展我們生存空間的可能性。在任何一個夢想的天地中都有未來主義的色彩。」（巴舍拉，1997：11）。這一系列小詩景的符號可說是作者的經驗與記憶在時空中的匯流，正可以為我們提供一個詩意想像的場所，當詩人憶起時空旅次中的人事景物，在影像與自然現實中尋找過往的點點滴滴，或許他也希望時光的列車能靠站稍停，而空間總會把那壓縮過的時間，悄然置放在詩人生命經行之處。其實，我們的詩人一直活在清醒的日夢裡，他的夢想也將永存此世，他來自東北季風的小城，為我們揭露那一段久遠的過去，穿越一代又一代的家族記憶，透過物象人事的摹寫刻劃，這些詩訴說著愛的呢喃，同時也訴說著個人生命的力量，以及那永不向命運屈服的堅毅形象。

附錄：

新鶯啼序　王萬象
——詩為《華燈初上》而作

那年苦楝沿路簇放
粉嫩淺紅欲滴
像是我們茗華燦亮的容顏
在鐘聲花影裡
我們曾經一起走過

盛夏後雲散風流去
山海之間寂靜的蒼穹下
誰來並立這庭除新階
共看樓前芳草的遼闊版圖
齊聽翠綠湖泊的默默心語

幽谷隱沒了燈火愈來愈飄搖
闇啞的歌唇咬著遺忘的詩句
就讓這雨廉捲去浮光微塵
讓綺窗深閉鬢影斜映屋角
簷滴的春陰攔不住滿旗靈風

那斷續的音符向夢境滑落
永不飛回的黃金鳥棲止於何處
昨日以前的星光敻絕忽忽不定

百轉千迴的鶯啼是我唯一的嚮導
在我們借來的時空裡

此際我醒在你的黑甜畛域內
你也輕睡在我的憂鬱汗漫中
平蕪怕已退得很遠很遠了
這世界該是此岸抑或彼岸
誰又是那渡海重訪故里的人

2007 年 5 月 16 日

參考文獻

（一）中文

王夢鷗（1995），《中國文學理論與實踐》，臺北：時報。
仇小屏（2004），〈論意象的繼承與創新——從現代詩文中的譬喻修辭切入〉，《文與哲》第 5 期，407～431。
古遠清、孫光萱（1997），《詩歌修辭學》，臺北：五南。
巴舍拉著，龔卓軍、王靜慧譯（2003），《空間詩學》，臺北：張老師。
朱志榮（2003），《中國文學藝術論》，太原：山西教育。
朱志榮（2005），《中國審美理論》，北京：北京大學。
向明、白靈編（1997），《可愛小詩選》，臺北：爾雅。
吳曉（1995），《詩歌與人生：意象符號與情感空間》，臺北：書林。
吳戰壘（1993），《中國詩學》，臺北：五南。
李元洛（1990），《詩美學》，臺北：東大。
李瑞騰（1997），《新詩學》，臺北：駱駝。
李翠瑛（2002），〈現代詩意象論〉，《龍華科技大學第一屆中國文學與文化全國學術研討會論文專集》，龍華科技大學通識教育中心主辦，305～342。
余光中（1998），《余光中詩集 II：1982～1998》，臺北：洪範。
汪裕雄（1996），《意象探源》，合肥：安徽教育。
周夢蝶（2000），《周夢蝶世紀詩選》，臺北：爾雅。
周慶華（1998），《蕪情》，臺北：詩之華。
周慶華（2001），《七行詩》，臺北：文史哲。

周慶華（2002），《未來世界》，臺北：文史哲。
周慶華（2007），《又見東北季風》，臺北：秀威。
林于弘（2004），《臺灣新詩分類學》，臺北：鷹漢。
林文欽（2000），《現代詩鑑賞教學研究》，高雄：春暉。
況周頤著、王幼安校訂（1960），《蕙風詞話》，北京：人民文學。
孟樊（1998），《當代臺灣新詩理論》，臺北：揚智。
邵毅平（1993），《詩歌：智慧的水珠》，臺北：國際村文庫。
洛夫（2000），《洛夫世紀詩選》，臺北：爾雅。
波赫士著，陳重仁譯（2001），《波赫士談詩論藝》，臺北：時報。
段義孚著，潘桂成譯（1999），《經驗透視中的空間和地方》，臺北：國立編譯館。
袁行霈（1989），《中國詩歌藝術研究》，臺北：五南。
清聖祖敕編（1960），《全唐詩》，北京：中華。
梅祖麟、高友工著，黃宣範譯（1973），〈論唐詩的語法、用字與意象〉，《中外文學》第 1 卷第 10、11、12 期，30～63、100～114、152～169。
梅祖麟、高友工著，黃宣範譯（1976），〈唐詩的語意研究〉，《翻譯與語意之間》，133～215，臺北：聯經。
程抱一著，涂衛群譯（2006），《中國詩畫語言研究》，南京：江蘇人民。
胡雪岡（2002），《意象範籌的流變》，南昌：百花洲文藝。
張錯（2005），《西洋文學術語手冊》，臺北：書林。
張漢良（1977），《現代詩論衡》，臺北：幼獅。
黃永武（1976），《中國詩學：設計篇》，臺北：巨流。
黃仲珊・張陵馨編著（1998），《書林簡明語言與修辭學詞典》，臺北：書林。
黃慶萱（2002），《修辭學》，臺北：三民。
鹿憶鹿等編著（2008），《現代文學》，臺北：空大。
雷可夫、詹森著，周世箴譯（2006），《我們賴以生存的譬喻》，臺北：聯經。

張默編著（1987），《小詩選讀》，臺北：爾雅。
碧許著，曾珍珍譯（2004），《寫給雨季的歌：伊莉莎白・碧許詩選》，臺北：木馬。
郭華誠攝影、藍慶國策劃（2001），《東北季風影像展》，臺北：現象多媒體工作室。
陳植鍔（1990），《詩歌意象論》，秦皇島：中國社會科學。
陳銘（2003），《說詩：中國古典詩詞美學三味》，臺北：未來。
陳幸蕙（2002），《悅讀余光中：詩卷》，臺北：爾雅。
陳幸蕙編著（2003），《小詩森林：現代小詩選 1》，臺北：幼獅。
陳惠英（2002），〈現代詩「景」的符號——經驗、記憶、時間、空間〉，《師大學報：人文與社會類》第 47 卷第 2 期，105～120。
陳慶輝（1994），《中國詩學》，臺北：文史哲。
陶保璽（2003），《臺灣新詩十家論》，臺北：二魚。
瘂弦（1981），《瘂弦詩集》，臺北：洪範。
楊牧（1994），《楊牧詩集 I：1956～1974》，臺北：洪範。
楊牧（1995），《楊牧詩集 II：1974～1985》，臺北：洪範。
楊明（2005），《漢唐文學思辨錄》，上海：上海古籍。
趙滋蕃（1988），《文學原理》，臺北：東大。
趙衛民（1988），《新詩啟蒙》，臺北：業強。
蔣均濤（2003），《審美詩論》，成都：巴蜀。
鮑義著，廖月娟譯（2000），《星空中的普魯斯特》，臺北：聯經。
劉若愚著，杜國清譯（1977），《中國詩學》，臺北：幼獅。
賴芳伶（2002），《新詩典範的追求——以陳黎、路寒袖、楊牧為中心》，臺北：大安。
鄭明娳（1994），《現代散文構成論》，臺北：大安。
鄭愁予（2003），《鄭愁予詩集 I：1951～1968》，臺北：洪範。
鄭愁予（2004），《鄭愁予詩集 II：1969～1986》，臺北：洪範。
蔡英俊（1995），《比興物色與情景交融》，臺北：大安。

葉維廉（1983），《比較詩學》，臺北：東大。
葉維廉（1988），《歷史、傳釋與美學》，臺北：東大。
簡政珍（1991）《語言與文學空間》，臺北：漢光。
簡政珍（1999），《詩心與詩學》，臺北：書林。
簡政珍（2004），《臺灣現代詩美學》，臺北：揚智。
簡恩定等編著（1997），《現代文學》，臺北：空大。
羅任玲（2005），《臺灣現代詩自然美學》，臺北：爾雅。
羅青編（1979），《小詩三百首》（一）、（二），臺北：爾雅。
蕭蕭（2004），《臺灣新詩美學》，臺北：爾雅。
嚴雲受（2003），《詩詞意象的魅力》，合肥：安徽教育。

（二）英文

Abrams, M.H.（1992）, *A Glossary of Literary Terms*. Seventh Edition. Fort Worth, Philadelphia: Harcourt Brace College Publishers.
Friedman, N.（1993）, "Imagery" in *The New Princeton Encyclopedia of Poetry and Poetics*, eds., Alex Preminger and T.V.F.Brogan, New York: MJF Books.
Kennedy, X.J. &Dana Gioia.(1998), *An Introduction to Poetry*, New York: Longman.
Lennard, J.（1996）, *The Poetry Handbook*, Oxford: Oxford University Press.
Lewis, C.D.(1984), *The Poetic Image: The Creative Power of the Visual Word*, Los Angeles: Jeremy P. Tarcher, Inc.
Liu,James J.Y.（1962）, *The Art of Chinese Poetry*, Chicago: The University of Chicago Press.

第三章

新詩韻律的寫作

■ 第一節　前言 ■

中國詩歌韻律之發展，自先秦詩騷以至現代新詩，皆為詩歌創作不可或缺之靈魂要素。然而，新詩本無所謂格式可言，更罕有關於格律或韻律之討論，僅能遵循「一切創作皆於自由中尋求定律，並於意境中找尋韻律」之衍徑。因此，本章試以呈現多元文化之 80 年代臺灣新詩詩壇詩作為主要題材〔本章所引用之臺灣新詩分期，謹取自張雙英所作臺灣新詩史分期（張雙英，2006）〕，探討關於新詩韻律之相關論題。

■ 第二節　新詩「韻律」界說 ■

於新詩之「韻律」，學者或稱為「韻律」（潘麗珠，2004：3～26）、「聲律」（楊鴻銘，2002：1）、「音律」（朱光潛，1984：161～194）

或「格律」（夏志權，1998：91～104）等。然而，今復考古籍文獻，知古人本對「聲」、「韻」與「音」等概念無甚分別，尤可互用者多見，故而亦有所謂「聲律」、「韻律」與「音律」等聯合式或偏正式義近詞，惟此類詞彙之義類雖近，卻仍有其存異者，茲約舉數議試言之：

一、本皆與音樂有所相關：古籍所謂「聲律」與「音律」者，其初語義皆與音樂義有所相關，例如：

（一）《史記‧樂書》：「君子以謙退為禮，以損減為樂，樂其如此也。以為州異國殊，情習不同，故博采風俗，協比聲律，正義比音鼻。以補短移化，助流政教。」

（二）《漢書‧武帝紀》：「夏五月，正曆，以正月為歲首。師古曰：「謂以建寅之月為正也。未正曆之前謂建亥之月為正，今此言以正月為歲首者，史追正其月名。」色上黃、數用五、張晏曰：「漢據土德，土數五，故用五，謂印文也。若丞相曰『丞相之印章』，諸卿及守相印文不足五字者，以『之』足之。」定官名、協音律。」

（三）《漢書‧宣帝紀》：「夏五月，詔曰：『朕以眇身奉承祖宗，夙夜惟念孝武皇帝躬履仁義，選明將，討不服，匈奴遠遁，平氐、羌、昆明、南越，百蠻鄉風，師古曰：「鄉讀曰嚮也。」款塞來享；應劭曰：「款，叩也，皆叩塞門來服從也。」如淳曰：「款，寬也。請除守塞者，自保不為寇害也，故曰款五原塞。」師古曰：「應說是也。此汎說夷狄來賓之事，非呼韓邪保塞意也。」建太學，修郊祀，定正朔，協音律；封泰山，塞宣房，蘇林曰：「隄名，在東郡界。」李斐曰：「決河上宮名也。」張晏曰：「瓠子隄名。」師古曰：「蘇、張二說皆是。」符瑞應，寶鼎出，白麟獲。功德茂盛，不能盡宣，而廟樂未稱，師古曰：「稱，副也。」其議奏。』」

（四）《清史・志》:「高宗即位，銳意制作，莊親王允祿自聖祖時監修律算三書，至是仍典樂事。乾隆六年，殿陛奏中和韶樂，帝覺音律節奏與樂章不協，因命和親王弘晝同允祿奏試，允祿因言:『明代舊制，樂章以五、六、七字為句，而音律之節奏隨之，樂章音律俱八句，故長短相協。今殿陛樂若定以四字為句，則與壇廟無殊，惟樂章更定，大典攸關，謂宜會同大學士、禮部將樂章十二成詳議，令翰林改擬進覽。』尋大學士鄂爾泰等議:『樂章十二成內，惟淑平、順平二成每章八句，其十成樂章每章各十句，句四字，而按之音律，則每章八句，每句六、七、八字，以十句四字樂章，和以八句六、七、八字之音律，長短抑揚，宜不盡協。應將樂章字句，按音律之節奏以調和之，章酌從八句，句無拘四言。』」

二、文學義義素之引申，則專以「韻律」言之，見載於唐以後之古籍，例如:《舊唐書・元白列傳》識「元和詩體」云:「積自御史府謫官，於今十餘年矣，閒誕無事，遂專力於詩章。日益月滋，有詩句千餘首。其間感物寓意，可備矇瞽之風者有之。辭直氣粗，罪尤是懼，固不敢陳露於人。唯杯酒光景間，屢為小碎篇章，以自吟暢。然以為律體卑庳，格力不揚，苟無姿態，則陷流俗。常欲得思深語近，韻律調新，屬對無差，而風情宛然，而病未能也。江湖間多新進小生，不知天下文有宗主，妄相放效，而又從而失之，遂至於支離褊淺之辭，皆目為元和詩體。」

綜上所述，知「聲律」、「音律」或「韻律」等義近詞，其義雖近，義素卻各異其趨，倘專指文學義，則又當以「韻律」為正名。而「韻律」之內容，今考古籍與學者之說，應含括：

一、外在詞形之屬對：中國文字一字一音節，因此，文學作品韻律之呈現，尤需藉此表達完整且均衡之屬對詞形，以凸顯作品整體結構之協調性。而新詩雖屬自由格式創作，本無一定之屬對，然而，特定語境之詞形屬對，仍可強化新詩之韻律感。

二、內在音韻之結構：漢語音韻學之發展，向與文學作品之實用性密不可分，而自沈約聲律說以來，韻文作品即特重平仄與用韻，尤以平仄而言，其能協調作品之抑揚緩急，而用韻則更能強化作品自身之氣韻，故此二手法乃韻文作品不可或闕之要素。倘以新詩而言，平仄與用韻竟非其整體結構之必要成份，然而，使用平仄與協韻之作品，卻往往能呈現詩作身所欲表達之思緒與意境。

若復將文學作品韻律與語言表達歷程作進一步之結合，則可將新詩韻律之語言模式作初步之擬構：

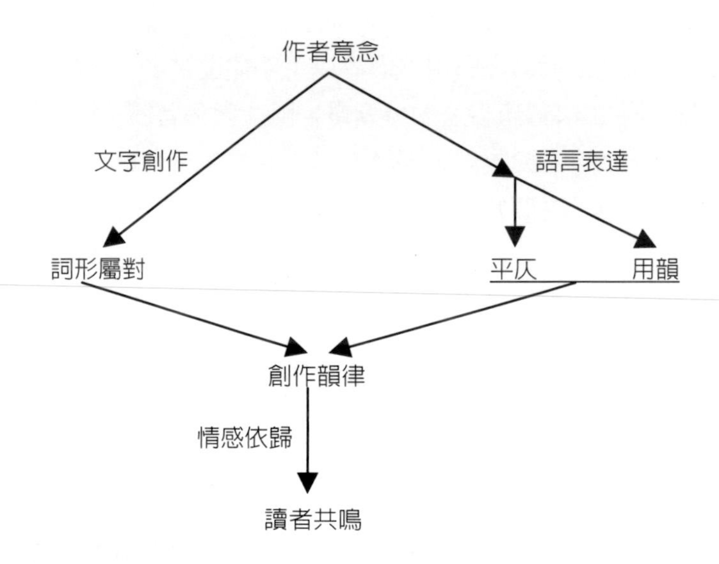

然而，新詩之創作講究自由，一切文字之表達皆需以情感表達為依歸，換言之，新詩之一切元素，包括內容、形式或韻律等各方面，皆需以情感表達為宗旨，此乃有異於傳統格律詩作之最顯著特

色。今據潘麗珠、朱光潛、夏志權等學者之說（潘麗珠，2004：3～26；朱光潛，1984：161～194；夏志權，1998：91～104），復酌增己意，則與新詩韻律相關之論題，大抵有九：

一、詩之韻律需考量到時間經驗、空間經驗、字詞句之位置安排。

二、詩之韻律必需達到「表達形式」與「內容形式」之統一。

三、詩之韻律需從外在形式與內在實質等兩方面著手。

四、詩之韻律之基本條件是反復，且是低徊往復、具有規律的。

五、詩之言情，必與音節有直接之關聯。

六、詩之音義必需考量其歷時性因素。

七、詩與音樂之關係，乃在於節奏。

八、中國詩歌以韻表達節奏。

九、現代新詩韻律需考量輕聲之使用。

綜上所述，知新詩韻律之探討，大抵與外在詞形與內在音韻有所相關，因此，本章將從詞形屬對與音韻結構等兩方面著手，並以80年代之新詩作品為探究主軸，試釐析新詩韻律上之相關特徵。

第三節　新詩韻律分析——詞形屬對

中國修辭學之發展稍晚，惟修辭之概念，自先秦既已存於諸子論著，而屬對手法，亦屬修辭上不可或缺之漢語文學作品要素，而詞形對應完整之屬對，則又可對文學作品之韻律，產生加乘之效果。即以新詩而論，此詞形屬對之類型，大抵有三：

一、類疊屬對：類疊修辭法之使用，往往能強化詩作本身之音節和諧度，以新詩而言，其類疊雖非嚴謹之對仗格式，然而，其猶可呈現另一種韻律之美感，例如：（類疊乃著底線符號者）

千年之後
我們名字刻在大理石上
雖然冰冷
但是光潔

也許有幾雙蝴蝶會翩翩而來
那是因為妳生前經常別著胸花
幾雙流螢飛來
是因為我須點菸

如此恬靜
含羞草低著頭
如妳新婚的樣子
不知名的一些樹
竟也伴了我們千年
千年以後
死過多少松柏？
有人說
生前我的詩大多寫在一個框框裡
這是對的　因為
死後我們也同葬在一個框框
來此憑弔的人，可以不懂詩

必須要懂愛情
否則就不認識
大理石上的名字

風吹過來
雖然無人能再看到你那一頭秀髮
但卻能聞到妳的髮香
——從大理石中溢出的

雲飄過來
妳俏麗的臉龐是被雲遮住的
正如雲遮住月亮一樣
沒什麼好解釋

我還是老樣子
戴著鴨舌帽　金邊眼鏡
只是千年之後
皺紋千條
時間如一隻巨大的蠶
唯我們沒有被吞噬
也許會有採桑的人來
但他看不到一顆桑樹

因為我們已超越時間了
歲歲年年
頭髮白了又黑
黑了又白

也許會有批評家來
批評我的詩很俗　愛情很俗
批評妳
說妳美得沒有道理

也許根本不會有人來
我們閒著
千年之後閒著就是閒著
不會想別的
（1982 年沙穗〈千年以後〉）

知此詩作習用類疊中之疊字與疊句，尤以「千年」與「也許」二詞為然，凸顯詩人沙穗對「千年」後之「期許」與「徬徨」，而此類詞疊字與疊句之使用，亦強化了作者對某些特定意象之描寫。

二、複句屬對：此類與類疊屬對相近，惟此類新詩詩作以連續重複語句強化音節，而有強化語氣之效，例如：（複句屬對乃著底線符號者）

他們是任意竄改文法的執法者
單數而慣用複數形式
受詞而躍居主位

年輕的時候嚮往未來式
年老的時候迷戀過去式

無須翻譯
拒絕變化

固定句型
固定句型
固定句型

唯一的及物動詞：鎮壓
（陳黎〈獨裁〉）

陳黎此詩作連用了三次「固定句型」，不僅存強化語氣之效，亦藉此以強化詩作本身對政治法律之反動。

三、映襯屬對：詩作以映襯對比之內容呈顯主題，倘復加以相類之句型，則尤可提昇詩作本身之韻律感，例如：（映襯屬對之句型乃著底線符號者）

母親仍然小腳，生存於廚房裡
除了買菜，很少上街
為了一個不常常回家的丈夫
她學會使自己容易受傷
摔了些碗盤，撕幾件衣服
或者不吃藥而長久咳嗽
房子以外的街道，十分遙遠
與她無關

而我，我已擺脫母親的世界
任何男人要我脫衣服
我要他們先脫掉衣服
在每個廣場每個角落

在每一叢扎人的鬍鬚下
我也是一隻刺蝟

不依賴腹部以下生活
不從男人的大腿看世界
（劉克襄〈刺蝟〉）

劉克襄此詩至少運了三組句式相近之映親屬對句，不僅有強化意念之效果，亦使詩作本身具有韻律對稱協調之效果。

第四節　新詩韻律分析——音韻結構

漢語音韻歷經千百年之演進與發展，逐漸朝向語言簡化之主要路線前進，而此演變趨勢亦影響近世以來新詩作品之創作，此可言者大抵有四：

一、以韻言情：以語音結構而言，響度之高低（以聲韻結構而言，元音之響度大於輔音，而低元音之響度又高於高元音），甚可影響詩作本身之情意，此尤以音所從收之韻腳為然，而 90 年代中國時報洪淑苓曾以余光中詩作為研究主題，提出「韻腳與聲情」之關係（洪淑苓，2004：185～186），此尤可借言之矣。今謹從洪淑苓之說，並酌增己見所得，茲試論新詩詩作中「以韻言情」之幾個類型：（韻腳乃著底線符號者）

（一）首尾一韻：此類詩作首尾一韻，於新詩體例上，屬於較保守與嚴謹者惟其所使用之韻腳，若屬響度較高者，則於詩作整體之韻律而言，確有加乘之效果，例如：

起自松山東北東
升騰，翻轉，潛行，滾動
一股風，喝！矯勁猶龍。
吹，過撫遠，經饒河；
來，到內湖，往水邊，
飆飆疾奔，颯颯飛馳。
有人劇咳有人詛咒有人、
有人呵，在山中撿拾；
褪色的塑膠花斷肢布娃娃螃蟹殼……
就在內湖的山上，一條河流旁。
那條生病的河流挾著魚屍走向基隆；
那座山的義乳叫做垃圾峰，
遠望清奇，在灰濛的酸雨中，
如貓背，像花塚，
驟然，起風！誰敢有夢？
一夕吹拂，松山無松。
（1986 年林彧〈涼風四起——垃圾山〉）

林彧此詩以-eng 韻通協，所用韻腳甚多，而於聲韻結構中，-eng 韻往往可收到氣勢加乘之效果，於此詩作中亦展露無遺。

（二）終始合一之換韻體例：此類詩作藉由韻腳之響度，使篇章情緒有了起伏上之變化，並使首尾得以相應，例如：

如何讓你遇見了我
在我最美麗的時刻　為這

我已在佛前　求了五百年
求祂讓我們結一段塵緣

佛於是把我化作一棵樹
長在你必經的路旁
陽光下慎重地開滿了花
朵朵都是我前世的盼望

當你走近　請你細聽
那顫抖的葉是我等待的熱情
而當你終於無視地走過
在你身後落了一地的
朋友啊　那不是花瓣
是我凋零的心
（席慕容〈一棵開花的樹〉）

知席慕容此詩，共換了三次韻，且由開韻尾換至陽聲韻、再換回響度較低之元音-i-，適正配合詩作整體情緒上之蘊畜與起伏。

（三）聯緜韻：聯緜字詞乃中國語言學與訓詁學發展史上，相當重要之語言發展現象，而此類詞彙之產生，其理不外語音音節變化、語義語用之需求與借用等因素。即以新詩而言，亦可見及此相關現象，例如：（聯緜韻乃著底線符號者）

也是在這個鳥囀蟲鳴的山腰
父親召喚童年的我
一起眺望我們的部落
背景是八雅鞍部山脈

也許只為了看斑爛的黃昏吧
——幾隻飛鳥橫過

與學童再次眺望部落
已為人師的我才忽然感到
童年的父親不只是欣賞黃昏或飛鳥。
不管在陰暗或晴朗的天空下
我們山區的部落總是安靜地
上演著生命的悲劇
（瓦歷斯・尤幹〈在遠足的山腰眺望我的村落〉）

原住民語本多擬聲詞，而瓦歷斯・尤幹此詩亦可見漢語「蟲鳴」與「斑爛」二聯緜定語韻之使用，進一步強化了兒時部落之情景意境。

二、以去代入：以現代漢語而言，由於國語音系入聲已消失，因此，除借用方言音系之語言外，大部分之新詩創作多已使用去聲代替入聲，以藉此強化詩作本身之誦揚語調，例如：(「以去代入」乃著底線符號者）

我不和你談論詩藝
不和你談論那些糾纏不清的隱喻
請離開書房
我帶你去廣袤的田野走走
去看看遍處的幼苗
如何沉默地奮力生長

我不和你談論人生
不和你談論那些深奧玄妙的思潮

請離開書房
我帶你去廣袤的田野走走
去撫觸清涼的河水
如何沉默地流進田地

我不和你談論社會
不和你談論那些痛徹心肺的爭奪
請離開書房
我帶你去廣袤的田野走走
去探望一群一群的農人
如何沉默地揮汗耕作

你久居鬧熱滾滾的都城
詩藝呀！人生呀！社會呀！
已爭辯了許多
這是急於播種的春日
而你難得來鄉間
我帶你去廣袤的田野走走
去領略領略春風
如何溫柔地吹拂著大地
（1982 年吳晟〈我不和你談論〉）

從吳晟此詩而言，不僅連用去聲以強調調氣與音調，此所謂 AA 式，更以平去平去之連用式，即 ABAB 式，進而強化詩作本身情感之展現。

三、輕聲之使用：國語音系輕聲之使用，乃語音使用上不可或缺之一環，往往能加強語言上之輕重對立特色，尤其在兩字拍節奏與三字拍節奏之判讀上，而以新詩而言，輕聲取代了曩昔格律詩作文必詞根之特點，甚而強化了詩作誦讀上之語調停緜，例如：（輕聲乃著底線符號者）

悄悄我在你體內置入一顆發光的
鋨元素。當相衝突的
兩道血流在你邏輯迂迴的軟體裡
初次相遇，額頭陷入了長考
鼻子觀測心靈
有一座迷你的星系圍繞思想的鉛筆，
終夜打轉，啊是否
遽然發光的左右大腦半球
暗示著地球本質的從此撕裂
當毒癮發作的知識份子亟於選擇一道潮流
跳入，幽浮撞毀在十字路口
旅鼠於城市廣場聚集
午後的祭神儀式裡
精液驟下如雨——
這世紀末最大規模的祈雨呵
心靈交會的電流紊亂
我看見，悄悄拔下插頭的人世
漸漸投入一種看不見的黑暗裡
空洞的建築只有
衰竭的心音迴盪其中，我也不問
你胸中是否有愛
只有那鋨元素　讓我輕易
在遠隔一百場核爆與酸雨

之後
將你的屍骸
輕易辨識。
（1987 年陳克華〈鋨實驗〉）

陳克華此詩善加利用了「的」、「裡」、「口」、「呵」等輕聲字，並具有部分協韻之效果。

四、平仄交錯：配合語境作適當之文句平仄交錯安排，則亦可強化詩作整體之抑揚音樂性，並引起讀者之共鳴，而以新詩而言，此種語句安排模式，尤可呈現詩作本身之起伏情感，例如：（平仄交錯乃著底線符號者）

……我
迷失在數字的海洋裡
顯示器上
排排浮現
降落中的符號
像是整個世界的幕落
終端機前
我的心神散落成顯示器上的顆粒
終端機內
精密的迴路恰似隱藏智慧的聖櫃
加班之後我漫步在午夜的街頭
那些程式仍然狠狠地焊插在下意識裡
拔也拔不去
開始懷疑自己體內裝盛的不是血肉

而是一排排的積體電路
下班的我
帶著喪失電源的記憶體
成為一部斷線的終端機
任所有的資料和符號
如一組潰散的星系
不斷
撞擊
爆炸
（林燿德〈終端機〉）

此詩作善用篇章格局之組成變化，尤以在詩作中所見兩組組成變化而言，更具備平仄交錯之條件，而使詩作本身更能呈現吟誦時之韻律感。

第五節　結論

朱光潛曾將詩歌語言文字之音義發展分為「詩有音無義」、「詩以義就音」、「詩重義輕音」與「詩重文字本身的音」等四個階段（朱光潛，1984：161～194），倘據其說，則現代新詩之發展，當屬於上述四期之第四階段，即以非樂曲式誦讀，復見語言節奏與音樂節奏調和之方式；今復證之以本章上述對新詩韻律之討論，則適可為新詩的韻律作幾項初步之義界：

一、新詩雖不可歌，但透過詩作之詞形屬對與音韻相諧，則仍可復見新詩特有之節奏韻律感。

二、新詩之節奏，仍需藉韻部協韻與文句結構等兩大要素。

三、中國詩歌韻律自有傳統，不管是押韻、聯緜韻或句中韻等，皆明顯與西方不同。

四、漢語語音之歷時性發展，亦為影響新詩韻律之主要因素。

五、倘據新詩之韻律特色，則中國詩歌之形音義分期發展，或可擬定為：

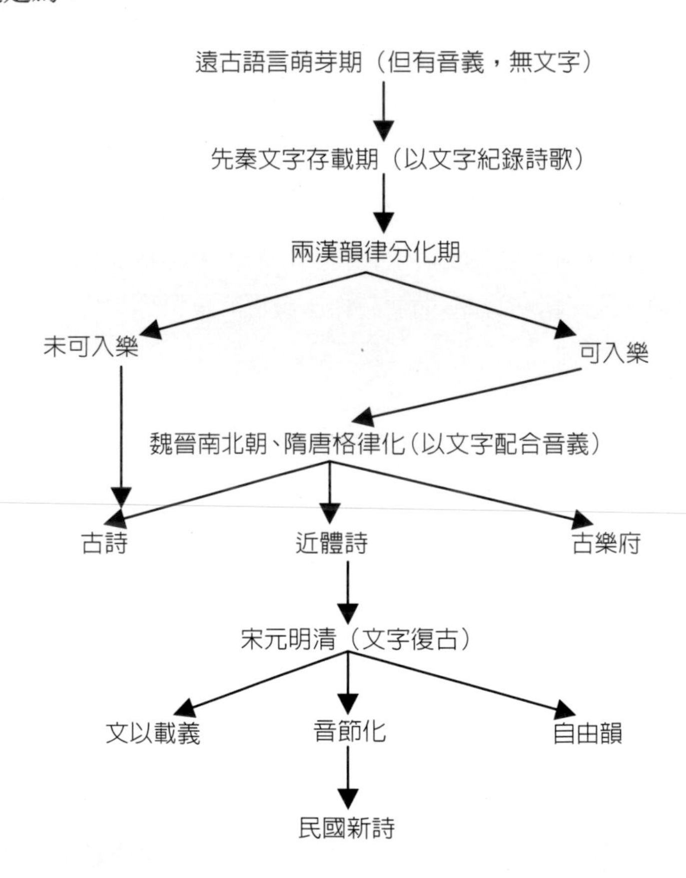

參考文獻

朱光潛（1984），《詩論新編》，臺北：洪範。
洪淑苓（2004），《現代新詩版圖》，臺北：秀威。
夏志權（1998），《現代詩格律初探》，北京：石門工業。
張雙英（2006），《二十世紀臺灣新詩史》，臺北：五南。
楊鴻銘（2002），《新詩創作與批評》，臺北：文史哲。
潘麗珠（2002），《現代詩學》，臺北：五南。

第四章

新詩情意的寫作

■ 第一節　語言的深度表情：賦形的詩味 ■

新詩是對應白話文以來，現當代新開創的精鍊語言文類，也是近代最豐盛的文藝創作。然而，怎麼樣的詩，才是一首好詩？詩要如何表現，才算夠好？辨識新詩的深度之準則，是否能夠具體地列出一則則的公式？打從《毛詩正義》〈國風・周南・關雎〉（中華書局編輯部，1966：16）便老老早早地告訴我們：「詩者，志之所之也。在心為志，發言為詩，情動於中而形於言。」即便從典籍的角度，這段文字揭示了，鑑賞一首詩的生命動能，端視這首詩作的情感的氣味是否得當發揮，換言之，心志有所感而發言為詩的邏輯，而詩作必須遵偕於心志所發，是傳統檢證詩作的標竿之一。然而，就連詩大序的作者都無法罪證確鑿是否為東漢衛宏所作之同時，我們是否能夠堅信這段「詩言志——情志為詩的本質」說詞，我們能夠將情感心志，視為一首詩的開端原則嗎？

一、情志思維：表情達意

傳統詩言志的思維脈絡，其實是告知我們，詩作僅只是一枚載體，撰詩的目的，在於成功投射人們心靈世界，將心靈的思想、抱負、志向、情感，藉由詩表露無遺，也就是說，知性的「言志」與感性的「緣情」——情志並重，能否透過詩歌順利表達出詩人的情性或性靈，能否隱微見意，是故「情志思維」是傳統詩學的鑑賞美學標準。然而，新詩是否亦為如此？情感如何表現，仍舊是鑑察詩作的樞紐嗎？一首好詩，是否仍舊存在著鑑賞高下的意境問題？能表達情感的詩作，就是好詩嗎？如果說，情感能夠成功地傳遞接棒成為一首新詩，那麼心志情感，到底為何物？

情感是人類社會歷史發展過程中，所形塑的高階社會性心理狀態，無論是正面（如：幸福、喜悅）或負面（如：恐慌、怨恨）的情緒抒發，或是悲歡喜怒哀樂……等經驗的表達，皆是人們用以表述含具穩定的、深刻的、社會意義的心理活動。理性的言志，是心靈之智的根據，而感性的緣情，則是心靈之美的源泉，而情感綜攝兩者，一方面表述心中豐富的情感（詩味），一方面透過詩境的剪裁與烘托（賦形）。是以，詩人有所感，而發願撰詩，才足以形構完整的創作行為。換言之，一首詩是否能讓讀者感知詩人切確的情志，是否埋藏豐富的深刻情思，似乎是關鍵之鑰。

人類透過各種不同系統的符號文藝形式，來進行傳遞訊息與溝通交流。新詩，從來都被賦予著投影詩人心靈活動的使命與責任，它是一項個人化的創作行為（有別於散文循實、小說虛構），而直指詩人的心志情感。

新詩是群體時代的反映，也是個體生活的情感的濃縮。新詩貼近生活，表達細膩、真切、感人，有一股潛在的暗流貫穿心底，且重點是，新詩的好壞，關乎是否能夠以具體的事物表達抽象的情感。也就是說，詩作審美的詩語，能否檢具定向性，其情感的表達是否真切地令讀者心領神會、感知體悟，甚至擁有一套整體的情感邏輯與思維表達。

情感如何有意識、有機地融入新詩之中，而形成一套嚴密的情志表現？傳統詩學必談的「賦、比、興」提供了一套習常的思維寫作邏輯。「賦」乃是平鋪直敘、白描揣寫，刻鏤實景。「比」是運用類比聯想之認知思維——明喻（simile）轉喻（metonymy）、隱喻（metaphor）、象徵（symbol）、擬人（personification）……等技巧，來連接「心靈情感」與「具象物象」。「興」則是間接以物言志，透過物象的描畫，卻暗暗與心靈感知相繫連，轉化不可言傳的情感狀態，直觀洞察、徹悟啟示的表達（劉懷榮，1996）。「賦比興」寫作技巧所指涉的意旨，不外乎直觀或間接地描繪外在客觀物象，以及更重要的是再現心理情志風景。然而，新詩作為本世紀新穎的文藝語言，除沿承於情志思維的抒發、以白話為文之外，在傳達的形式上，新詩的企圖顯然有更多創新的想法。

二、詩性思維：神話語言

民國以來，在領受舊有傳統國學書香門第長大成人，且年輕亦兼受西方文藝影響甚多的五四文學家聞一多（1899-1946），他主張「新詩之情感應分為一與二流」，且唯有男女純真濃烈之愛情屬於一流情感，這恰是聞一多關注傳統思維所壓抑的純愛情思的主張之投射。情感可以分一流二流而有所分判，聞一多「唯愛是尊」的價值觀當然有其之時代侷限，此真愛觀念在當時被視為逆反傳統的極致表現，而在新詩摸索初期實具有開創意義。聞一多之所以提攜「愛情」因素作為新詩情感表達的首要核心，其用意有二：

其一，擴張新詩題材：

中國傳統詩人偏愛的獨白式詩句，以自我主體（我者）作為感覺核心的囈語表達（懷古、自嘆、感時、體物），所有的外在物象都是收攝到詩人個我內心主觀情志，再映射出來的。情志的內容百態多元，聞一多將詩情裡恰如元好問〈摸魚兒〉所言「問世間、情是何物，直教生死相許」的情愛，予以提升，他試圖將新詩的題材擴增至以往總被貶抑隱微的男女愛情，將新詩的重點，從詩人自身的小宇宙，放大關注到「客體（他者）的描述與主體之間的互動」，並以愛情作為人際交流的極致標誌。從此觀之，自愛情是人人所必經的情感經驗，從情愛出發所標舉的新詩新穎題材與情感的展示，從而開展新詩的抒情向度，讓詩人以開放樂觀的態度，擁抱更多「互動式」的情感，有別於傳統侷限在「個我封閉式」的情志表達，由此，無論是愛情、親情、友情，新詩的幅度更張揚了。

其二，張揚新詩技巧：

不論舊詩抑或新詩，都同樣存在著「情志表達：內感外應」的問題，迥異之處僅是表達的形式不同，以及側重的語言技巧有所延伸罷了。情感的種類，亦與時漸進地不限於真愛之表達而有越來越多元的主題，當情感的素材，比傳統的詩歌更甚者，可容納更多萬種的主題之時，這其實預告著，新詩不但在題材上有所革命，也希冀在技巧的揣寫方面，有更多突破。

英國名詩人華滋華斯（Wordsworth）曾說：「詩，是起由於沈靜中回味起來的情緒。」感受情緒，是每個人都會經驗到的情感活動，情緒隸屬於實際人生的事，然而回味情緒，再製情感，才是藝術家與文學家的義務與責任。詩人從當下情緒所發，到剪裁凝煉的創作活動之間，已然存在著時間的落差，是故，詩人必須藉由想像、回憶、重製、組織舊有經驗，將抽象的情緒，包裝轉化為具象的意象及文字，創造出新的情感語言，感染讀者。如果詩人這份情緒經過有機組裝，一方面詩人也在藉由想像回味中去達成詩中真切的情感，一方面就能熔化和洗鍊成為一首擁有良好意境的詩作。也因此一首好詩，可以成功召喚讀者過去的情感經驗，體驗詩作的情感、氛圍與氣味，讀者經由閱讀行為、透過象徵意象與語言文字，來感知詩作白身新形塑的心理（為情感賦形）與深層精神結構（探勘詩味情感）。

現代詩人苦苦尋覓著一種適切的詩形，並希冀建立不同於傳統韻體漢詩、全新的屬於「新詩」的節奏韻律和意象系統，藉以透顯新穎的「詩情」。受到西化影響，引進白話表意系統的新詩觀念，除了沿承傳統「情志思維」的表達之外，特別強調在語言結構上面有新穎的表述方式，吾人稱之為「詩性思維」。

詩文傳統所倚重的情志思維，雖然有一套「賦比興」寫作技巧在背後支撐，然而其講究的言志緣情，目的在於「感物應事」與「抒發情志」，而不在於技巧的張揚，不會過於強調「馳騁想像」與「意象比喻」的重要性。然而新詩所要開展的新技巧，不僅是讓詩句擁有凝煉的語言的深度表情，突破一般「理性思維」邏輯、逾越「物理時空」，轉化以「感性思維」邏輯，以心裡主觀情感去經驗感覺物象，以及剖現複雜心智。是故從情感出發，所丈量出來的詩性語句之文學世界，就有別於以理性視角，用相機拍攝出來與現實相互接軌的直觀物理世界。其兩者之不同，詳見下表：

	理性思維、物理時空	詩性思維、情感時空
原則	1. 以理度物、客觀觀察 2. 精準表述、無情緒性	1. 感心應物、主觀情志 2. 馳騁想像、意象比喻
思維	論述、邏輯、準確	神話、聯想、創發
舉隅	二十四小時	度日如年
	傍晚	整齣黃昏都是白晝與黑夜浪漫的爭執（白靈，2000：9）
	路燈	半截孤零零的水銀燈（羅青，1988：17）
	地平線	地平線長久在遠處／退縮地引逗著我們（白萩，2001：330）
	論斷	你守著話語的最末一個句號（周慶華，2009：115）
	泡溫泉	池中徐徐浮行／尋訪最靠近月亮處／和萬物的影子／一起斜臥（楊佳嫻，2006：72）

從「起興」的視角看來，此為新詩所特別在意的想像力，詩人必須跨越一般思維連結，活化意象的經營與韻律的表達，將情感所感知的世界，予以窺伺放大。例如每天晚上頻見的「路燈」一詞，就是對應到現實世界、沒有雜拌感情的客觀詞彙，也就是所言「理性思維」所折射的外在物理世界，然而，新詩需要琢磨「情感想像」，需要揣寫的是詩人的眼眸與筆觸所描繪之心靈世界，所以「路燈」在詩人充滿情感的心室透視之後，經過「詩性思維」心靈感覺的同化，成了「半截孤零零的水銀燈」，大大的弧形水銀燈泡，剩下半截發亮，在〈天淨沙〉一詩內，而擬人化地變成孤單的存在，沾染了詩人內心的情感思維，烘托出全詩蒼茫孤寂的效果。

詩人蕭蕭曾云：「想像，是詩的靈魂。沒有想像就沒有詩。創作詩，需要想像；欣賞詩，也需要想像。」（蕭蕭，1989）新詩乃詩人的抽象情感，賦形聯繫實指的物象，馳騁其想像能力的表現，一首好詩的情感，是必須仰賴詩性語言、意象創煉、韻律節奏，再製而成的。例如上表所題，周慶華〈大師你噤聲〉將大師主觀的斷言，描寫成「你守著話語的最末一個句號」，句號無非是指稱語句的結束，霸道的大師每以個我的意見執拗作為總結，而不允許眾聲喧嘩的聲浪，與他人意見宛如刪節號似地出現，統言之，經過詩性語言的詮釋（以句話斷言）大師的語氣及態度，反而比「論斷」兩字生動深刻。

新生代詩人楊佳嫻在〈溫泉醺然——宿紀州〉描繪身泡溫泉情景，透過身子沁入溫泉，「和萬物的影子，一起斜臥」在水池中與月色及萬物的倒影，一起閒逸地斜臥，以擬人的方式再現恬適心靈的感知，縈繞著輕鬆爽朗的氛圍，反倒比中性物理語言「泡溫泉」，來得更加令人心領神會，勾勒出詩性語言的情感圖像。

三、以意度情：想像流動

欲發揮詩性語言的特色，除了以心感物、以心應情，透過邏輯想像的組織，傳達出深刻情志，其新詩情感的經營之原則，必須「以意度情」，運用詩性語言的意象、韻律，演出詩人的感知情志。是故情感的書寫、意象的運籌帷幄必須兩兩環環相扣，才能將想像有機地化為詩化語言，讓讀者與詩人透過作品產生共鳴。

統言之，要傳達語言的深度表情，讓詩作盈漫詩味，需掌握幾項要點：其一、需「以意為主體」，以情意為中心，其次是「有機性」，將意象組合更加緊密、完整。其三「層深性」，亦即留下言外之意的餘韻，引人心馳神往。其四「聲律美」，使詩詞流露語言文字的音韻節奏的美感。其五「獨創性」，讓詩興、想像肆意暢流、大膽組合，常常見其獨特與深刻。（嚴雲受，2003）

是以內心情志、有效運用意象的組織、與音律節奏的配合、表現創意獨特的詩性語言，情感予以賦形，意符予以調理，就能成功烹煮出詩味。詩人心中主觀情意感覺的想像世界，必須透過密實的詩性語言具體意象之營造，拼貼出無形情感幻象，描繪出心理感覺的圖譜，讓讀者在咀嚼閱讀過程中，重組或再製成情感的具象，而產生詮釋及理解的意指。情感的深度，透過意象的選擇與再製，重現詩作的深層性、意義性、獨特性與感動性的生命力，將達成情深文明之旨。

舉例而言，周慶華〈賭注〉（周慶華，2009：181）詩云：

煮字
噴火的女郎
就是誘惑不了高貴的貧窮
有需要的自助取用

療飢

這首短詩傳達的重心在於「賭注」，對詩人來說，內心情感的表情與感覺，利用有機的象徵意象，拼裝成立體動感的詩性語句，才能直指人心。賭注，是一場希望的交易冒險，必須懷抱著大量的勇氣，拿出資本，才能有機會贏得暴利，許多人靠著賭博掙取希望，就如購買樂透彩券「一卷在手、希望無窮」。詩人以「煮字」

的意象，把重要表意的語言文字都給拿來烹煮，表示押上了賭博的資本；因而慾望不斷燃燒，派生出熊熊的希望，有如噴火的女郎一樣，綻放迷人的肉體。噴火的女郎一詞，不僅創意地構築出具體意象，運用雙關語彙，表達「賭注」神魂顛倒的豔麗誘人（賭贏了抱得巨財）、春色無邊卻也暗藏危險（賭輸了家破人亡）的兩面性。

儘管賭局的希望能「療飢」、治療飢腸轆轆，彷如空畫大餅、望梅止渴一般能夠暫時讓人忘記飢餓、忘卻貧窮，但「就是誘惑不了高貴的貧窮」，詩人卻堅持堅守貧窮，不願對賭局下注，因為堅忍不拔而讓貧窮顯得高貴。詩人以創意的烹煮、燎燒的意象，將誘人卻危險的賭注之深度表情，賦予創新獨特的情意形繪，將對於「賭注」抽象之流動想像，予以具體賦形、運籌帷幄，俾使讀者透過詩性語言的傳達，感知詩人情感的詩味，這是新詩組裝意符、以意度情的最佳表現。

第二節　事物的記憶：獨白的情感（情志思維）

情感的經驗，如何有效地鎔鑄投影於詩作之中，如何將作者的心態觀照體現出來，以下便從詩人主體角度，依照主題，分為「詩人的獨白之事物記憶」、「人際的互動之情感表現」兩端，分別舉例說明自傳統到新詩的抒情語言、情感的深度，該如何被詩人成功經營：

詩人的對象	敘述焦點	脈絡	原理	側重
獨白的情感事物的記憶	我	感物——我 【人際→詩人→詩作】	心動感時應物 （懷古、感時、體物）	情志思維
互動的情感人際的溫度	人	人情——我 【人際→詩人→詩作】	體察人情互動 （愛情、親情、友情）	詩性語言

在感時應物的抒情傳統裡，詩人以主觀的意志，體驗世界、體會自身、體察作品，詩人的敘述與情感是詩主體，因感物而滋生情志思維，發於詩篇，形成「世界→詩人→詩作」的抒情「物一情」結構關連，比較側重「情志思維」的張揚，詩人以詩篇抒發他對世界的感受，情感如何成功地磨刻出來，是詩人的使命。傳承自感物應事的情志傳統，映現詩人的「感物心動」內心情感，以抒發情志，中國詩歌國度裡，詩人經常反覆感懷的「懷古、感時、體物」議題，正是詩人常處於孤寂的自我獨白裡，讓自己體驗時局、江山、萬物，自我與世界對話，所滋發的精煉詩語。在這個「獨白」命題之下，由詩人出發，觀看世界所有景物，詩篇成為了詩人獨白的情感之反芻記錄，存留著事物的記憶。在詩人喃喃的獨白宇宙裡，詩人抒發在生活中感發的思想感情，眾所關心的，是他是否將內心情感予以表達，是他對經歷事物的感覺折射，而非鉅細靡遺地描繪生活事件的過程。詩作裡，漫篇累讀充滿了情緒性的直觀語言，不論是直抒胸臆，亦是借景抒情，同樣是被作者與讀者共同默許的，而神話想像般的詩性語言之塑造，並非必要構成傳統詩句的條件。

相對來說，新詩從主題的擴展上，張揚「情感」在詩作題材的開發。新詩不但讓詩人走出壁壘分明的物我關係，而讓詩人走近人群，體驗各種人情網絡之中，人際互動的多元情分。儘管詩人仍是直觀的主體，但詩人以用自己的眼睛與彩筆，觀察及刻鏤出他與其他人群客體的互動模式，亦即詩作所反映的重點是他對「他者觀察」，而非「獨白的朗現」，作品所表露的是「他者與個我」的對話與互動，是詩傳達的焦點，因人群交際而派生的情感反映所釀成的「詩性思維」。是故新詩「講究群體情感的表現」，將比詩人「抒發個我孤獨的情分」，釋放更多情緒的感懷，所以「再現人際溫度」的新詩，需要更多「新意、創新、激情」。新詩拓展了個我的視野，開放成「人－情」的關係，文本形塑了「人際→詩人→詩作」的創作網絡，所以新詩的主題，座落人際互動的感覺關懷之中，變得多元自在（愛情、親情、友情……），情感的描摩，不再只是要求展露抒情，而是綻放人際複雜情感的深度表情。是故新詩的技巧與方法，更適和以詩性語言、想像來揣想構築人情互動冷暖。

以下先以詩人獨白之主體出發，敘說「事物的記憶，獨白的情感」裡自古至今終究擺盪的常見主題「懷古、感時、體物」，分別從時間、空間、感官等觸角，觀察詩人該如何在獨白的詩作世界裡，綻放情感的繽紛色彩。

一、懷古：舊情今用、用典移情

在懷古的傳統裡，無論是詩人舊地重遊，重回歷史現場，或是挪用古人事蹟，抒發己見，懷古議題，多半是詩人運用前人的歷史記憶，移情地傳述自己的情愫襟懷。宛如蘇軾在〈念奴嬌：赤壁懷古〉回到三國赤壁戰役現場，激發了他傾慕周瑜少年建功的意氣風發，而對照起自己早生華髮老大傷悲的失望，心生淒創不能自已。

古今中外的詩人總是在以別人的酒杯，澆自己胸中塊壘，以獨白的視角，揣想古人的悲涼，可這懷古的情境，無非不是在嘆息己心的悲憤。

受過中西詩學嚴格訓練、熱愛鎔鑄中西詩風的詩人王靖獻（筆名葉珊、楊牧），早期喜歡運用典故，他在 1969 年所寫成的〈延陵季子掛劍〉（葉珊，1971：6-7）一詩裡，借用春秋時期季札與徐國國君友誼掛劍的典故，葉珊透過自比季札，舒張他當年遠在美國柏克萊加州大學留學的心境：

我總是聽到這山崗沉沉的怨恨
最初的漂泊是蓄意的，怎能解釋
多少聚散的冷漠？罷了罷了！
我為你瞑目起舞
水草的蕭瑟和新月的淒涼
異邦晚來的搗衣緊追著我的身影
嘲弄我荒廢的劍術。
………
呵呵儒者，儒者斷腕于你漸深的
墓林，此後非俠非儒
這寶劍的青光或將輝煌你我于
寂寞的秋夜
你死于懷人，我病為漁樵
那疲倦的劃槳人就是
曾經傲慢過，敦厚過的我

春秋吳國公子季札不慕名利，不願承接帝位，從南方吳國出走，遊歷北方各國。季札北遊經過徐國，因觀舞而以寶劍演示徐君，徐君非常悅愛。季札承諾等他聘事畢南歸，則以劍相遺徐君。季子歸途經徐國，徐君已死，季子掛劍墓前遂去。一段採自《左傳》與《史記》的講究友誼然諾之歷史典故，被羈旅異鄉、負笈美國的遊子葉珊，加以延伸演繹。葉珊宛如季札一樣離開故國北遊，面臨新舊思潮、中西兩脈、理論與實際之間的張力擺盪，充貫全詩。筆者將詩人的情感邏輯，與詩性情志隱喻，製成下表：

擬象	離開故土（偏遐）	步入異鄉（主流）
季札	南方	中原（魯國等）
	霸氣劍俠	溫厚儒學
	正義行動執行力	能言善道流於理論
葉珊	中國	美國
	傳統學養	西方思潮
	現實形下關懷	嚴謹形上學理

「我總是聽到這山崗沉沉的怨恨」以山崗的隔離代表著離鄉的間隔，詩人自擬因為不得以而出遊的季札，老是感受到來自故鄉的怨懟聲浪。詩人以「劍」作為正義、權力的象徵，隱喻博大精深的中華文化，同時象徵貼近社會臺灣現實關懷，展現正義的行動力。而葉珊以中原魯地的儒學，比喻成空有學院派理論教育建構，卻缺乏實際實踐力道的形上學說。

另方面，以南方的劍術，比喻強調身體武力展演美學、卻被視為土味野蠻的傳統臺灣中式教育。遠在他鄉接受新式思潮刺激的葉珊，宛如感受到中原儒家精深文化的季札，心理無非是傾慕的，但卻忘不了過去在家鄉受過的傳統教育與學養，忘不了親身實踐的社會關懷行動力，於是「美國學院的理論」以及「臺灣現實的實踐」，新舊思潮在他的腦裡爭辯著。

於是他開始封劍－荒廢劍術、棄劍－厭惡傳統，迎接美國主流文化的刺激，一如「一個遲遲不返的儒者、儼然一能言善道的儒者」，忘掉故國、成為華言滿口的申辯華麗理論、空談正義卻侈於行動的知識份子。進入柏克萊加州大學比較文學系的葉珊，他將思鄉、煩躁、面臨新舊交替的兩難情感，透過季札典故，以季札的口吻，傳達季札的無奈、感傷，也宣洩葉珊已身的焦慮。

最後葉珊仿造季札，把對他相知相惜的徐君之虧欠，透過贈劍掛劍一次償還。故人不再，夢想變焦，新舊交鋒，虛實相忌，所以「此後非俠非儒」，他拋開傲慢與敦厚兩者束縛，葉珊成為了道家隱逸擺渡的「漁樵」。雖然「疲倦的劃槳人」疲累不已，卻也尋覓了自己的路徑，放開執念，暫時消解了煎熬的痛苦。葉珊擬造了春秋時期季札的處境，也以這篇詩歌宣達了季札的情志思維，更同時，葉珊運用「懷古用典的雙關」引渡了詩人自己的去國棄鄉思鄉之複雜情緒，這就是在懷古的議題中，詩人利用懷念的客體、歷史的人物典故，暗渡陳倉地抒發自己的情志思維之經典範例。

二、感時：四季迭替、社會關懷

詩人的獨白情感世界，還有一重要的「感時」命題，亦即時間的消逝所帶來空間人事的變化，讓詩人的心境盈生情緒的波動，而心有所感發於詩。時間的更迭向詩人提示光陰的流動，正如吉川幸次郎所謂的「推移的悲哀」(吉川幸次郎,1977:25),詩人意識到自己生存於時間之上而引起的心理反應。感知時間的流逝,所示現出來環境、物象、人情的變遷,詩人感受到的不僅只是物象的客體變化,更是當下感知的直觀現象,即便是詩人的錯覺,那也是詩人感受時間異變所引發的心靈情感,重點不在於事物本身、社會現況變質了(或者物象本然、應然的質性真相聯繫),而焦點是詩人感受到了變質之後的情感反射,及主觀情感認知。在感時的命題之下,詩人最常感覺的,不外乎四季的更替、時間的流逝……等以物象的變動而感覺時間的銷損。除此之外,還有詩人面臨的社會情境的變動,而派生「人心不古」的現實感懷,亦經常是知識份子諷刺時局、批評時政所引起的「感時」主題,通常形塑「追憶過去、憂患現在、期待未來」的文學時間敘事結構。

時間的命題,流浪在詩人的作品中,被感情滌清地更加洗鍊有趣,以下分別就四位詩人,敘述他們如何以情感思維,感覺時間的流動之下,環境、心境的遷移。

(一)非馬:擬人的四季樹影

擅長撰寫短詩的詩人非馬(1936-)[1]環繞著一棵樹,描摩時間四季變化,他在〈樹・四季〉(瘂弦,1984)寫道:

春

把時間的縐紋
深深藏在心裡

---

[1] 非馬,本名馬為義,威斯康辛大學核工博士。非馬擅長撰寫小詩,體現社會關懷與人生感懷,詩題專注遠自國界、小至跨物種的生命大愛。

許久不見
你還是一樣年輕

夏

高瞻遠矚的
季節
一隻羽毛豐滿的鳥
在枝頭
顧盼自雄
該綠的都綠了

秋

這般嘹嘵
是不甘寂寞的
蟲聲
亦是
熱鬧過後
空洞的耳鳴

冬

「把時間的縐紋／深深藏在心裡」春天將老舊乾癟的歲月痕跡都讓冬天給帶走了，埋在樹桿核心裡，等候下一次季節的凋枯，翠綠的春樹，洋溢年輕的青春。非馬善用擬人方式，揣想四季如人一般，任時間季節在其身上作用著。

見識遠大的夏天，仿若「顧盼自雄」驕傲的鳥，「該綠的都綠了」旺盛的綠意霸氣地侵佔大自然的視線，奔放出屬於夏季的雄風。對照起盛夏全軍綠意盎然，非馬誇飾對比「群（夏：熱鬧繁盛）、單（秋：

寂寥孤絕）」，嘹亮的秋蟲鳴叫更顯得孤單。然而冬天的聲音彷若靜寂的空洞，生機盡失，僅僅只有幻聽耳鳴的聲響，最後以一個冬自結束詩篇，彷若，冬天之後，毫無聲音存留、毫無文章可作、毫無顏色可言。詩人以視覺顏色、聽覺聲響、字句的排列，描繪時間之四季景色變化，投以情感自喻，呈現一派生動的影像。

（二）聞一多：華麗的悲涼時局

詩人以時間之流，有感時局而心生波瀾，亦是詩人經常秉持的批判精神，聞一多〈死水〉正是投影大時代個體的情志展延：

這是一溝絕望的死水，
清風吹不起半點漪淪。
不如多扔些破銅爛鐵，
爽性潑你的剩菜殘羹。

也許銅的要綠成翡翠，
鐵罐上繡出幾瓣桃花；
再讓油膩織一層羅綺，
黴菌給它蒸出些雲霞。

讓死水酵成一溝綠酒，
飄滿了珍珠似的白沫；
小珠笑一聲變成大珠，
又被偷酒的花蚊咬破。

這是一溝絕望的死水，
這裡斷不是美的所在，
不如讓給醜陋來開墾，
看他造出個什麼世界。

這絕望的死水裡，無法再生水波漣漪，詩人用憤怒的語詞「爽性潑你的剩菜殘羹」敘述這方死水不但注不入清流，索性落井下石，倒進剩菜，讓死水越發糜爛。全詩的結構，每段四行的行文，每句詩話依照「客觀敘述→引發絕望→雪上加霜→慘上加慘」情感敘述骨架，傳達死水的悲哀。

當銅鏽像是綠色翡翠，鐵鏽有如帶血的桃花，油膩被比喻成羅綺，黴菌宛如蒸出雲霞，死水恰似發酵綠酒，泡沫被視為白沫珍珠，詩人全以鮮豔奪目的奢華物象（雲霞、綠酒、珍珠……等），反襯死水的醜陋骯髒，利用華麗的美感，荒謬逆反地表達憎惡情緒。詩人善用「反差比喻」嘲諷死水的瑰麗，透顯其視覺上的腐壞，讓讀者更感受到這難受的死水，彷如視覺化的死水物況，情感化的意象文字之間，卻令人聞到了嗅覺化的作噁腐臭。

聞一多約莫 1925 年從美國學成歸鄉，他所面晤的故鄉中國，卻看是一個腐舊黑暗的社會，詩人的激憤與憂心，沁入死水的破敗美學形容詩句裡頭，冷眼探望眾人趁國之危、落井下石的家國慘況，隱隱透露聞一多蘊蓄的憂國患時的深刻情感，與情感意象裁減的用心。

（三）錦連：感時的血緣創痛

60 年代的笠詩社詩人錦連（1928-）承繼著銀鈴會所堅持的本土文學反省精神，直視著戰後的時代歷史傷口，以詩映心，充滿了濃厚的社會批判意蘊，與文化根源及種族血緣的省覺，並在〈挖掘〉詩作裡，展露無遺：

許久　許久
在體內的血液裡我們尋找著祖先們的影子
白晝和夜　在我們畢竟是一個夜

對我們　他們的臉孔和體臭竟是如此陌生
如今
這龜裂的生存底寂寥是我們唯一的實感

站在生存的河邊　我們仍執拗地挖掘著
一如我們的祖先　我們仍執拗地等待著
等待著發紅的角膜上
映出一絲火光的剎那

這麼久？這麼久為什麼
我們還碰不到火
在燒卻的過程中要發出光芒的　那種火

這麼久？　這麼久為什麼
我們總是碰到水
在流失的過程中將腐爛一切的 那種水

晚秋的黄昏底虛像之前
固執於挖掘的我們的手戰慄著
面對這冷漠而陌生的世界
分裂又分裂的我們底存在是血斑斑的

我們只有挖掘
我們只有執拗地挖掘
一如我們的祖先　不許流淚
（《挖掘》，頁 65）

因為茫然與疑惑，所以挖掘尋思的力道，更顯得急切，詩人錦連面對戰後國民政府接收臺灣主權，卻因思維扞格而出現如 228 歷史悲劇的混亂時局，由身處紊淆的家國政治，所衍生的認同危機，他藉由〈挖掘〉這個「持續、堅定的求知動作」，試圖重新考索中國及臺灣之間文化根源的基緣問題。

從詩作的開頭，詩人便直接了當點出了本省與外省人同種族的親緣聯繫，「白晝和夜　在我們畢竟是一個夜」，詩人先預設了血濃於水的親密認同，標榜著同緣同種的血脈，並沒有讓這一家族和平共處，相反的詩人以「他們的臉孔和體臭竟是如此陌生」的句子表達一密一疏的情感比喻，反襯兄弟反目成仇的龜裂真相（政權壓迫），突顯臺灣人孤絕畏寒的寂寥心境。

日治時期習用日文創作的錦連，戰後才開始學習中文，他的鄉愁與政治現實隔閡的感慨，是遲來的發音，感受時局變異的錦連處在「光復前後的迷失和徬徨」，詩人在詩作裡傾洩過剩的感傷與不安（笠詩刊社主編，1979：224），形塑了詩文感懷情緒。詩人運用「挖掘」暗喻知識份子的熱情與努力，希冀透過溝通協調能夠融合族群的創痛，這持續固執的掘墾，雖然心理是畏懼顫抖的，但詩人仍以深挖的現在進行式，表達我們一如祖先不斷奮進的決心。

由於錦連對於時代的敏感性，因此經常藉由心象的風景的暗喻，去批判現實的體制。此外詩人又溶入了對生命意志的堅持，使得詩的意義呈現深層多元的閱讀層次，探掘靈魂深處，呈現美善人道關懷情感，達成情感深度的聯繫與表露。

（四）李敏勇：政治抒情的風景與心境

社會在新聞事件裡遊走著，被詩人的感官所取擷著，特定的政治事件成為了靈感觸媒的節點，詩人透過詩歌傳遞個人情感與社會的緊密聯繫，並且有機運用意象的堆疊，拼接出情感的圖譜。

例如本土中生代詩人李敏勇（1947-）在 2004 年總統大選前陳水扁總統遭槍擊事件之後（3 月 21 日）在報紙發表詩作〈春天〉（白靈，2008：16），云：

不要以為
窗口的風景
永遠那麼美麗

就在大樹下
槍聲
擊痛死難者的叫喊

一片一片新葉
是一年又一年出現的記憶

頻繁運用「風景」比喻敏感心境的李敏勇，承襲著政治抒情詩人偏愛以景喻情的傳統，他對於家國充滿熱情的殷殷期盼，與本土意識的強烈信仰。詩人將現在多元社會比喻成，這窗前茂密而美麗的樹景，這看似繁密而健壯的葉片，其實背後掩藏著多少歷史的皺摺，每枚葉片之下，都有可能出現如前日 319 槍響之下悲劇叫喊的陰霾。

詩人彷若先知來人的語氣，以嘲諷告誡著身在福中不知福的後進們，這一片旺盛的亮麗民主風景，皆是前人耕耘的辛勤與熱血灌溉而成。即便歷史暴力的槍聲，響撤雲霄，仍撤不走大樹一片片新生葉片的生機勃勃，即便每一片葉子都有其悲喜交雜的萌生背景之社會記憶，但詩人仍將這悲情犧牲的事件，化為國家進步前途美妙景色的一部份，透過美麗風景、樹木與葉片的意象經營，化悲為喜，由抑轉揚，盈漫積極樂觀的政治情感，照見一顆熱誠的希望心情。

三、體物：起興映情、戀物想像

建構新詩的審美情意世界，是更進一層產生「移情作用」，讓被欣賞的客體（新詩）與欣賞的主體（讀者、欣賞者）結合得更為緊密。所謂「移情作用」，就是指人在面對天地萬物時，把自身的感情移置到外在的天地萬物上去，似乎覺得天地萬物也有同樣的情感。

體物感物在抒情傳統裡，一直佔有重要的位階，在過去中國古典詩作「遵四時以嘆逝，瞻萬物而思紛」感物思維中，因物起興「傷逝嘆昔」一直是核心主題。從古詩至新詩，詩人所感之物並沒有因時空轉換而有過多的代換，「物」並非涵蓋所有的自然景物、蟲魚鳥獸，而是與時間與空間屬性交錯之下、別具特性的物象（江明玲，1990：32）：

其一、時間屬性，多為短暫不拘、與時推宜的自然景物，或與詩人在時間生活記憶裡，相互連結的熟悉物象，如：朝露、夏蟬。

其二、空間屬性。多為漂泊無定、無根無依的自然景物，或與詩人在熟悉空間記憶裡的物象，如：風、雲。

詩人將時空生活所見物象，以它起興反覆吟詠，透過模擬物象的特性、感受物象在時空的變化、體察自我內心同質情感的面貌，所以「物－我」構成了「同質性的整體」，詩人主觀地將物象收納進入內心，以詩歌為媒介，彰顯了獨特的物我關係與圓融的生命情調。其詩歌表現的方式，不只是透過物象的變化，體驗時間、空間的變化，也以詩人的感官（視覺、嗅覺、觸覺、味覺、聽覺……）全身浸淫在感物想像中，讓描寫的物象，替詩人吐露他的情感，請見鍾順文[2]〈燈下苦瓜〉（陳義芝：2000）：

沒有根莖沒有葉子的苦瓜
一如整夜無詩無趣的我
他仍有色澤，而我
一臉白紙，紙上點了幾個黑字
那是內心的雀斑嗎？
苦瓜不苦，燈下的我苦不苦？

---

[2] 鍾順文，是時下有名的華裔中生代詩人，以司馬風雲、鯀龍、靜萍為筆名，其擅長活用意象展示抒情諷刺。已經寫詩超過卄載的他於 1952 年生於印尼雅加達，而且在文壇上獲獎無數（曾獲多次高雄文藝獎、國軍文藝金像獎、海軍文藝金錨獎及全國優秀青年詩人獎、心臟詩獎等）。鍾的作品曾入選華人世界多國之年度詩選，並也有些被譯成英、日、韓文出版。著有詩集：《六點三十六分》、《放一把椅子》、《頭髮和詩》，散文集《舞衣》、《H大調》等。

漫漫十載，仍然載不走我的苦心
昔年長安事，今日看一臉苦瓜
擺脫了桌上的豺狼虎豹
就是卸不下一身詩想
想問燈上九重天
那年，他出土的驚喜
如今何在？被拋在透明玻璃鏡外的眼光
都招不齊了嗎？而我如何不苦
如今周身空寂
也惟有他似犬，忠守這一畝荒地
赤裸裸頂住光芒的鋒刺
要情無情，要意不得意
怎不讓他一身疙瘩？

苦瓜成了詩人託寓情感的媒介，白苦瓜，彷若詩人恰如白臘的一臉白紙，折射了鍾順文蒼白、虛弱、了無顏色的生氣與心境。苦瓜凹凸不平的粒疣，恰似詩人的靈感雀斑，不斷地錯落在文學扉頁裡。「卸不下一身詩想」，正如苦瓜無法褪去起伏不定的山巒白峰，詩人仍舊堅持創作。儘管咀嚼心裡的情感味道是悲苦的，但是，源源不絕的創作的慾望，如同苦瓜的白疣一樣，不得不繁複而生。緊接著詩人召喚了出土的文物苦瓜，恰如詩人的作品付梓出版、或被刊登閱讀，宛若「白玉苦瓜」被透明的櫥窗玻璃隔絕起來，讓人參觀鑑賞、品頭論足。詩人以主動的姿態觀看苦瓜自然物象，從「非主動地感受」轉為「主動的感知」，將苦瓜的味道、長相、顏色，與詩人內心的想法、情感、都給暗暗聯繫起來。

詩人與自然物象的結合，構築出屬於文化文學的詩篇，人是符號的動物（animal symbolicum），有機利用語言的神話詩性手法，梳理出符號化思維和符號化的行為，以一種深思熟慮的應對方式，再現內心世界，疏通及關照外在物象，透過情感的語言精鍊，建立了詩人的情感氛圍，以文藝連結詩人與世界的距離。詩人透過他獨特感性的情思、理智的哲思，讓苦瓜的生命意義隨著詩人的詩性感覺起舞，讓意涵產生了多元性，詩人運用語言文字符號展開創新的意義，詩句的產生，事實上呼應了詩人心中的情感世界。

苦瓜固是外在物象的描述，但同時也覆射鍾順文獨白者的心境及構成其現在的境遇的陰森複雜的過去。英國文化研究者賀爾（Stuart Hall）曾針對符號的意義構連的變動性及多義性指出，符號不可能將「真實」固定於「符合」特定現象的意涵，符號義總是隨不同的解讀者的社會立場或文化資源，而有所差異（Hall, 1980: 131）。詩，作為情感的符號語言，在多義性和複向指涉能力（multiple referentiality）的本質上，使得製碼者（詩人）和解碼者（讀者）之間必然產生差異，卻也勾勒出詩性語言的豐富多義表情。

第三節　人際的溫度：互動的情感（詩性思維）

除了詩人的獨白，新詩創作裡還有更多表達人際溫度的互動情感，讓詩人走出自我喃喃的堡壘，透過人情的網絡，將自身與他者發生關連，以情感經驗彼此的互動，以詩篇描繪這美麗的悸動，收攏情感的感受。當詩人將焦點放諸人際互動之中，利用詩作寫意

「人一情」的深度關係，有別於詩人個我獨白的自我世界，「觀察人情」成了詩人關注的焦點重心，情感儼然形成雙向對流，詩人的殿堂裡容納更多的情感交際，這比單獨感知的情志，顯得更多情複雜，也因此情感的梳理與表達，尤為重要。

詩性思維以放縱的姿態，更加豐富地被運用在新詩創作，詩人運用豐厚的情感聯想（而非物理聯繫），演示人情冷暖。除了現實世界實際與他人發生互動，而也必須在新詩裡投射更多的人情交換，也因此作品外放更多的人際溫度，才能引發讀者共同情感經驗（愛情、親情、友情）的共鳴，呈現感人情境、動人情志、活潑輕盈。

一、愛情：刻骨與椎心的眷戀

愛情的樂章，在新詩的主題當中歷久不衰，比較起精鍊簡短的傳統文言詩句，新詩擁有更大的自由幅度能夠刻鏤雙方情意，和盤烘托轉化相思。

以相思為例，王維（701-761）〈相思子〉以紅豆起興，座落相思的情分：「紅豆生南國，春來發幾枝。願君多採擷，此物最相思」紅豆又名相思子，詩人描繪春紅豆生於溫婉熱情的南方，在春天萌發愛芽，利用地域及季節，雙雙表示愛情蕩漾。勸人多採擷紅豆，也是多加思念，抒發情意。新詩詩人改編成〈紅豆〉新詩：「羞羞的／怕怕的／長出新芽／每當／南國的春天／長在稍頭／看在心頭／紅豆／愈採愈多／相思／愈來愈濃」（楊鴻銘，2002：209）詩人將相思羞答答的感覺以春天的新芽加以揣想，描畫出有點兒怯生害怕、畏畏縮縮，但卻將愛情的開端形容成新發的生命稚嫩活力，發揮了王維的創意，以詩性思維寄寓愛情、情竇初開的樣態，施以想像、大展宏圖。小紅豆成長在樹梢，詩人的相思隱約作用在心頭，紅豆愈採愈多，而相思也排比相對地越發濃郁。以紅豆雙關比喻情感的交會，對情人的思念也層遞增深，新詩的想像幅度，可以比古詩來得更發揮。

（一）張彥勳：深陷圈選的相思

曾在生命困境（白色恐怖、語言隔閡）打滾的臺中后里詩人張彥勳（1925-1995）「走的是抒情的路線，他是情感豐富的詩人，以開懷的胸襟包懷一切事物，包括美與醜，善與惡以及對人對事。」（張彥勳，1982：45）詩人以濃厚的抒情風格作為其詩觀，同時又透露詩人對人生包容的態度，以及美善關懷。他在〈思慕〉（張彥勳，1986：17）詩作表達情感的糾葛與矛盾：

心繫心
圈圈圈住你的愛

鳥兒在樹上卻揶揄著
說是在投圈遊戲

而我
在心圈中已動彈不得

在這首詩一開始便以想像的心室沾黏，顯示「心繫心」的愛情密度，浪漫情懷的愛慕之意躍然紙上，詩人挪用梁紹壬經典情詩〈圈兒詞〉「相思欲寄從何寄？畫個圈兒替。……還有那說不盡的相思，把一路圈兒圈到底。」將思慕的心與「圈圈」的意象相連結，詩人積極採擷典故的圈圈相思意義：圈圈既圈住了自己所愛的人，卻也圈住了自己（動彈不得），既是甜蜜也是負荷。

另外，詩人亦不忘揶揄了這〈圈兒詞〉的意象，而用樹上旁觀的鳥兒，反觀這對相思氾濫的人類男女，好似在投圈遊戲，詩人以樹鳥的客觀，說明這愛情彷如遊戲般不需認真，置身事外的物象不理解圈圈裡頭愛情的耽溺，故無情地以為相思恰如嘻遊。但身陷情愛囹圄的人們，卻早已沈浸其中不可自拔，詩人以樹鳥的嘲笑，以及典故的運用，活生生描繪這愛情的詩性語言，〈思慕〉同時體驗了多數人的情感世界，在這情感共鳴空間中，讀者與作者引發經驗的勾連，發生感動。

（二）夏宇：甜蜜紛飛的愛情實驗

記憶裡的愛情，該如何被放大與感受，情分如何被收編在文學的詩句裡，許多詩作歷歷呈現的愛情多元感受，從抒情言意大師徐志摩（1897-1931），到青春揚情詩人席慕容（1943-），愛情的抒發，不曾隱蔽在牆角，而是大辣辣地走在街頭，大方接受品頭論足。這些詩人在詩篇裡，直言愛情的力道，抒發狂熱情志的可貴。

然而，也有詩人傳達愛情的方式，充滿了知性隱晦的象徵，讀者必須細細品味、拆解意蘊，才能感覺情愛的震撼。舞文弄墨、具有實驗精神的後現代詩人夏宇（1956-），[3]更以經典詩句描繪愛情，

---

[3] 夏宇，本名黃慶綺，筆名童大龍等。國立藝專影劇科畢業，年輕十九歲便開始寫詩，曾經榮獲第二屆時報文學獎散文優等獎，以及「創世紀」創刊三十週年詩創作獎，與第一屆中外文學現代詩獎。目前現寓居法國，著有詩集《備忘錄》、《腹語術》、《摩擦.不可名狀》等書。

她在〈甜蜜的復仇〉將愛情以另類的方式存留，詩作大放厥詞：「把你的影子加點鹽／醃起來／風乾／老的時候下酒」。愛情甜蜜短暫，但要將情愛加以存留久遠，詩人鮮活想像地利用「醃漬」方式，將愛情的影像——忘不了的對方身影，加鹽風乾，等老年時候，年華已去，情愛成為回味記憶的最好下酒菜，拿出來品嚐風味猶存的甜蜜美味。詩人語帶瀟灑的語調，傳達至高的愛意，以「甜蜜的復仇」來回應一段刻骨銘心的愛情。她不直接描繪愛情的當下美好，而以奢求更遐遠情分的天長地久。詩人利用華人保存食物的親切土法，明喻那直接大膽的相思快感，並且以愛情經過歲月的洗鍊（加鹽風乾），脫水成為「老年下酒」無聊閒逸（有閒）、可資回味（褪情）的詩性語言，深深召喚當年銘心動人的愛情過往，這情感的短詩表意，卻盈漫排山倒海的驚人感受，夏宇迷人的地方，正是這想像詩性語言的發揮與張揚。

不僅僅只是讓情愛躲藏在詩性語言裡，夏宇還有另外一篇詩作〈你正百無聊賴我正美麗〉，正用放膽年輕的直言路徑，表露愛意的心境：

只有咒語可以解除咒語
只有秘密可以交換秘密
只有謎可以到達另一個謎
但是我忽略健康的重要性
以及等待使健康受損
以及愛使生活和諧
除了建議一起生一個小孩
我沒有其他更壞的主意

你正百無聊賴
我正美麗

表露愛情的方式，不是理性可以釐清，詩人以「咒語、秘密、謎」揭示愛情不可言喻，帶點兒奇幻的巫術，既如狂熱的宗教咒語，又像是不能說出的秘密，簡直就是撲朔迷離的謎語。也唯有當局的雙方，只有對等的狂熱，才有讓溝通成為可能，局外人永遠像是霧裡看花一樣，誤認這番愛情恰如咒語、秘密、謎語，僅有熱戀中的彼此才能夠理解另外一方的語言、情意、心境，實踐「只有你能懂得我的誇飾」。愛情總是綜攝甜蜜又傷悲的兩面，夏宇描繪「相思等待－不健康、情意和諧－健康」活潑比照，繞開愛情的「心理」診斷，詩人從另類的「生理」的角度，思索愛情到底符不符合健康原則，解讀愛情對身體的作用。

最後詩人給出了創意獨特的答案，「除了建議一起生一個小孩，我沒有其他更壞的主意」生小孩無非就是結婚生子，一起生產、培育愛意的結晶，一起渡過往後的歲月陪伴生活，這正是詩人認定的終極幸福的秘方。〈你正百無聊賴我正美麗〉詩人診斷愛情的病狀，發現戀人全都罹患謎樣難解的瘋狂衝動，直指解決愛情病灶的最佳療方，正是步入白頭偕老、相知相守的生活。而雙方也都熱戀情意相投、瘋狂條件相當、天時地利人和，因而「你正百無聊賴/我正美麗」，對方的心室裡正空閒著、沒住著別人，而我也正青春美艷，表露兩人相守恰是純熟時機。詩人讓小女孩天真、任性、霸道的愛意，開懷的打情罵俏戲謔語調，申述最隆重的愛意，交出自己的終生承諾，一鬆一緊、一玩笑一嚴肅，充分傳達詩性語言的張力，見證愛情的深刻美好，夏宇以莞爾的活躍想像，征服了難言的愛意，說服了讀者的共鳴。

（三）聶魯達：自然大母神的呢喃

有別於充滿難解的後現代意象，西方詩人表露愛情的深度，習慣運用的詩性語言，與華人詩篇擁有極大的表達風格差異。以情詩聞名的 1971 年諾貝爾文學獎得主、當代智利名詩人聶魯達（Pablo Neruda，1904-1973），他認為「生命中不可或缺的詩歌與愛情」其一生有兩個焦點主題，一個是政治，另一個是愛情。主要作品有《二十首情詩和一支絕望的歌》（1924）和《詩歌總集》（1950）。1930 年聶魯達在爪哇與荷蘭人瑪麗亞・哈根納爾（María Antonieta Hagenaar）結婚，他們在思想上有著很大的差別，几年後兩人離婚。1943 年聶魯達娶了第二任妻子阿根廷畫家卡瑞爾（Delia del Carril），於 1955 年離異。幾年後，聶魯達遇到了他此生的摯愛，智利女歌唱家烏魯提亞（Matilde Urrutia），1960 年，聶魯達將《一百首愛情十四行詩》（Cien Sonetos De Amor）獻給烏魯提亞，他認為烏魯提亞跟他都是智利的孩子，妻子是他的最愛，亦是他創作的靈感的根源。他們於 1966 年結婚，婚後幸福美滿。在《一百首愛的十四行詩・早晨 4》（聶魯達，1998）聶魯達以清晨為比喻，宣告了他濃厚的愛意：

你將記得那條奔躍的溪流
在那兒甜甜的香氣上揚、顫動
有後飛來一隻鳥，穿著
水色和悠然：冬天的衣飾

你將記得那些大地餽贈的禮物
永難忘懷的芳香，金黃的泥土
灌木叢中的野草，瘋狂蔓生的樹根
利如刀劍的奇妙荊棘。

你將記得你採摘過的花束，
陰影與寂寞之水的花束，
彷彿綴滿泡沫的石頭般的花束。

那段時光似乎前所未有，又似乎一向如此：
我們去到那無一物守候的地方，
卻發現一切事物都在那兒守候。

香氣四溢的奔躍的溪流，彷若兩人的回憶一樣香甜美好，不僅擁有甜蜜的溫馨，而且有如悠然水色的鳥，穿著爽朗顏色的羽毛。聶魯達熱愛運用自然物象與情境，烘托他對妻子的愛戀，這時他以冬天水藍羽毛的小鳥，直指這情感與記憶的感懷。而愛情的共有回憶彷若人間仙境，有著芬芳的花海，愛情的路上雖然軟綿甜蜜，也有刀劍荊棘的困難窒礙，但同樣是兩人攜手走過的美麗過去。回首當年，我們相會之處所，似乎看似「無一物守候」，細細追憶，卻發覺「一切事物都在那裡守候」，滿是令人感懷的回憶。

聶魯達將愛情含攝於心，愛情的滋潤成為創作的泉源，是其詩歌生命的視角。在這些詩作中，我們見到的不只是學習科學知識、精準、知性的表現，更是感性熱情之溫柔敦厚的生命態度，以白文的直敘或比喻方式，傳達生命情感的深厚維度。詩人聶魯達慣用愛情看世界、看生命、看自己，愛情的滋養，讓聶魯達以更遼闊、更情欲的眼光，重新詮釋大自然週期的生機與凋零，並將自然大地視為他的愛人，仿若大母神一般，豐厚又親愛，自然物象成了聶魯達收攏靈感的素材寶庫，用來建構情欲的風景詩篇。

二、親情：故鄉與家人的縈念

（一）余光中：個我到大我的思親

親情的記憶，在詩人的文學造景之中，不僅呈現對童年的回憶、雙親的想念、也放映著親情互動的情節。複雜而多變的詩人余光中（1928）[4]文學生命能量雄厚多元，他詩路的變化折射了臺灣詩壇先西化後回歸的趨勢。在臺灣早期的詩歌論戰和 70 年代鄉土文學論戰，余光中的詩論和作品濃厚地主張西化、疏離現實場域。80 年代之後，他的筆鋒轉回祖國大陸，創作動情的鄉愁詩，也開始熱衷親近臺灣鄉土，因而被臺灣詩壇稱為「回頭浪子」，是個十足「藝術上的多妻主義詩人」。余光中描寫鄉愁作品，一向被視為詩歌經典，細膩而柔綿，請見〈鄉愁〉（余光中，1975）：

---

[4] 余光中，祖籍福建永春，1928 年生於江蘇南京，1947 年入金陵大學外語系（後轉入廈門大學），1949 年隨父母遷香港，次年到臺灣來，就讀於臺灣大學外文系。余光中於 1953 年，與覃子豪、鐘鼎文等共創藍星詩社。後來赴美進修，榮獲愛荷華大學藝術碩士學位。返臺之後曾受聘擔任師大、政大、臺大及香港中文大學教授、中山大學文學院院長。著有詩集《舟子的悲歌》、《藍色的羽毛》、《鐘乳石》、《萬聖節》、《白玉苦瓜》等十餘種。

小時侯
鄉愁是一枚小小的郵票
我在這頭
母親在那頭

長大後
鄉愁是一張窄窄的船票
我在這頭
新娘在那頭

後來啊
鄉愁是一方矮矮的墳墓
我在外頭
母親在裡頭

而現在
鄉愁是一灣淺淺的海峽
我在這頭
大陸在那頭

詩人依照時間的進程，分別將每個人生階段的鄉愁與親情的感受，投以不同的意象表示。小時候的鄉愁恰如郵票，詩人指出童年讀書離鄉，必須透過書信往來的方式來與家人聯繫，親情對他來說，必須讓一張小小郵票來承載。長大成婚，與另外一伴相隔兩地，必須坐船往來才能與愛人見面，相思便寄寓在一張船票上頭。後來母親過世了，思念成為天人永隔的註腳，鄉愁就成為了墳墓，陰陽兩世阻隔了他與母親的距離，這令人鼻酸的詩性比喻，動容了多少讀者情感。最後這離情，不只是詩人個人的間隔，而是伸張放大成為家國的離間，民族的分離，鄉愁成了臺灣海峽，阻礙了兩地人民的會面，對外省族群來說，臺灣成為異鄉，故鄉在對岸，顯得漫天遙遠。

從離家、離人、生離死別、離鄉，這相思的分離越來越大，情分越來越濃，層遞傳達詩人內心的思國愛鄉情感，透過詩作完整表達 「縱的歷史感，橫的地域感。縱橫相交而成十字路口的現實感。」(《白玉苦瓜・序》)，將親情的聯繫與體悟，依照人生的時程加以描繪，呈現感情的等差，從親情出發，表達最感人的家國情思。

（二）顏艾琳：割離的親緣焦慮

親情的跨度以詩人個我為主體，放射到上下幾代的直系血親。除了對雙親的懷念，親情還有對孩子的掛念與愛戀。詩人或將對寶貝的關懷與照料，直書於詩篇之中，釋放感人親情的能量。或者也有詩人將親情的思索，更放大成為個我認同的焦慮，收攝成為自我女孩過渡到母親身份的反思，且見臺灣中生代名詩人顏艾琳(1968-)〈潮〉(顏艾琳，1997)：

日子剛過去，
經血沖洗過的子宮
現在很虛無地鬧著飢餓；
沒有守寡的卵子

也沒有來訪的精子。
只剩一個
吊在腹腔下方的空巢，
無父無母、
無子無孫。

在經期過後，詩人以「虛無的飢荒」比喻情慾的飢渴、熾熱與高張，然而此時生理還未排卵，也沒有親密的愛人來擾，只剩下一個孤伶伶的自我，空有可以孕育的子宮，卻沒有情慾進駐，更無法生育，因而讓子宮虛有其表地保有空巢，無法生而育女，阻隔了生命的延續。因而詩人形容這是「無父無母、無子無孫」，割離所有血緣的聯繫，只剩下一個單獨的個我，沒有任何親緣的聯繫，當可以懷孕的女孩，卻沒有生育的機會，詩人將這冰冷的恐慌，上揚成恐懼家族歷史感的消失，血緣親族的荒蕪感更加濃厚了。

詩人自身女性從女孩到母親的孕育生理特質有深入的體現，詮釋了性別的奇異性。此詩除了表面上對於女性生理特質的描寫，還同時暗喻了同志們的「生殖焦慮」，因為對同志而言，生殖並非生存意義的來源，而兩人的相守相處共組家庭反倒是焦點。異性戀者的個體死亡，後代會延續下去，對於同性戀者來說，個體的死亡意味著徹底的、絕對的死亡。同性戀者缺乏異性戀者對於家庭體制、親緣懷想的鄉愁，甚至更有甚者，同志被自己的父母家族所排斥，認同的無力虛無感，成為同志心理的痛楚，是故某種程度意義而言，可謂無祖國無父祖。同性情誼產生了生命延續的斷裂危機，卻也同時擺脫了父系社會建構的桎梏。

三、友情：知交與相惜的情份

群我的相處當中，友誼的表達，相較於傳統的詩歌，是新詩較少抒發的區塊。表述友情深度的新詩，余光中〈友情傘〉是箇中典範之作：

暴風雨裡
一位朋友撐傘來接我
一手扶我的踉蹌
一手把堅定的傘柄
舉成一面大盾牌
抵擋猖狂的雨箭
後來才發現
逆風那一面他的衣衫
幾乎溼透了驟雨
喔，所謂知己
不就是一把傘麼?
———晴天收起
雨天才為你
豁然開放

正如水滸精神的張揚，我不要趁火打劫忠義，只需相互友誼扶持。詩中將甘願為知己無願無悔付出的支援幫助，恰如在暴風困境中，仍挺進自我不畏艱難阻隔，也要兩肋插刀的知己，如同舉著盾牌大傘，抵擋，即便自己也濕透，仍勇敢地為友付出。

詩末最後詩人還註明，「雨天才為你，豁然開放」，表露困境惠援的誠意與堅定友情，余光中這首小詩，以生活化的暴雨環境作為象徵，以風雨飄搖反照堅定無比的友誼，表達得直接又白話，不失為一賦情的清新小品。

作品遊走在同性情誼邊緣的詩人陳克華（1961-）[5]，其作品〈蝴蝶戀〉（陳克華，1993）替歷史公案當中，弘一法師與夏丏尊之間的友誼，作了情感的假想與深造，參見下文：

他的愛我，可謂已超出尋常友誼之外……
沒有我，也許不至於出家。

——夏丏尊‧《弘一法師之出家》

我終究要走過這一生極盡繁華
然後証得萬法
皆空。吾愛汝心
吾更憐汝色
以是因緣，情願
歷
千千萬萬
劫難，一如蝴蝶
迷途於花的暴風雨。

---

5 陳克華，1961年生於花蓮，臺北醫學院醫學系畢業，現任榮民總醫院眼科醫師。詩人屢次獲得全詩獎殊榮，包括聯合報和中國時報的各年度文學獎、全國學生文學獎、金鼎獎等。曾主編《現代詩》季刊，出版有《騎鯨少年》、《星球紀事》、《我撿到一顆頭顱》、《與孤獨的無盡遊戲》、《我在生命轉彎的地方》、《欠砍頭詩》等各類詩集以及小說、散文集若干，並撰注〈臺北的天空〉等數十首歌詞。

我必得時時如此自苦?
斷食、斷髮、斷念
呵，更得斷去心頭這朵美絕的思念
方得稍解體內
風起潮生的胸悸舌燥……

天心一捧不曾圓正的月輪
正如我親手栽下的華枝不曾開滿
癡者，識道未深……
蝴蝶辭別著春日的花
問花：難道對於自己的美你絲毫不曾自覺？

花兀自生滅。
千千萬萬朵生滅之間
我，不也是匆匆一瞥的臨水照花人？
終究一生不過是場漫長的辭別
（願他年同安養共圓種智）*
我且捨下了情
我且捨下了癡
我且捨下了悲
我且捨下了欣
我且

* 1918 年弘一法師出家於杭州虎跑寺，半月後贈夏丏尊一幅字，寫的是「楞嚴大勢至念佛圓通章」，跋內末有「願他年同安養共圓種智」的話。

詩人從一開始的夏丏尊詩題，便點出了友誼情感的曖昧性，然而筆者並不認為，直言說愛，就等同於同性戀情，「同性戀」本身究竟是一種生活傾向、一種偏好、還是一種情感社會建構、或者僅是曖昧的友誼而已？歷史的積澱與真相，除了當事人心知肚明之外，其他總是外人，弘一法師何以出家，詳情我們不能得知。但巧妙的是，詩人挪用夏丏尊這段令人遐想的話語，從這裡隙縫出發，引起無限的詩性想像，珍貴的是詩人如何以詩篇的感懷，再現這段隱晦情感的假想，詩人透過這首詩，說什麼，這是我們關注的焦點。

陳克華的詩從早年的幻想奢華，到之後的精煉隱喻，充滿了大膽的實驗性精神。近年來，陳克華的詩隱約表露的性別主題，也受到詩壇的關注。詩人似乎有意藉此宣洩同性情事之壓抑苦痛，詩題取名「蝴蝶戀」，正讓我們想起「梁祝傳說」，祝英臺不也扮裝大玩性別的跨界，從女伴男裝出閣唸書，卻未料著求學過程之中，與梁山泊相識生情，從同性情誼到愛戀情誓，指日山河、生死殉情，雙雙暗藏著多種情感的元素。現代同志書寫的文學作品，也習用蝴蝶典故，諸如朱天心〈春風蝴蝶之事〉、陳雪〈蝴蝶的記號〉，亦或是跨國戀情《蝴蝶君》同志電影或歌劇暗自呼應。統言之，詩人陳克華以這段模糊曖昧的感情想像出發，自「蝴蝶戀」這性別意義擺盪的文化符碼，繼續翻弄這歷史公案的曖昧性。

詩句的開頭先有夏丏尊的詩句作為情感氾濫的引發，然後以弘一法師的回應想像，產生模擬情感的詩句對話。以「色即是空，空即是色」的佛法辯證，開展這情感繁華花花世界，與去執禁欲佛門的兩相對照。為了割捨這世間邏輯無能處理情分，弘一法師遁入佛門，從經歷人世情感的「一生繁華」紛擾，到最後了卻俗念拋棄紅塵以「証得萬法」。

詩人假託弘一法師的情感，回憶這紅塵愛戀的過往，這一路感情磨難恰如剪不斷的歷劫過程，詩人以「花、蝴蝶」的詩性想像，比喻兩者相互吸引的情深意濃。一如「迷途於花的暴風雨」之蝴蝶，在塵世跌跌撞撞，仍忍不住親近「這朵美絕的思念」花朵，依戀美麗的情感。然而如果將這原以為海枯石爛的情誼，放大在時空洪流（「千千萬萬朵生滅之間」歷來數不盡的人生情感）來看，我們的相遇，卻也不就是短暫的邂逅而已嗎？詩人用「我不也，匆匆一瞥的臨水照花人」，將緣分去蕪存菁地想像凝煉成為「臨水一瞥」的瞬間經驗，也因此多麼富麗堂皇、永永遠遠的情誼，也終將成為曩昔的塵土。從涅槃解脫之佛理觀看，人生「不過是場漫長的辭別」，愛情、友情、感情，最末不也都將入土為安，間隔成生死兩茫茫的宇宙境遇。詩人以自我安慰的灑脫，彷如慰藉自己甘願離情去執的藉口，告訴自己懂得捨得、放下。也因此詩人讓弘一法師放下塵世人生的悲歡離合，捨去情癡眷戀，走入空門。

當人世的眷戀，如同發酵的友誼，醇美而後勁強韌，詩人只得讓這不捨情感，透過宗教的皈依而稀釋。詩末遺留了「我且……」之後的空白，等候被人填補，也因此讓詩題的結束，遺放豐富的想像留白。這時，情感卻因字距的空無，而有了無限飽滿的深度與想像，隱約聚集了五味雜陳情緒的淵藪。陳克華以「蝴蝶（個我）、花（塵世情感）」擬人之詩性想像語詞，再現情感新義，創新演繹抒情詩篇，深刻闡發人際互動的情感溫度。

參考文獻

Hall, S. (1980), Encoding/ Decoding, In S. Hall, D. Hobson, A. Lowe & P. Willis. (eds.), Culture, media, language, pp.128-138, London: Hutchinson.

中華書局編輯部編（1966），《毛詩正義》，臺北：中華。

王鍾陵主編（2000），《二十世記中國文學史文論精華・新詩卷》，石家莊：河北教育。

白靈（2000），《白靈世紀詩選》，臺北：爾雅。

白靈編（2008），《臺灣文學三十年菁英選 1978-2008》，臺北：九歌。

向明（1998），《新詩後 50 問》，臺北：爾雅。

江明玲（1990），《六朝物色觀研究：從「感物」到「體物」的詩歌發展》，臺北：國立政治大學中文系碩士論文。

吉川幸次郎（1977），〈推移的悲哀〉，《中外文學》6 卷 4 期。

余光中（1975），《白玉苦瓜》，臺北：大地。

吳曉（1990），《意象符號與情感空間——詩學新解》，北京：中國社會科學。

林明德總策劃（2007），《臺灣新詩研究》，臺北：五南。

周慶華（2009），《新福爾摩沙組詩》，臺北：秀威。

馬克斯・謝勒著，陳仁華譯（1991），《情感現象學》，臺北：遠流。

笠詩刊社主編（1979），《美麗島詩集》，臺北：笠詩刊社。

陳大為（1997），《羅門都市詩研究》，臺北：東吳大學中文研究所碩士論文。

陳大為（2001），《盡是魅影的城國》，臺北：時報。

陳克華（1993），《與孤獨的無盡遊戲》，臺北：皇冠。

陳克華（1997），〈是操控情慾的瑪麗蓮，還是情慾操控的芭比——關於顏艾琳的《骨皮肉》詩集並為之序〉，收入顏艾琳，《骨皮肉》，臺北：時報。

陳幸蕙（2007），《小詩星河——現代小詩選》，臺北：幼獅。
陳義芝編（2000），《爾雅詩選：爾雅創社二十五年詩菁華》，臺北：爾雅。
瘂弦等編（1984），《創世紀詩選：一九五四～一九八四》，臺北：爾雅。
張彥勳（1982），〈探討銀鈴會時代重要詩人及其創作路線〉，《笠》111 期。
張彥勳（1986），《朔風的日子》，臺北：笠詩刊社。
葉珊（1971），《傳說》，臺北：志文。
楊鴻銘（2002），《新詩創作與批評》，臺北：文史哲。
楊佳嫻（2006），《你的聲音充滿時間》，臺北：INK 印刻。
詹冰（1965），《綠血球》，臺北：笠詩刊社。
趙天儀等編選（2001），《混聲合唱：「笠」詩選》，高雄：春暉。
劉懷榮（1996），《中國古典詩學原型研究》，臺北：文津。
錦連（1993），《錦連作品集》，彰化：彰化縣立文化中心。
蕭蕭（1989），《青少年詩話》，臺北：爾雅。
蕭蕭（1999），《中學生現代詩手冊》，臺南：翰林。
聶魯達著，陳黎譯（1997），《聶魯達詩精選集》，臺北：桂冠。
羅青（1988），《錄影詩學》，臺北：書林。
顏艾琳（1997），《骨皮肉》，臺北：時報。
嚴雲受（2003），《詩詞意象的魅力》，合肥：安徽教育。

第五章

現代派詩的寫作

第一節　引言：我們不是正在讀著和寫著「現代詩」？

詩歌的寫作，既需要一些大學者說的靈感，其中有詩人與其傳統的對話，有他個人的感悟興發，更有他與世界的幽隱感應，這些彷彿屬於詩人在寫作上的「祕技」，不同的詩人，或有他們各自的才性，亦有他們在寫作上的取捨，進而形塑出屬於一己的風格，但不論我們是要從事進步、前衛或「現代」的詩歌寫作，我們都不能把之前各章節的敘述與討論孤立視之。（楊牧，1989）

換句話說，缺少對文字的觀察、感受與敏銳度，我們在修辭練句處理素材時，就不免會失去準頭；而沒有詩人的情感思想作為根柢的詩歌，就如同生命失去了靈魂，我們幾乎無緣從中體認「寫作」本身的一切作為是所為何來；至於詩歌中的意象，則更是凸顯詩之所以為詩，是詩與其他文類之所以能「判然區別」的關鍵，詩之大自由與大限制，也莫此為甚。

在我們把寫詩的基本功夫融會貫通了後，接下來，我們會讀到從文學史的發展上，詩歌在不同時代環境的鎔鑄下，特別是在一種特殊的社會、政治與歷史的情境中，作家個人會以什麼方式介入到他所身處的世界？而這種人身在歷史中的經驗，又會怎麼交互影響著他們寫出自己的作品？這個提問其實是二而一的，它是詩人在創作中和讀者在閱讀的過程中，難以迴避的課題，我們若是要「進入」一種寫詩的狀態，在通過前面一章對「前現代」詩的討論之後，在本章，我們即要處理所謂的「現代詩」及其寫作的議題。（蕭蕭，2007）

第二節　歷史的切片：在「新詩」、「現代詩」與「現代精神」之間的夾纏

儘管我們正在讀著也在寫「現代詩」，我們使用這個語辭，在此刻看來似乎是不須討論的常識，也就是我們若不是在「現代」中，我們又是在那兒？這個問題若一旦追究起來，就會像我們對「白話詩」、「自由詩」、「新詩」、以及「現代詩」的理解一樣，這些語彙我們若不講究，在一定程度上它們大體是可以相互溝通替代的，但把它們放在特定的時空脈落底下，它們又確實是有各自要擔負的功能與時代課題。（孟樊，1995：95～120）

就如當我們拿「新詩」和「古詩」作比較，我們能明顯的發現到它們在形式與內容之間的差別，而這種分別不只在時間的序列

上，它們有「新舊」之分，同時，它們在一特定的歷史時刻，就像在中國現代文學產生的年代，文人和學者戮力推動的「文學革命」，恰是沿著新舊的腳步而來：傳統／現代、中國／西方、體／用……的議題，都不免刻意要帶出一種「截然」的分別性，方能顯出讀書人面對時代變局的姿態，其中在詩歌的寫作上，最具代表性的莫如胡適《嘗試集》中所寫的「白話詩」，如他的名篇〈夢與詩〉（楊牧等編，1989：2～3）：

都是平常經驗，
都是平常影像，
偶然湧到夢中來，
變幻出多少新奇花樣！

都是平常情感，
都是平常語言，
偶然碰着個詩人，
變幻出多少新奇詩句！

醉過才知酒濃，
……
你不能做我的詩，
正如我不能做你的夢。

作者將「夢」與「詩」的意義，放到讀者對「平常」與「不平常」事物、情感、狀態和表現方式的認識中，藉此凸顯在「普遍」與「特殊」之間，詩人與夢的位置，是怎麼讓我們重新認識「平常」中的各種情狀與表達。詩裡沒有艱澀的字句和比喻，都是「平常的」口語敘述，從今人的標準讀來，或許忍不住會想問：這樣就是詩嗎？這樣的提問，應是極好的回覆我們在新詩寫作的初期，我們就是可以從這樣的狀態起始入手。和胡適同輩的這批大學者們，本都有極深厚的古文根基，他們卻選擇了用「白話」來書寫自己的時代，胡適如此，魯迅如此，聞一多如此……「現代」之所以展現了現代的模樣，便是我們看到了書寫工具從文言而白話的改變，以及與這同時發生在書寫內容上的改弦更張。（楊牧等編，1989：7）

然而，從「白話詩」而「新詩」而「現代詩」，應是中國與臺灣詩歌發展史上，一條雖然曲折卻也是生氣勃勃的道路（張雙英，2006：125～242）。我們若是熟悉「前現代」詩歌寫作中的「模仿」，詩的表現主要對現實的反映，到了所謂的「現代詩」時期，詩歌在創作上，是不是又別開生面，另有一番氣象？在此，我們先回到中國現代文學史上的40年代（楊牧等編，1989：9），當時的詩人李金髮（1900～1976）、廢名（1901～1976）、戴望舒（1905～1950）、卞之琳（1910～）、鷗外鷗（1911～）、何其芳（1912～1977）等人，從各種激越的政治氛圍中突圍出來，為詩歌的寫作找不同的出路。（譚楚良，1996：1～58、109～175）在這個借鏡西方的過程中，「現代主義」經過20、30年代學者與知識分子的引薦、反芻與消化，值此烽火連綿的戰爭時期，恰成為詩人與時代間的通孔，引來種種天光雲影的丰姿，讓詩人在面向社會現實時，固然要能知所進退，更是教詩人回過頭來面對詩歌自身時，也能保有「詩之為詩」的一種審美追尋與創造。不妨讀李金髮〈棄婦〉（楊牧等編，1989：62～63）：

長髮披遍我兩眼之前，
遂隔斷了我一切羞惡之疾視，

與鮮血之急流，枯骨之沉睡。
黑夜與蟻蟲聯步徐來，
越此短牆之角，
狂呼在我清白之耳後，
如荒野狂風怒號，
戰慄了無數游牧。
靠一根草兒，與上帝之靈往返在空谷裡，
我的哀戚惟游蜂之腦能深印著，
然後隨紅葉而俱去。
棄婦之幽隱堆積在動作上，
夕陽之火不能把時間之煩悶
化成灰燼，從煙突裡飛去，
……
靜聽舟子之歌。

衰老的裙裾發出哀吟，
徜徉在邱墓之側，
永無熱淚，
點滴在草地
為世界之裝飾。

整首作品讀來乖張狂放卻也悽惻幽怨。詩中的意象往復集中表現在絕地（境）中「棄而不絕」的形象和情境：傾頹和尊嚴、絕望和自信、躁動和寂靜、死亡和初生……都是「棄婦之幽隱堆積在動作上」，乍看一切語言情感中的鋪張揚厲，最終都收束在「為世界之裝飾」的無歌無哭中。詩人的「棄婦」不單是在表現我們一般人「熟悉」的個人情感得失，更是在呈顯每一種生命中獨特隱微的強悍與掙扎。「棄婦」在中國的古典中不少出現，但如詩人李金髮這般寫來的棄婦，當是具有相當程度的現代感了，它的「現代」正表現我們對詩人意象營造、語言鍛鍊、象徵隱喻以及情感思想的「陌生」。

再讀廢名〈理髮店〉（楊牧等編，1989：66～67），他這麼寫：

理髮店的胰子沫
同宇宙不相干
又好似魚相忘於江湖
匠人手下的剃刀
想起人類的理解，
畫得許多痕跡。
……

理髮店有什麼可說，不過是尋常等事，詩人作品寫得大體是直白，他以小喻大的企圖也並不隱藏，尤其前兩句「理髮店的胰子沫/同宇宙不相干」明明要說無關，何以又要牽扯？這一扯扯到「又好似魚相忘於江湖」，便巧妙的將兩個風馬牛不相及的事物連在一起了。這樣的連結，我們不能說是詩人的獨創，《詩經》中的「賦、比、興」這三者間的周折盤桓，也往往生出許多讓後人讀來目不暇己的見解。但廢名這首小詩，寫的有生活瑣事中的感悟，更表達出一種對生命存在的幽默與機智，特別當他詩中最後說到：「牆上下等的無線電開了，是靈魂之吐沫」時，那宇宙與人世間的輕與重、偶然與必然間的不搭旮卻又似「相濡以沫」的實情，都自這理髮店中得到了開悟。我們可以由此直接看到，在表現「現代」時，有語言、情感與題材的新穎，更有「現代人」在捕捉「現代」情懷裡吉光片羽的耳目手眼。

從中國現代文學看 40 年代作家們寫來具有「現代精神」的作品，是不是能直接與臺灣在 50、60 年代所謂的「現代派」寫作，相互聯繫輝映？關於這段複雜的詩歌史課題（孟樊，1995；張雙英，2006；譚楚良，1996；蕭蕭，2007），我們在此文中要採取一種比較開放的態度觀之，也就是文學活動的流變，我們若一心要找尋或建立某種規律，自然會把其他「非我族類」者擱置在外，這種擱置，對當時的主事者，或有其需要，但對我們這些後來者，它若要形成一個對寫作而言是相對周全的認識，我們便要做到儘可能理解前人的選擇，然後取眾家之長能為我們所用。

換言之，在中國現代文學的發展中，是不能無視於時代政治、社會與歷史的影響，特別到了 1949 年國共分治後，現代文學又區隔出了「當代文學」此階段，這種分期方式，多是為了一些研究上的方便，卻也更加凸顯在現實中「我們不理政治，政治一樣會來理你」的事實。如今我們檢視「中國現代文學」，在某種程度上也彷彿將之視作「外國文學」的一環，這種由時代的斷裂而生的文化思想上的裂解，確實能獨出我們「立足臺灣，放眼世界」的心志，但當這「世界」有兩岸在文學發展中千絲萬縷的糾纏時，這或許在一定程度上，也顯出雙方在處理各自主體定位時的「現代」焦慮。50、60 年代臺灣，一方面有政治上的緊縮管控，同時也有社會內部形塑自我的躁動，在這種一張一馳的時代氣氛底下，詩人對這整個實存的大環境，自然是不可能無動於衷。

臺灣詩壇自 50 年代起，可說是以「新詩西化（『現代主義』化）」（張雙英，2006：136）的號角，吹響在當時去國懷鄉、激昂慷慨的「反共詩」、「戰鬥詩」之外，不與眾同的調子。作家如紀弦（1913～）、吳瀛濤（1916～1971）、林亨泰（1924～）、洛夫（1928～）、瘂弦（1932～）……等人，不僅投入創作，其中紀弦在 1953 創辦《現代詩》，1954 年覃子豪（1912～1963）、余光中（1928～）等創辦《藍星》，同年，張默（1931～）、洛夫、瘂弦等人創辦《創世紀》……等詩刊，每一本刊物的誕生，同時揭櫫了創刊與創社的理念，這些都是詩人們極有意識的在思考與實踐寫作的可能性。（張雙英，2006：125～242）而他們不論是從個人的書寫到成立詩社、編寫詩刊以至彼此相互論戰的過程，終是讓新詩逐漸從「是橫的移植，還是縱的繼承」的論辯中，一步步編織出「現代詩」縱橫交錯，變化萬端的光譜。就如楊牧、鄭樹森編選《現代中國詩選》I 中的導言所述：

> 現代詩在 50 年代確實是臺灣文化界勇健的先驅。詩刊有逕以「現代詩」為名者，其他雜誌動輒冠以「現代」字樣的，再也不稀奇了。詩的突破力最強，摧毀舊形象，搗爛老觀念，並繼之以駭人聽聞的主張，例如 1956 年 2 月 1 日「現代派」在臺北成立的時候，他們六信條中最具震撼力的一條是：「我們認為新詩乃是橫的移植，而非縱的繼承，」令整個文化學術界側目。現代詩的墾拓性格直接影響了其他文學和藝術門類，包括小說，音樂，繪畫等，這在當時並非詩人自己所了然，但在四十年後我們以史的眼光檢驗，終不得不承認詩的感染力特強。（楊牧等編，1989：11）

楊牧和鄭樹森這兩位學者對 50 和 60 年代臺灣詩壇的評價，應是中肯。當「現代派」的領導者紀弦明白宣示要以「領導新詩再革命，推行新詩現代化」為職志時（張雙英，2006：142），無疑顯出他及其後繼者的勇健之姿，至於「駭人聽聞的主張」，除了最具震撼力的「我們認為新詩乃是橫的移植，而非縱的繼承，」其他還包括：

> 第一條：我們要有所揚棄並發揚光大地包容了自波特來爾以降一切新興詩派之精神與要素的現代派一群。
>
> 第二條：我們認為新詩乃是橫的移植，而非縱的繼承。這是一個總的看法，一個基本的出發點，無論是理論的建立或創作的實踐。
>
> 第三條：詩的新大陸探險，詩的處女地。新的內容之表現，新的形式之創造，新的工具之發現，新的手法之發明。
>
> 第四條：知性之強調。
>
> 第五條：追求詩的純粹性。
>
> 第六條：愛國、反共。擁護自由與民主。（紀弦，1956）

詩人紀弦在當時候提出這六大信條，現在看起來，有始終令人側目者，如第二條，這是對新詩「轉型」的一記重槌，即便紀弦個人在現代詩史的討論中，會將他與李金髮、戴望舒等人的作品相連結。宣言中的第三條、第四條與第五條，就都是在申說他敲下這槌的力度、深度、強度與廣度應如何表現。其中也有令人不覺莞爾者，如第六條「愛國、反共。擁護自由與民主」，這裡有時代的遺跡，也是一代人的追求，更是當時中人的見與不見。

因這「六條」所引起的種種議論，此處不再多加贅述（孟樊，1995：95～120；張雙英，2006：125～242），本章將它羅列出來，主要是透過它的表述，作為我們對「現代精神」的一種體會，進而我們需要認識到一個理論（或流派）的誕生，創作者有某種強烈的信念，清楚標舉其立場，從事一具體的操作，確實是爽快直截，但是「用理論來創作」，而不至於寫成樣板教條，在「新詩」的寫作時要儘量避免，在寫「現代詩」時也同樣要謹慎。尤其當「現代」不僅指的是形式、內容與時代精神的「現代」，更包含之前與之後的重要詩人，與學者專家們對「現代主義」的說解，如：

> 「現代主義」是工業進步和科技理性的社會中，所發展出來的文學與藝術再現。「現代主義」主要想對抗的，是非人性、個人化的官僚與科技的抽象體制，並進而透過英雄主義式的個人神話與夢幻無意識的表達，以及立體主義、後印象派和超現實主義的方式來加以展現，因此，「現代」與「前現代」特重普同共通的社群經驗，是完全截然相反的。例如卡夫卡（Franz Kafka）、喬伊斯（James Joyce）與艾略特（Thomas Eliot），就分別〈變形記〉、〈都柏林人〉和〈荒原〉，批判傳統文化水平式的線性邏輯……（廖炳惠，2003：167）

當我們對所謂的「現代主義」要有一些基本認識，就如上述引文，它說明了「現代主義」興起的原因及其特徵、它期望對治的課題即是它最需要傳達出來的「時代精神」，以及它主要是透過那些手法來呈現以及回應時代拋給它的問題，又有那些傑出的作家作品，有機會成為後人觀察與超越的對象。我們確實需要審慎的面對，在這些語言後面所欲凸顯的知識面向，即在何時我們只須以常識認知，如我們逕直把「現代詩」看作是 50 年代以後「新詩」的「進階版」。有時卻也需要知識系統的支援，意即：「現代詩」、「現代派」的詩，或「現代主義」的詩，它們對「現代」的關懷或有輕重，但時代當下存在的「個人感受」，都是它們要盡可能捕捉掌握的素材，而這種捕獲「此在」的方式，因是「前現代」的表達未能滿足或克盡全功，所以，可以想見「現代詩」（「現代派」、「現代主義詩歌」）它會如何切入對傳統的「批判」。

然而，不論是處理「現在」或「批判傳統」，都是進一步是要「創新」，這應是「現代詩」中的「現代主義」精神亟欲傳達的訊息。做這類知識性的理解，不盡然是為了解剖紀弦等人創立的「現代派」是不是符合了「現代主義」的理論，而是從這些作家作品的表現中，我們能讀到多少所謂「現代主義」的精神，是直至二十一世紀的此時，對我們在詩歌的寫作上，仍是大有助益的啟發。

第三節　獨特的風景：「現代主義」詩作中的閱讀與寫作特點

透過上節的敘述，我們大致可以得到從廣義的「新詩」，到具有現代精神的「現代詩」之間，發現詩作在整體的表現上，「新詩」相對保有較多浪漫、抒情、敘事和說理的親和力，讀者也比較能夠辨識詩歌中所指涉的感悟興發，就如胡適等人的作品；在 40 年代的中國現代派詩人如李金髮等人的作品，則不免使讀者要面對的是更多陌生的比喻、象徵、意象以及非常個人化的「情緒」。由這一步最粗淺的歸納，再轉進到我們對臺灣 50、60 年代詩壇的觀察，紀弦「六大信條」中強調「橫的移植」，確實是要凸顯「新詩的西（更新）化」，在這「西化」的歷程中，「現代」無疑是個響亮的形容詞和名詞，它在追求詩歌的「新大陸」、「處女地」，和內容、形式、工具以及手法的「新」，一旦落到詩人的作品中情況又如何？先讀一首紀弦〈在地球上散步〉（楊牧等編，1989：264）的小詩：

> 在地球上散步，
> 獨自蹓蹓地，
> 我揚起了我的黑手杖，
> 並把它沉重地點在
> 堅而冷了的地殼上，
> ……
> 可以聽見一聲微響，
> 因而感知了我的存在。

詩人是「在地球上散步」，不是在什麼我們尋常以為的某地某處，至少不是一個聽起來像很具體，細想卻是抽象如「地球」這樣的「地點」。而「我」（小）與「地球」（大）的關係，因為「散步」（移動）有了一種鬆散又親暱的連結。雖是獨自一人的蹓蹓獨行，也只要「一聲微響」（顯出「我」的似小實大），便讓他人「感知了我的存在」，莫非世界即我，我即世界？「存在」原是若有似無，其實更是舉重若輕。紀弦作品省思人類存在經驗的「知性」，在這首短詩中，可略窺一二，而「存在」究竟是怎麼回事，他寫了〈存在主義〉（楊牧等編，1989：268～270）：

> 圖案似的
> 標本似的
> 　　　一蜥蜴

夜夜，預約了一般地
出現，預約了一般地

當我為了明天的麵包以及
　　　　昨日的債務而又在辛勞地
　　　　　　　　　　　　　　　　辛勞地工作着時

平貼在我的窗的毛玻璃的
那邊，用牠的半透明的
胴體，神奇的但醜陋的
尾巴，給人以不快之感的
頭部，和有着幼稚園小朋友人物畫風格的
四肢平貼着
　　　　圖案似的
　　　　標本似的
　　　　　　　一蜥蜴

這夠我欣賞的了。
在我的燈的優美的
照明之下：這存在

　　　　這小小的守宮（上帝造的）
　　　　這小小的壁虎（上帝造的）
　　　　這遠古大爬蟲的縮影、縮寫和同宗
屏息在我的窗的毛玻璃的
那邊，而時作覓食之拿手的
表演；於是許多的蚊蚋、蛾蝶和小青蟲

在牠的膨脹而呈微綠的肚子裡
消化着
又消化著。

……

故我存在——我是上帝造的
蜥蜴存在——牠是上帝造的
一切存在——都是上帝造的
而這就是我們的「存在主義」——不！「我們的」存在主義

在「現代詩」中出現「存在主義」不足為奇，這可以是「橫的移植」中直接的標誌，至於詩人從何說解「存在主義」？紀弦的解法是從那圖案似的，標本似的一蜥蜴說起，這種說法本身就充滿了「現代感」，如同卡夫卡《變形記》。「我」為了生存而有的一切勞碌，是不假辭色的的真實，雖然一切抵抗皆不可為，但人仍會為「存在」背水一戰。我觀看蜥蜴拿手的覓食之事，就在牠膨脹而微呈綠色的肚腹中般演，我要怎麼做才能有這般能耐？這是詩人沒說的話，讀者卻可以想像。看戲一樣盯著蜥蜴的演出，看得猶如「蜥蜴與我」物我兩忘，應是「超現實」的互為一體了。這就是存在，不管是如我者或如蜥蜴，都是上帝造的，更是「我們的」存在主義，它一方面是疏離、歧出和詭異，但另一面卻是親近、相似與共感，這若都是存在中不可少的體會，蜥蜴如此，人何嘗不是如此？至於由此相乘相加而生出獨特的、冷調的、荒謬的與虛無之感的時代精神與藝術效果，是存在主義關心的面向，亦是「現代主義」反覆在探詢的人之處境，即：人與自我、人與他人、人與自然、人與上帝之間的真理。羅門〈光　穿著黑色的睡衣〉（羅門等主編，1986：179～180）是這麼寫：

> 紫羅蘭色的圓燈罩下　　　　光流著
> 藍玉的圓空下　　　　　　　光流著
> ……
> 唯有少女們旋動的花圓裙下
> 　　那塊春日獵場　　　　　光是跳著的
> 而在圓形的墳蓋下　　　　　連作為天堂支柱的牧師
> 　　也終日抱怨著光穿著黑色的睡衣

此詩寫於50年代，放在此刻看來，我們仍覺得「新鮮」，單為「光穿著黑色的睡衣」，就非得逼迫讀者思考，穿著黑色睡衣的光是怎麼回事，「他」是在「休息」？「偷閒」？「打混」？還是「落難中」？或者他依然不過就是詩人給讀者一次尋常經驗的曲折歷險：「光」只有在「美」之中才能以「流動」證明自己「活著」，尤其是當他在青春曼妙的少女裙下，光更不只是流動，還是洋溢著生命激情「跳著」的「春光」時，唯有「死亡」，才會讓「光　穿著黑色的睡衣」。而「死亡」意味著：生活的陰鬱？生命的終結？生存的弔詭？存在的虛無？所以「連作為天堂支柱的牧師」也忍不住要抱怨穿著黑色睡衣的光時，是不是正暗示著上帝對人世，睜一隻眼閉一隻眼的莫可奈何？詩人讓「光」在世間流動和跳躍，在圓形墳蓋下穿著黑色睡衣，在文本中顯出光明與黑暗、希望與絕望、生存與死亡……的「光」之亮點與陰影，也含涉了關乎「存在」的各面向，也許我們仍無法全然把握作者的立意，卻不能無視作者帶給讀者思考與想像的空間。如果在羅門的作品中，我們讀到了作者在表現手法上的新意，不妨再讀讀另外一位詩人吳瀛濤〈廢墟〉（楊牧等編，1989：284～285），一首看似平淡，卻也在扣問「存在」究極的詩作：

這裡曾發生過什麼
被冷落的角落裡默然一塊岩石
沒有憑弔的旗
沒有早晨的陽光

這裡真的曾發生過什麼
彈痕的牆壁
血蝕的土地
風雨刻於荒涼的廢墟

也許病瘦的狗知道一些
也許灰暗的雲，凋落的花
總有某些錯誤
乃或某些不可避免的命運

……

這是以次數計算戰爭的年代
死亡如鼠疫蔓延

而每當一次悲劇結束
人又將紛紛重回家鄉
又將建立他們灰白的紀念碑
於另外一處新的廢墟

在〈廢墟〉中，我們讀到的正是詩人深刻的無奈與預警。詩作中淡淡默默的訴說著「這裡發生過什麼」，就像那角落裡被冷落的一塊岩石。而「真的發生」的這一切，表現在文字中，雖是遠頓的煙硝烽火，但是鐫刻下的如「彈痕的牆壁」和「血蝕的土地」都是怵目驚心。時間從沒有冷落人類的爭戰，人類自身倒是善於遺忘，因此在不斷製造與循環的災禍中，「也許病瘦的狗」、「灰暗的雲」和「凋落的花」都知道了，獨獨萬物之靈的人不知，或者是佯裝不解的繼續讓不可閃躲的命運（災難）所左右。

「廢墟」可以是寫實，也可以是象徵寓言式的存在，人面對戰爭的無可奈何，卻又似無法避免的理所當然，在作品中產生的黯淡、蒼白、絕望又荒謬的無力感，流盪在字裡行間，使讀者能感受到「現代」再不是個「自掃門前雪」，便能相安無事的時代了，在這百年內歷史上發生的兩次「世界大戰」，加上單一國家內部的連綿戰禍，作為一個人，在這樣的處境中，「廢墟」是人類「醜行」、「愚行」、「劣行」和「暴行」的遺跡（或紀念碑），但人的世界「仍允許」它隨時可發生，這究竟意味著什麼：上帝還在嗎？祂若在，為什麼卻對這種種不發一語？洛夫〈石室的死亡 11〉（楊牧等編，1989：382～384）這麼寫著：

> 棺材以虎虎的步子踢翻了滿街燈火
> 這真是一種奇怪的威風
> 猶如被女子們摺疊很好的綢質枕頭
> 我去遠方，為自己找尋葬地
> 埋下一件疑案
>
> 剛認識骨灰的價值，它便飛起
> 松鼠般地，往來於肌膚與靈魂之間

確知有一個死者在我內心
但我不懂你的神，亦如我不懂得
荷花的升起是一種慾望，或某種禪

「死亡」在這節詩作中，變得生機盎然、細緻靈巧同時有了某種戲謔的超越。洛夫在詩裡編派各色物件，猶如囊中取物的自然輕巧，鮮活生動的意象如「棺材以虎虎的步子踢翻了滿街燈火」，說的是死的威猛又彷若理應如此，但接著說出連詩人都覺得奇怪之事時，他用「猶如被女子們摺疊很好的綢質枕頭」來表述，這若是生命被處理的謹慎又細膩的樣貌，確實有一種美的在其中纏繞，儘管指涉的仍是死亡。至於「我去遠方……／埋下一件疑案」，生死在這之間流轉，顯得既篤定又茫然？一如之後那位「我不懂得你的神」，抑或如「我不懂得／荷花的升起是一種慾望，或某種禪」。詩人的詩作中的可解與不可解，都在他的最後的懂得與不懂得間，為讀者留下了線索，恰如生死裡的本機趣、夾纏與超脫。終歸，無論上帝在或不在，總有什麼是人類自身無解或解不得的難題，誰能助人一臂之力或倒打一耙？詩人說與未說的應也在其中了。

通過紀弦、羅門、吳瀛濤和洛夫等人的詩作，我們如何將閱讀的經驗，轉為寫作上的具體作法？首先，我們一定很快能掌握到的是一種「陌生感」，這種陌生感的形成，有些是因為我們不熟悉的情境，如我在地球散步或是廢墟；有些是我們不容易進入的比喻(或隱喻)，如〈存在主義〉中的蜥蜴、「光　穿著黑色的睡衣」，或是「我不懂得／荷花的升起是一種慾望，或某種禪」；還有一些是關於知識本身極其相關延伸出來的周邊概念，就如同「存在主義」、「超現實主義」它在學術以及詩作中的轉化與應用。在這種種已然正進著的

「陌生」狀況裡，我們還能從事閱讀與創作嗎？詩人瘂弦在回答什麼是西方現代主義詩歌時，他的講法是：

> 現代主義又稱現代派，它是第一次世界大戰前後在歐美出現的新興文學流派的總稱，其文學主張和參與作家相當龐雜，無法歸納出一致的綱領。在思想上，現代派深受哲學家叔本華、尼采、柏格森、薩特、心理大師佛洛伊德的影響，作品多表現大戰後人類精神世界的崩壞、荒蕪、非理性與荒謬感。在書寫的技巧上，則重視主觀的藝術想像，自我的內在挖掘，形式結構的創新，並以象徵、朦朧、意識流、隨意性與自動性等多樣的表達策略，揭示現代社會的扭曲變貌，以及人性底層的晦暗可怖。對於大戰後急待反省的歐洲文化社會，現代派是充滿魅力與吸引力的，因此傳佈快速，影響廣遠，本世紀幾個重要的文學思潮如表現主義、未來主義、超現實主義、存在主義文學、法國新小說、荒謬劇場等，都籠罩在現代主義的影響圈內。到了 3、40 年代，它儼然成為陣容最龐大的文學流派，管領了半個多世紀的風騷，至今尤有餘響。（瘂弦主編，1999：20）

從詩人的解釋，或許有機會讓我們一般讀者，更容易進入「現代派詩歌」的脈落以及它所表現的特點。因此，如果陌生、晦澀與個人化，最終是看不懂為什麼詩會（要）寫成這樣，是我們對「現代主義詩歌」最初的印象，那麼我們在實際的寫作上，只要運用象徵、朦朧、意識流、隨意性與自動性等書寫策略，造成句式、段落、布局和結構的扭曲；同時要深藏主旨，在文本裡設計能發揮聲東擊西效果的「陷阱」，以顯出人類精神世界崩毀的各種狀態；而這一切的根本態度，就是將創作者放在「無所不能」的上帝的位置，無論是英雄式的或其他變形的形象，卻要切記封閉他與普通人的平常對話；總之是將這些「反邏輯和自由聯想」（孟樊，1995：108）的觀念方法行之於筆端，如此一來那種寫到讓人看不懂得的作品，就是最接近「現代主義詩歌」了？這樣的推論自是無稽，畢竟一經發表的作品，都在試著與人溝通對話，我們或許會因為「陌生」而讀不懂，但至少當我們體會了陌生感在讀一首詩時，是怎麼形成的，我們就不會輕易讓作品中曲折隱晦的圖像挫敗了。無論如何，詩人的作品與詩人對詩歌觀念的闡發，都會為讀者保留一些思索與參與的空間，一旦缺少這些隙縫，詩人和讀者之間的理解、想像與創意都將難以伸展。

通過學習處理閱讀上的陌生感，再往前一步，我們要做的寫作訓練，其實是回頭檢視我們最熟悉的寫作方式，這就好比我們知道「現代詩」對傳統的批判與揚棄是一件事，但無論它怎麼企望與傳統劃清界線，詩歌寫作中的某些常規仍在那裡，「破壞常規」是一種手段，一種姿態，一種風格，但缺少它所要破壞的對象，破壞本身就落空了，一落空，詩歌中的「荒誕」與「虛無」，想不被推到臺前都很難，這就是為什麼我們或許無法完全讀懂一首詩，卻是多少能「感覺」一首詩的關鍵。我們若是想方設法竭盡所能，仍無法領會一首詩究竟想對我們說什麼，讀者個人的閱讀能力固然需要反省，作者的表達能力，也未必沒有商榷的餘地。換言之，一首詩即使是「現代主義」的，也不表示它一定就是要讓我們看不懂的，就如我們讀〈石室的死亡〉，我們怕沒有詩人處理死亡議題的那種才情與境界，但是我們既有的感知，應也不至於讓我們對詩人的詩作無動於衷。

因此當我們反覆確認與磨練自身的手眼，熟稔在寫作上的一般方法，就如同我們不能忽視「前現代」寫作中的抒情性與寫實性，正是我們對一般事物從事基礎觀察與移情共感的重要途徑，這些都是在現代主義詩歌的寫作中，特別需要掌握運用的基本功，否則：文本中的「知性」無從出，「直覺」難以捉摸，「反邏輯」缺乏對反，「自由聯想」孤立無援，至於要有「意識流」或「自動書寫」的策略，又能不淪為「胡言亂語」……這些期待對我們已經在面對「看不懂」的詩作的讀者，無異是緣木求魚。可知從傳統而現代，由現代返傳統，對我們的書寫，本是一相輔相成的觀念與作法，這與臺灣 50、60 年代現代派詩人的寫作主張未必相符，但無法否認詩人本身在當時的信念，也非一成不變。隨著時代環境從壓抑到開放而漸次多元，詩人個人生命中的歷練，和他們自身在寫作上的積累與創發，這些都會構成寫作的「潛能」，也是寫作的實踐。

詩人在 50、60 年代戮力從事對「新詩」的革新，讓我們多少掌握到寫作在表現個人生命經驗和世界觀時，會運用那些所謂「前衛」的手法，進而讓我們換一個方式與姿態，去認識與表達我們所身處的世界，同時理解「為前衛而前衛」的寫作所可能造成的「空洞」與「失焦」，這些都是任一有志於詩歌創作者心中要謹慎拿捏的分寸。洛夫在 1987 發表〈白色墓園——訪菲律賓美軍公墓〉（節錄）這樣寫著：

白的　　一排排直灰質的
白的　　臉，怔怔地望著
白的　　一排排直灰質的臉
白的　　乾乾淨淨的午後
白的　　一群野雀掠空而過

白的　　　　　　　　天地忽焉蒼涼
白的　　　　　　　碑上的名字，以及
白的　　　　　　　無言而騷動的墓草
白的　　　　　　岑寂一如布雷的灘頭
白的　　　　十字架的臂刺第伸向遠方
白的　　　　　　遠方逐漸消失的輓歌
白的　　　　　　　　墓旁散落著花瓣
白的　玫瑰枯萎之後才想起被捧著的日子
……

「死亡」從來不曾消失過，詩人也從不忽略這個議題，但他可以有不同的表現方式，這是 80 年代的洛夫，而「圖像」當然不只是圖像，它終還是要與內容、感情、思想相互闡發，一如林亨泰寫〈風景 No.2〉（楊牧等編，1989：328～329）：

防風林　的
外邊　還有
防風林　的
外邊　還有
防風林　的
外邊　還有

然而海　以及波的羅列
……

在詩人的風景中，將一切繁複的景物線條除淨，只選擇了「防風林」，防風林的整齊排列一如詩行的排列，讓有次序的層疊，使風景中的景物，由近及遠，逐步擴散漫延至「防風林」之所以存在的理由——濱海。至於海，是一樣有序，由波的羅列，層層疊疊起伏流動構成自身。大海與大地交接之處的「防風林」造成了景色中的「區別」，它一方面具體表現出「屏障」、「遮蔽」、「防風」的功能，再一方面也在景物中形成意象的轉換，與海相似的是它們存在的齊整，不同的是在自然與人工、動態與靜態、巨大與渺小……之間的相互依存，也可以互不干涉。而當中最微妙的應是「風」，它存在於無形無狀之中，卻是這麼有力的左右著風景裡的各式線條、色塊、邊界的構成。在這個作品中，形式（圖像）本身就表現出了意義（風景），內容（文字）即是形象的具體化。「圖像詩」在 80、90 年代的詩歌寫作中，應是很平常的寫作手法了，同樣的，每一種「尋常」背後，也都有它初始的新意，甚至是在寫作中不知不覺或有知有覺運用到的寫作根據。林亨泰是臺灣本土詩人群中，極早就從事於「現代主義」詩歌創作的作家，他也有個人獨立的詩觀，貫穿在其寫作之中。（孟樊，1995：102～103）

總的來說，我們可以發現學習「現代主義式的」詩歌寫作重要條件是：透過作品，認識「現代主義」在具體文本中留下的「反動」（創新）痕跡，讀者尤其要對「艱澀」和「陌生」的作品，懷抱一種「知性的拆解」與「感覺的還原」的閱讀自覺；藉由對理論的認識，不論是廣義或狹義的「現代主義」觀念與方法，從事閱讀的理解與書寫的操作，理論的運用，自然不是要人把詩寫到「看不懂」，以證明自身的才情天分，而是寫作者深諳構成「看不懂」背後的肌里、紋路與質地，讓有耐心與用心的讀者揭示出其潛在的意義，「一首詩」在作者與讀者的往復對話構思間，才算真正的完成了，

■ 第四節　結語：我們讀我們寫，我們在艱深生澀的現代中如常生活 ■

寫作可不可教，可不可學，學了之後可不可用，而旁人可不可解？走過在 50、60 年代臺灣詩壇，「現代主義」作家群們為我們鋪排開展的路之後，我們是不是需要開始去學習寫作自己生命中的詩歌了？擁有再多的理論知識，都不如當下提起筆來，記下生活中的所見所思所感，寫作不一定是為了要讓自己成為作家或名人，但一定是有機會讓我們找到更多不同的方式去觀察、發現與捕捉到萬物紛陳中的巨大與隱微之處。

我們運用語言文字，將其間的動人（感動或撼動）之處表現出來，每一個生命中存在的片刻，有機會成為一個作家筆下閃動的光影，即使「生命」終將有消逝的隱痛，一如作品，都會是存在中最無可如何的大限制與大超脫，畢竟我們都在這當中，努力掙扎拼搏奮鬥過，就像我們走入現代主義詩歌中的嘗試，即便會走錯路，會錯意，我們都在路上了，在思考與表達的路上，在摸索與探求的路上，更是在衝破一切空洞與虛無之後，仍要好好生活，好好呼吸，好好追尋的路上。詩一如其他所有的文學作品，都在提供人機會，不在解答。機會是一個起點，它可以從一個肯定句開始，就像我們熟悉的白話詩，我們可以一邊閱讀一邊點頭；它也可以是個否定句，就像是當我們走進了「現代詩」時，在一切搗碎了之後的重整，又是什麼面目？當然，文學作品肯定最多的是疑問，否則我們便是輕易的放棄了對過程的「經歷」，這個過程無論如何的曲折艱辛，最終都會找到自己的〈和合〉（董恕明，2008）：

這世界啊終於都沉默了下來，如果如果喧嘩的眾聲中全是歎息，那一聲裏是愛，／是道別時不會揮淚如雨下的掃帚，一掃再掃掃不掉的塵埃中都是重重的想念，／還拼命哈啉哈啉打噴嚏。完全無法可想的大樹小樹花花草草吃吃喝喝又不吃不喝。

等待如同諦聽天地之心的幽隱，彷彿清晰可聞卻又邈然無跡，是一片葉或一朵雲／徘徊奔跑游移顛頗時的踉蹌？「風動心不動」和「心動風不動」都不如動心忍性／無晴無雨蹲坐石上，一點一點一滴一滴時間就靜靜的鋪展成青青草地，有酒有歌

原來門內門外是天上人間啊？一路走一路唱一路唱一路走，前塵往事一一落座／如磨如拂如撥開雲霧的冬陽，徐徐延展成一條路，路上的高低起伏是返家的輕唱／一呼一吸一呼一吸，孩子說著此處是學校彼處是外婆家表阿姨家和「我們到家囉」

最最相思的桂花樹低頭，甜甜的吻輕輕落在了肩上像是出門前默默等待綻放的蘭／花是星花是光花是列隊領首的微笑，老老老老的小小花早已清掃了寒冬裡的壯遊／山是海海是天天是一粒微小堅毅的塵土如一滴淚，明滅開闔如心如如如無明如明

（董恕明）

在經過和「現代主義」詩歌交手之後，應該啟程上路，去完成「自己」這一首詩，他（她）可以「很現代」，也可能會是「很後現代」！

參考文獻

孟樊（1995），《當代臺灣新詩理論》，臺北：揚智。

紀弦（1956），〈現代詩宣言〉，《現代詩》第 13 期，4。

張雙英（2006），《二十世紀臺灣新詩史》，臺北：五南。

楊牧（1989），《一首詩的完成》，臺北：洪範。

楊牧等編（1989），《現代中國詩選 I》，臺北：洪範。

瘂弦主編（1999），《天下詩選 I》，臺北：遠流。

董恕明（2008），〈和合〉，未刊稿。

廖炳惠（2003），《關鍵辭》，臺北：麥田。

譚楚良（1996），《中國現代派文學史論》，上海：學林。

蕭蕭（2007），《現代新詩美學》，臺北：爾雅。

羅門等主編（1986），《星空無限藍》，臺北：九歌。

第六章

後現代派詩的寫作

第一節　從前現代到現代到後現代

新詩的寫作所接軌的是西方的自由詩，它的前進式光譜上所顯露的有前現代派、現代派、後現代派和數位派等寫作模式（詳見第一章第三節）。當中所有後出學派的競奇性，都是以前出學派為超越目標。因此，每一次第的跨域論述，都得連帶前出學派一起顧慮，以便了解該跨域論述的脈絡化。而這在本章所要討論的後現代派詩的寫作也不例外；它所「跨」的「域」有前現代派詩和現代派詩。

原來不同文化系統各有專屬的前現代寫實性模象詩，包括創造觀型文化內的「敘事寫實」（模寫人／神衝突的形象）、氣化觀型文化內的「抒情寫實」（模寫內感外應的形象）和緣起觀型文化內的「解離寫實」（模寫種種逆緣起的形象）等（周慶華，2007a：12～

13)；但因為創造觀型文化內的文學表現一支獨大，導至氣化觀型文化內的文學表現一系在二十世紀初挺不住對方的「壓迫」或「誘引」而前往尾隨，從此沒有了自家面目：

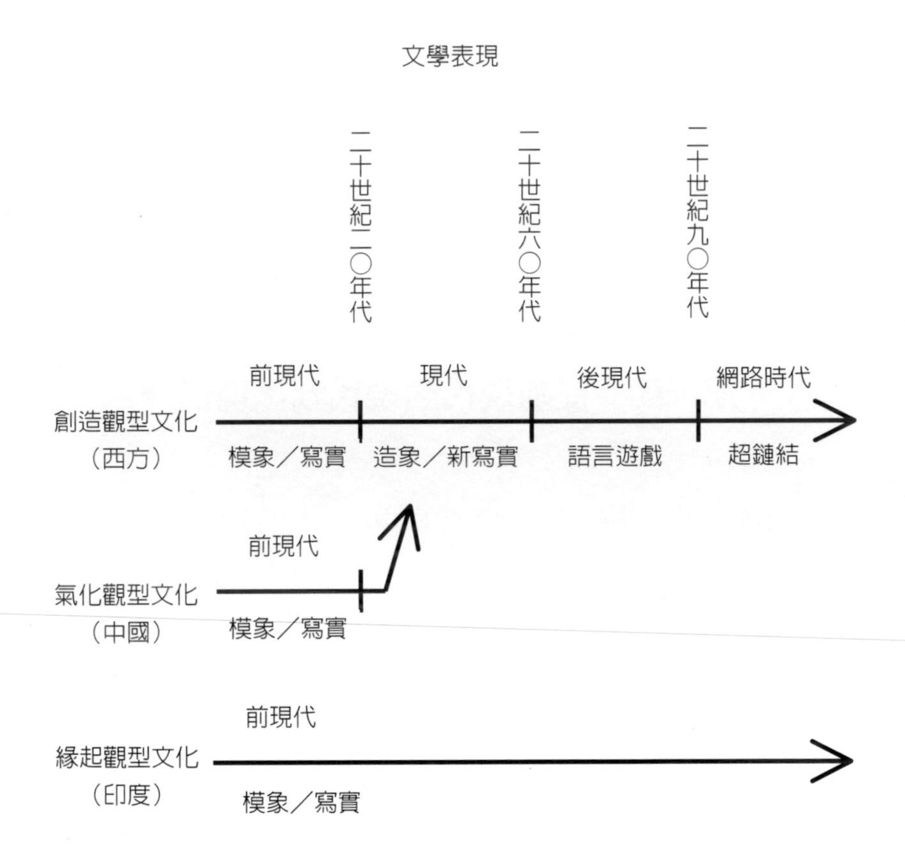

當中緣起觀型文化內的文學表現向來都「以文學為筌蹄」，並不積極於「逞藝顯能」，也無心他顧，所以雖然略顯「素樸」或「板滯」卻也還能維持一貫的格調（周慶華，2004a：143～144）；只

是這一部分沒有「轉向」而缺乏前進式光譜義的對比價值，以至在此地會暫且一併略過去不談。剩下來的就是緣創造觀型文化內的文學表現一系而出現的寫作技藝（第一章第二、三節所提到的「傳統延續」部分就不再攬進來討論），要給予脈絡化的統整和規模出路。

基本上，創造觀型文化內的文學表現所以會從前現代派跨向現代派，主要是該文化所預設的造物主為一無限可能的存有，西方人一旦發現自己的能耐可以跟造物主並比時，不免就會有意無意的「媲美」起造物主而有種種新的發明和創造（這從近代以來西方的科學技術的快速發展以及各學科理論的極力構設等，可以得到充分的印證），而文學觀念的更新和實踐也不例外（化解跟神性衝突的另一種方式）。至於所以會再跨向後現代派，則是肇因於該文化所預設的造物主為一無限可能的存有遭到西方人自我「反向」的質疑而引發的一種分裂效應（透過玩弄支解語言來達到「自由解放」以為逆向化解跟神性衝突的目的）。爾後的數位派，則更進一步把後現代派無由出盡的解構動力以多向和互動的方式盡情的予以「宣洩」。但不論如何，這一切都有一股「創新」的衝動在背後支持著；即使像網路這一明顯看不到造物主影子的東西，西方人都可以輕易的跟祂連上關係：「早期基督教徒設想的天國，是『靈魂』完全擺脫肉體弱點困擾的地方。現今的網路族傲然聲稱，在這一『（數位）世界』裡，我們將豁免生理形體帶來的一切侷限和尷尬」〔魏特罕（M.Wertheim），2000：2〕。文學人固然不致會這麼「樂觀」（他們的逆向操作意圖仍未泯滅），但對於潛在的那一媲美造物主的欲求依舊沒有減退絲毫。

第二節　後現代詩的理論基礎

從整個態勢來看，後現代詩的特色也在於「以解構為創新」，它所要抗衡的是由前現代詩到現代詩所營造成的對語言功能的信賴。就以現代詩為例，它所內蘊對語言功能的信賴的「一體性」（包括象徵主義、表現主義、未來主義、存在主義、超現實主義和魔幻寫實主義等同屬現代派的各種流派的文學表現），原來是體現在對「真」和「美」的追求：所謂真，是指作品所烘托的世界，而不是現實世界（按：這是現代派不同於前現代派的重點所在，也是文學觀念從「模象」轉向「造象」的關鍵）。現代派作家服膺的不是寫實主義或模仿理論，而是語言能造象的功能。他們相信寫作是藉著語言去創造一個想像的世界，這個世界的真實感是由作品的形構要素所構成，而不是依附於外在世界所產生。而所謂美，說明了一種超越論的寫作觀。他們認為現實世界的感知現象瞬息萬變，只有文學作品上的美可以超越塵世的變幻無常。換句話說，美的事物在塵世中隨時都會凋萎，只有透過文學來保存它們，將它們「凝固」在作品中，才不至於像塵世的生命那樣朝生暮死。這顯示了他們極度相信語言的堆砌就會構成意義：作家只要找到精確的語言符號，就可以教它們裝載滿盈的意義。（蔡源煌，1988：75～78）而這一併被後現代派詩人覷出了罅漏（語言中的「意符」和「意指」搭連不上），從此不再信賴語言具有描述事物和建構圖象的功能，而當寫作不過是在玩語言遊戲罷了。（周慶華，1994：3～5）

顯然後現代詩這種解構動能，全緣於創造觀型文化所自我蘊涵逼出的，而跟其他沒有或不時興造物主信仰的文化傳統無關。這在整體上，可以說後現代的解構思朝是從解構「邏各斯（logos）中心」

起家，極力於破斥西方古來「語言」有特定表意的信賴的迷思。而這就有一段「理路」可以條陳：首先是傳統語義學的語義觀「奠基」：

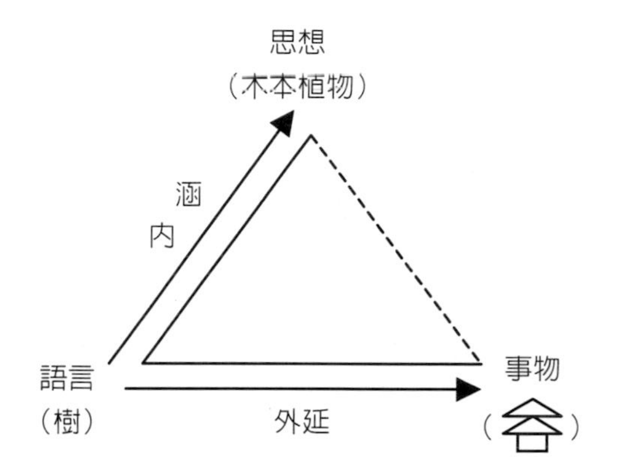

在這語義三角形中，思想如果要表達樹這種木本植物的概念，就必須選定相關的語言符號（不論是現成還是新創）來表達。而語言符號一旦被選定了，它就有內涵和外延等意義可以指稱。（李安宅，1978；徐道鄰，1980；伍謙光，1994）上圖中所連兩端事項為實線的代表直接的關係；所連兩端事項為虛線的代表間接的關係。其次是結構語言學的語義「變革」：

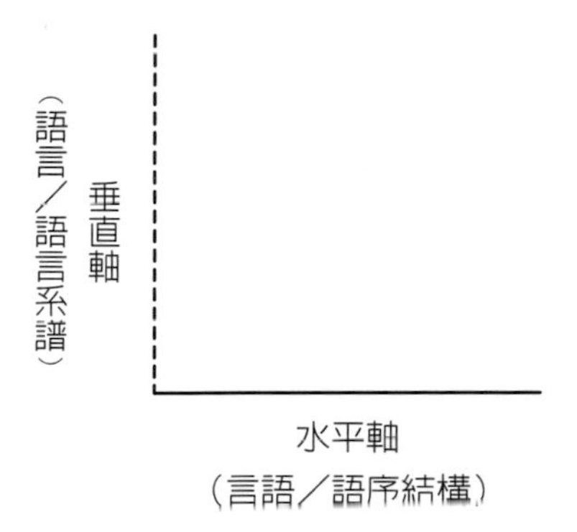

二十世紀初，結構語言學興起，主張語言是自我指涉的〔索緒爾（F.de Saussure），1985〕。如：

樹指向「木本植物」（而「木本植物」也是語言，所以才說是語言自我指涉），而不指向實際存在的樹。因為樹這個符號的創設是任意的（在不同語言系統中各有不同的代表樹的符號）；同時樹這個符號和實際的樹並不相等（既然這樣，樹的外指也就不重要）。至於我們的選字組詞所構成的言語這種語序結構（如「樹正欣欣向榮」），都是從抽象的語言系譜出來的（如「樹正欣欣向榮」中相關的語音、語詞和語法等，都是從存在人腦海裡的語言系譜抽選出來結構成的），而跟外在的事物無關。再次是結構主義的語義「衍變」：

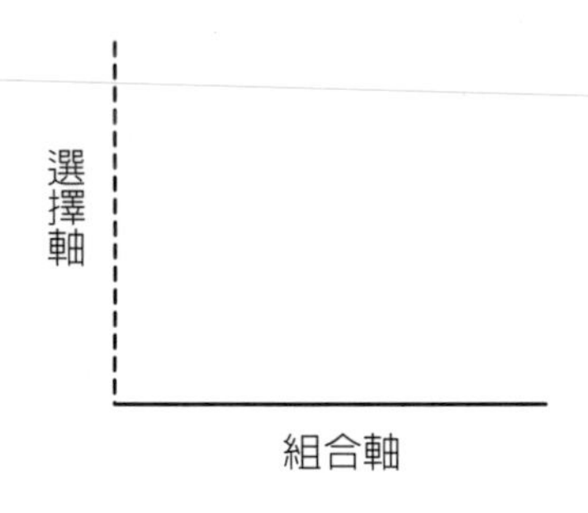

受到結構語言學的「啟迪」，文學批評界建立起了結構主義流派，而把原有的言語和語言對列的觀念，轉換成文學的「意象」、「事件」等的組合和選擇。〔布洛克曼（J.M.Broekman），1987；古添洪，1984〕

如「一個孩子和父親吵架後出走，在烈日下穿過一座樹林，跌落在一個深坑裡。父親出來找他的兒子，向深坑裡張望；但因為光線很暗，看不到兒子。這時太陽剛好升到他們頭頂，照亮了坑的深處，使父親救出了孩子。在歡樂中他們言歸於好，一起回家」〔伊格頓（T.Eagleton），1987：95〕。在這個故事中所顯現出來的「兒子反叛父親」、「父親俯就於兒子」、「兒子和父親重歸於好」等一系列的意涵，都可以回到最底層的「高／低」的對立結構去得著定位和理解。而組合成故事的各個元素，也是透過眾可能中選擇來的；它們可以重新更換而組合成同結構而不同題材的故事。再次是後結構主義的語義「轉折」：

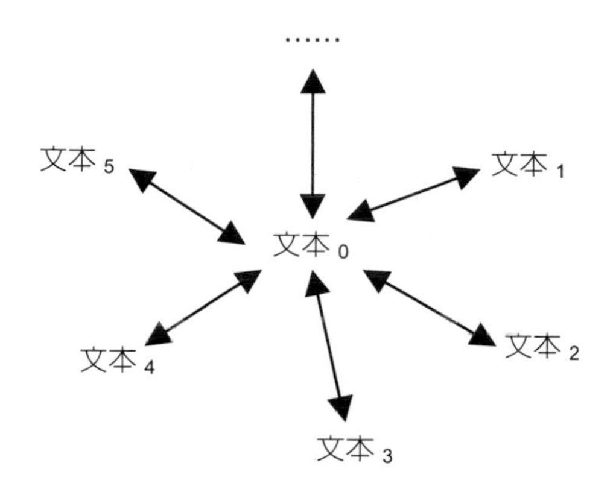

後結構主義由結構主義文學各成分的組合／選擇的興趣，轉向對整個文本相互指涉的關懷。〔巴特（R.Barthes），2004；楊大春，1988〕如我們把徐志摩〈再別康橋〉「我揮一揮衣袖，不帶走一片雲彩」（文本 $_0$）（徐志摩，1969：397）作個理解，會發現裡面隱含有灑脫的心境，為自然主義或道家思想（文本 $_1$）所滲透。依此類推，它可能還會跟別的觀念（文本 $_2$、文本 $_3$、文本 $_4$……）相互指涉，而形成各文本在互相對話或戲謔或爭辯的繁複景象。最後是解構主義的語義「消解」：

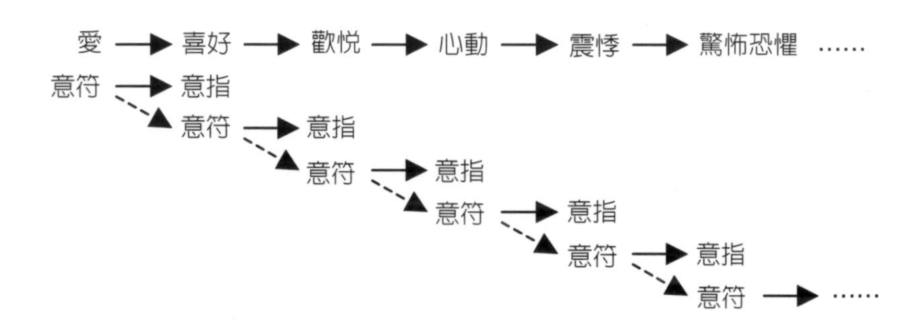

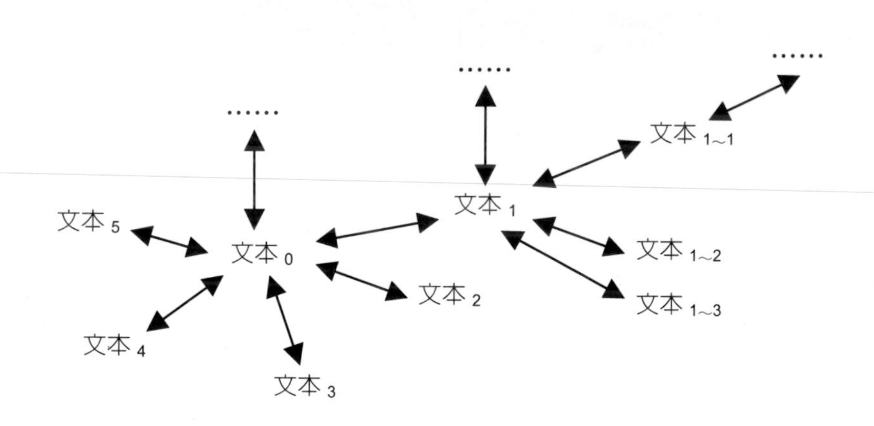

解構主義出現於二十世紀 60 年代，主要是要解消一切的結構體（包括傳統的邏各斯中心和先前的相關結構主義的結構觀念等），而防止

「意義」被壟斷或不當的「權威」宰制〔德希達（J.Derrida），2004；楊容，2002〕。它從意符的延異起論，而後推及文本的無盡指涉現象，來佐證解構的必要性。在意符的延異方面，如上列「愛」作為一個意符，永遠追不到意指（雖然它是我個人代為模擬），最後只剩一連串意符在相互追蹤。雖然如此，意符每延遲（延宕）一次，都會有差異，這也就是「延異」一詞的意涵。至於在文本的無盡指涉方面，如前述所隱含的自然主義的自然觀或道家思想的逍遙遊（文本 $_{1}$），又為虛無主義或反理想主義（文本 $_{1\sim1}$）所滲透。依此類推，永無止盡。（周慶華，2004a：137～140）

解構主義就是沿著上述這樣的軌跡而躍居西方世界「反省語言構成物到最極致」的地位。而文學既然也是由於語言所建構裝飾起來的，那麼它的遭遇解構主義「嚴苛」挑戰的命運自所難免。然而，解構主義的消解大業並沒有徹底完成〔因為大家紛紛發現解構主義本身又不禁成了新的邏各斯中心；同時它所蘊涵的自我解構也使得它在解構別人時不具有效力（楊大春，1994；朱耀偉，1994；周慶華，2004a；黃進興，2006）〕；倒是它無意中喚起了我們「權威介入語言使用」的意識以及從此得節制權力意志的發用。也就是說，只要我們知道語言的意義是由於權威的介入界定（裁奪）並經過約定俗成而可能的（如上述「愛→喜好→歡悅→心動→震悸→驚怖恐懼……」的指意鏈即使成真，我們也不會讓「愛」的意義無限的延後，因為我們會以強制的手段使它停留在「喜好」一類的特定意義上；而這只要眾人認可了，就會通行），再有所行動就得自我檢視權力意志的合理性（也就是不宜為了影響別人或支配別人而濫用該強制的手段），以免窮於應對來自解構主義在相當程度上仍具有威脅性的「延異」觀的威脅。（周慶華，2007b：14～18）

雖然解構主義不是什麼萬靈丹（它依然是一種言說策略），但同樣作為後現代詩的理論基礎，則有它的對象作用力（在這裡不能再涉及它的後設作用力，否則會如上面所說的「自我矛盾」和「罔顧現實情境」）。這種作用力，一方面保障了後現代詩玩語言遊戲的可能性；另一方面也逆向保障了不參與這類遊戲的權利。換句話說，不接受後現代詩的人一樣可以找出堅強的理由來抵拒對峙，而這正是後現代詩所依據的解構理論所無意中授予人的「以子之矛，攻子之盾」的利器。

第三節　後現代詩以解構為創新的向度

後現代詩的解構動能只限於對象性（也就是自我體現），而無從反過來要求一切言說比照辦理，因為後面這種後設性一定會遭遇「延異觀念本身不也是要延異的嗎」和現實中本就是在權威介入下使用語言的「那有眾人都蒙昧不了的問題」等詰疑而無法善了。縱然倡導解構思潮的人可以作這樣的辯解：

> 解構文本的目的在要求透過不斷地重構過程，重新詮釋文本的意義，以開放其他可能的詮釋，並經由一連串的思考辯證，更深入地探討文本……換句話說，解構思考在解構現存的中心結構，破除二元階級對立的關係，不斷重構，以進行歷史演變和思潮接替更換的不止息過程；如此循環不已，才能在各個歷史階段裡產生新象和新知，而不致封閉

> 和約束在現存結構的「意識型態國家機器」裡。（楊容，2002：20）

但它的實踐處所給人的感覺卻是解構理論以它新的大敘述反對被解構對象原有的大敘述，這就顯得難以「自圓其說」（也就是彼此都是意識形態的實踐，目的在遂行各自的權力意志，沒有誰對誰錯或誰是誰非的問題）。因此，解構不再是無往不利，而以它為理論基礎的各種後現代式文本的構設也無從想像可以給予絕對化並期待它能普遍化。（周慶華，2003：217～218）後現代詩要展現它的解構能耐，自然也得有這個「配件」才能找到自己的立足點。

當解構作為一種策略的「理論」確定後，所暗示的是他人可以根據這種模式再去解構原作品一番，而導至最後不得不「逼迫」著每一種解構策略都要將內面所隱藏著的權力意志「曝光」，從而再靜待或忍耐另一種可能的「眾聲喧嘩」的場面。（周慶華，2004b：223）在這種情況下，後現代詩的解構策略也無妨可以在約定俗成或具備相互主觀性的前提下「繼續行使無礙」（不然就得宣告無效）。這就有點像伊格頓所說的：

> 如果我們對語言仔細審視一番，看作紙上一連串的能指詞（意符），意義（意指）最終很可能是不確定的；但當我們把語言看成我們做的某件事，跟我們的實際生活形式不可分離地交織在一起時，意義就成為「確定的」，像「真理」、「知識」、「肯定性」等詞語就恢復了原來的力量。這當然不是說語言因此就成為確定的和明白易懂的了；恰恰相反，它比最徹底的「分解了的」文學文本更加晦澀和矛盾。只有這時，我們才能夠以一種實際而不是學究的方式看到，那些東西算

> 是明確無誤的、可信的、肯定的、真實的、虛假的等等，並看到在語言之外還有那些東西捲入這些界定之中。(伊格頓，1987：142)

上面這段話有多重的涵義：第一，我們可以操縱語言而使它的意義「確定」或「不確定」；第二，由於我們知道自己在操縱語言而使它的意義「確定」或「不確定」，所以語言的意義不論是「確定」還是「不確定」都是一種策略運作；第三，既然語言的意義「確定」或「不確定」只是一種策略運作，那麼任何後起的語言觀都可以享有它「獨自」發展的空間。(周慶華，2003：218～219) 換句話說，只要讓解構「開放」(回返自身式的)，後現代詩的語言遊戲性是毋須加以質疑的(包括本章第二節所提及的「在相當程度上仍具有威脅性的『延異』觀的威脅」也不必再反向予以「糾彈」在內)。剩下來的，就是它的以解構為創新的向度「究竟如何」的問題。

所謂以解構為創新的向度「究竟如何」，這既可以是經驗歸納的，也可以是理論演繹的。經驗歸納的部分，依現有的實作來看，不外有直接解構和間接解構兩種情況。直接解構，是指直接在詩中解構所要解構的對象，而據此來顯示新意。姑且以我所撰三首「光譜式」的圖象詩的對比為例：

龜山島

在
遠方
的
海上
有隻龜
靜靜趴著
千百年以來
都沒換過姿勢
從這頭望去
有時黯淡
有時明
害我
畫
不直
那一條
奇妙善變
和愛翹
的尾
巴

(周慶華，1998：102)

新民主頌

①	②	③	④	⑤	⑥	⑦
孫小毛	蔣大頭	李高固	陳角杏	呂毋忘	連萊勢	

（周慶華，2007c：179）

樹痴

不
一棵棵
風會說人話
站著很累很過癮從底下生長
誰能記得你
一棵棵
是

（周慶華，2001：120）

第一首詩很明顯是在「模象」，情意不言自明；第二首則進階到了「造象」，既含譏諷又具引導風尚的效果（指出「等值參與」的民主新道路）；至於第三首則又跨向「語言遊戲」的領域，試圖徹底解構觀念定見（左右正向或反向跳讀，都可以瓦解一棵樹給人有「完整」性的刻板印象）。（周慶華，2007c：180）後者這一後現代的表式，表面看似要模擬樹狀，實際則充滿著「內爆」的張力，直把一種可能的「以解構為創新」的模式形塑出來；而跟前二者有特定的情意要反映或有特定的觀念要摶造明顯不同。也就是說，它在某種程度上可以達到前節所說的「防止『意義』被壟斷或不當的『權威』宰制」的效益（不論讀者信或不信）。由於它就逕直內爆，沒有別為假借，所以稱它為直接解構。

至於間接解構，是指間接在詩中解構所要解構的對象。而它主要有諧擬和拼貼兩種模式，並且同樣據以為彰顯新意。當中諧擬，指的是形式的結構顯現出諧趣模擬的特色，讓人感覺到顛倒錯亂；而拼貼，指的是形式的結構在於表露高度拼湊異質材料的本事，讓人有如置身在「歧路花園」裡。（周慶華，2004b：138～139）前者（指諧擬），又稱滑稽模仿。所謂「滑稽模仿主要是作為一種藝術表現手段而被小說家、戲劇家、詩人乃至其他門類的藝術家使用。眾所周知的滑稽模仿作品如英國作家蒲柏的《秀髮劫》，對於史詩恢弘的形式和典雅的風格進行滑稽模仿，記述的卻是淑女雅士庸常的生活瑣事……作為藝術的表現手段，滑稽模仿在此起到離間作品風格、主題和形式的作用，目的在於造成不協調，從而導至滑稽可笑的效果」（王治河主編，2004：301），說的就是諧擬的狀況。而它所又依便區分的升格式和降格式兩類（同上），則是取向「僅能如此」使然，沒有什麼大道理可說。不過，這種滑稽模仿要進入「後現代」的行列，仍然得造成「徹底解構」的形勢才算數；否則，像「愛爾蘭小說家喬依斯的長篇小說《尤里西斯》在結構上和荷馬史詩《奧德賽》相對應，寫的卻是當代都柏林一個廣告商某一天在這座城市裡的漫遊和歷險」（同上），只是為了別為造象（開發人的潛意識）而不是要參與語言遊戲，終究沒有後現代味。例子如我所撰的一首詩：

仿連連看

呂秀蓮
陳水扁
連戰
李敖
許信良
宋楚瑜
陳文茜

醬瓜
豆腐乳
油條
包心菜
魚
豬腳
咖啡

（周慶華，2001：111）

這是在諧擬解構制式教育中考試命題的權威盲目性（周慶華，2007c：276），它的後現代味則在從無有可連中透顯我個人亟欲解消相關成規中的意義壟斷和權威宰制的動機。因為它不提供任何可以相連的機會（如果有人想任意相連而造成另一種戲謔特效，則准許但無從鼓勵），所以解構的效能足夠，無妨引以為「仿效」的對象。

後者（指拼貼），它在組織異質材料的過程中，是「以直接、大量的引用法和替代法，把原作置入一個全然陌生的環境之內。藝術家引用的各個元素，打破了單線持續發展的相互關係，逼得我們非作雙重注釋或解讀不可：一重是解讀我們所看見的個別碎片和它原初『上下文』之間的關係；另一重是碎片和碎片是如何被重新組成一個整體，一個完全不同形態的統一……每一個『記號』都可以引用進來，只要加上引號即可。如此這般，就可以打破所有上下文的限制，同時也不斷產生無窮的新的上下文，以一種無止無盡的方式和態度發展下去」（王先霈等主編，1999：679引德希達說）。同樣的，這種拼貼要進入「後現代」的行列，依然得造成「徹底解構」的形勢才可稱道；否則，像二十世紀初期前衛藝術（包括電影）擅長的拼湊或剪接的蒙太奇手法（程予誠，2008：133～149）轉用在文本上所營造的意識跳接或夢幻效果卻別有造象作用（同樣為開發人的潛意識），就會跟它混淆而使它遠離後現代情境。例子仍如我所撰的一首詩：

禪悅

拈花的人不微笑
傳情只靠一分的眉目
心靈犀半點通了
無念無相無住庭前柏樹了

晝夜死裡來活裡去
要參禪也要洗缽
逢佛殺佛還棒喝一聲
（周慶華，2002：77）

這是在拼貼解構語言結構體（不論是造象式的還是模象式的）的意義壟斷性（周慶華，2007c：276），它的後現代味則在支裂既有的相關「完整」流程性的禪悅體驗。因為它以不相屬的禪語並列（倘若有人想逆向感受另一種「活潑」的禪悅法門，則可行但不便定調），所以解構的效能也足夠，不妨引以為「範鑄」的對象。

大致上，後現代詩以解構為創新的向度，就在上述的直接解構和間接解構中顯現。它們在自我體現上無疑可以這般的演出；而不認同的人要「棄如敝屣」也於理有據，這都不再贅述。此外，值得稍加留意的是：後現代詩的解構性在無關存廢的情況下，還有一個表現「優劣」的問題可以分辨。也就是說，後現代詩既然要玩語言遊戲，那麼它就得做到徹底解構觀念定見為上策，才能在相當程度上達到「盡興誘人」的效益（可以誘引他人參與遊戲，終而知所「開放心胸」廣納異己）。而這無妨以下列兩首詩為例，對比它們「解構」的強弱性：

車站留言　陳克華

阿美阿草
我先搭 11：37 的南下了　我並不恨你
如果颱風明天到達
來電：（00）7127 ㄓ 998 ϕ

父留。孩子記得我
先生下再說
……
很久很久以後，本質
和現象衝突　得很厲害
祝快回家
三隻母雞和甘藍菜
都好
你最真誠的愛匆此
再還你
（馬悅然等主編，2001：594～595）

我把一條河給弄丟了　黃智溶

A.那當然是我的錯
　我不該離開那條河
　足足有十年之久
　直到我回去時
　那條河　已經
　消失了

B.其實是地圖的錯
　……
C.是河自己要走的
　……

D.其實誰都沒有錯
其實
我也沒有錯
河也沒有錯
繪圖者也沒有錯
推土機也沒有錯
是童年
把我記錯
（孟樊，1995：250～251 引）

前一首的純為拼貼意象（以達解構分裂語言意義的目的），顯然不及後一首還能層層剝除觀念定見的迷霧（終而能夠提供人不斷地自我省察認知和體驗的可靠性的可用資源）。（周慶華，2004a：298）依後一首的「邏輯」，還可以類似這樣「其實也不是童年把我記錯……」而推衍下去，以至於無窮的解構（詩只能寫到末句為止，但明眼人一看就知道那不是誰把一條河搞丟了的答案）；況且後一首還兼用拼貼和直接解構兩種手法，比前一首僅用拼貼手法「技藝」要略勝一籌。有關後現代詩的存優汰劣取向，大抵上可以上述的例示去「舉一反三」。

第四節　後現代詩的形式與技巧

後現代詩所蘊涵的解構觀念，原在文學批評先行運用時，帶有高度衝撞體制的基進性：「針對二元對立系統及其架構所造成的等第（如男／女、口語／文字、自然／文化、真理／虛假、理性／瘋狂、中心／邊緣、表面／深層、文學／哲學等等），並以『雙重讀法』析出被排除的因素……換句話說，閱讀絕不是要再度製出原意或重複作品，指涉到某一外在對象、超越的意指，因為沒有作品外在之物。閱讀毋寧要開啟無窮盡的符號替代，讀意符以它的『重述性』與時漂流」（廖炳惠，1985：2～8）。而它的具體展現，如德希達所從事的：專從極細微的邊緣片段著手解析（如針對一個注腳、一再出現的字眼或意象、隨便提及的典故、向不受注意的札記等進行探索），精密演繹，以至作品由本身的邏輯步入「意義的困境」，推翻或引發了自己想陳述、壓抑的。（同上，12）這「轉」用在新詩（自由詩）的寫作上，自然要有「觀念的轉化」；而這種轉化是「表演呈現」而不是「直接論說」的，以至有所謂專屬於新詩的相應的形式和技巧可以考察。

這一部分，有人曾歸結出七項特色：（一）對先前被認定的形式的抵拒，這些先前被認定的形式則指定了語言及意念如何安置。（二）反對封閉，主張開放形式，比如「開放場域」式的構文、「新詩句」，以及其他非由正統詩所傳承的形式。（三）對「抒情主體」的挑戰（抒情主體被視為一統合性的聲音，在詩中掌管著詩人的意識），而採納一種更為分散和多元的聲音。（四）對於深植於以口語形式為優先性的「在場詩學」的質疑，熱烈地開拓語言書寫的或文本的層面。（五）堅持意符的物質性，並欣喜於打開這種認知的可能性。（六）履行一種「參照項政治」；換句話說，就是它們和語言的遊戲及其「規則」，是對賦予支配性語言形構或模式的意識形態權力一種縝思性的挑戰。（七）持續性地強調詩人社群共享的實踐，以反對個人主義的意識形態。（孟樊，2003：88～89 引伍德斯說）更細緻一點的，還可以為它開列一張清單：寓言、移心、解構、延異、開放形式、複數文本、眾聲喧嘩、崇高滑落、精神分裂、雌雄同體、同性戀、高貴感情喪失、魔幻寫實、文類融合、後設語言、博議、拼貼和混合、意符遊戲、意指失蹤、中心消失、圖像詩、打油詩、非利士汀氣質、即興演出、諧擬、徵引、形式和內容分離、黑色幽默、冰冷感、消遣和無聊、會話……（孟樊，1995：279～280）這不能說有什麼問題，只是就該一說法似乎有「只要再發現一項特徵，就可以繼續增列以至於無窮盡」（還不包括語異義同和解構味不強的部分）的現象來看，不免會嫌它缺乏「理論」的實效，頗不便用來統攝材料和指引寫作的方向。

在這裡，仍然就後現代詩以解構為創新的三個向度（將「直接解構」省稱「解構」；而將「間接解構」中的「諧擬」和「拼貼」提稱），依便再權分形式和技巧兩個面向，而彼此組合成下列模式圖：

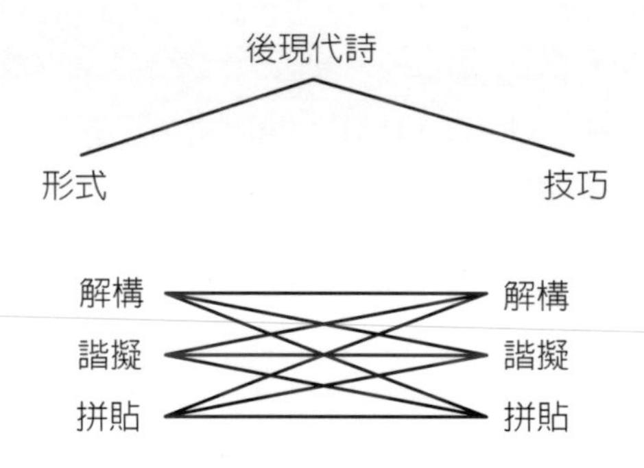

這樣後現代詩在形式／技巧上，就有解構／解構、解構／諧擬、解構／拼貼、諧擬／解構、諧擬／諧擬、諧擬／拼貼、拼貼／解構、拼貼／諧擬和拼貼／拼貼等九種模式。這當中自然會有「跨向度」的情況，但它只要在解說時「加注」就可以了，原則上無妨於該九種基本模式的成立。這是為確保論說的有效性所作的權宜斷定；否則，可能會發生後現代詩跟他者「糾纏不清」的情事而妨礙到論說的進行。

現在就依上述九種模式來分別舉證，以便有意再從事後現代詩寫作的人參鏡採擇。第一種是解構／解構模式：這得在形式和技巧上都顯現出「徹底解構」的態勢，才算數。如：

吃西瓜的六種方法　羅青

第五種　西瓜的血統

沒人會誤認西瓜為隕石
西瓜星星，是完全不相干的
然我們卻不能否認地球是，星的一種
故而也就難以否認，西瓜具有
星星的血統
……

第四種　西瓜的籍貫

我們住在地球外面，顯然
顯然，他們住在西瓜裡面
我們東奔西走，死皮賴臉的
想住在外面，把光明消化成黑暗
包裹我們，包裹冰冷而渴求溫暖的我們
……

第三種　西瓜的哲學

西瓜的哲學史
比地球短，比我們長

非禮勿視勿聽勿言，勿為——
而治的西瓜與西瓜
老死不相往來
……

第二種　西瓜的版圖

如果我們敲破了一個西瓜
那純是為了，嫉妒
敲破西瓜就等於敲碎一個圓圓的夜
就等於敲落了所有的，星，星
敲爛了一個完整的，宇宙
……

第一種　吃了再說
（羅青，2002：186～189）

這在形式上解構了詩題和內文的相應度（除了「第一種　吃了再說」跟吃西瓜的方法有關，其餘表面看來都不相涉）；而在技巧上則解構了數量（詩題說吃西瓜的方法有六種，但內文只出現五種）、排序（不按一般順序排列）和標點符號的使用方式（在內文中任意加標點，有別於平常用法）等。雖然它在解構後多少又建構了一些東西（如暗示讀者不妨先品賞西瓜的血統、籍貫、哲學和版圖等，而後才享用它，可能比較有「滋味」；或者讀者想怎麼吃西瓜，所保留的「第六種」就可以自己去決定；此外，整體反序形式不啻又造成了另一種「倒敘」模式），導至解構不徹底而「終非美事」（按：羅詩寫於1970年，當時尚未見後現代詩的觀念，它可說是「無心插柳」而成了此地後現代詩的「先聲」。因為有這個「因緣」，所以也不必多加責怪），但它所體現的「雙重」解構力道還是相當可觀。

第二是解構／諧擬模式：這也得在形式和技巧上都顯現出「徹底解構」的態勢（雖然諧擬部分是間接解構），才算數。如：

看二二八自傳　周慶華

一九四七
一九四七
一九四七
一九四七
一九四七
一九四七
一九四七
一九四七
一九四七
一九四七

一九四七
一九四七
一九四七
一九四七
一九四七
一九四七
一九四七
一九四七

一九四七
一九四七

一九四七
一九四七
一九四七
一九四七
一九四七
一九四七
一九四七
一九四七
一九四七
一九四七

一九四七
一九四七
一九四七
一九四七
一九四七
一九四七
一九四七
一九四七
一九四七
一九四七

一九四七
一九四七

一九四七
一九四七
一九四七
一九四七
一九四七
一九四七
一九四七
一九四七

一九四七
一九四七
一九四七
一九四七
一九四七
一九四七
一九四七
一九四七
一九四七
一九四七

一九四七
一九四七
一九四七
（周慶華，2009：76～83）

這在形式上解構了詩題和內文的對應性（「自傳」理當是用文字敘述的，卻只看到一堆數字）；而在技巧上則諧擬了部分國人深懷的二二八事件的悲情（一方面將該悲情的「嚴肅性」拆解了；二方面也將該悲情所要引人同情的訴求轉為像面對一堆數字的「厭煩」）以及相關仇恨的沒有「與時遷移」（一直「停留」在事件發生的那一年），雙重解構效力不言可喻。

第三是解構／拼貼模式：這也得在形式和技巧上都顯現出「徹底解構」的態勢（雖然拼貼部分是間接解構），才算數。如：

丹丹的週記　周慶華

風被我催眠　它
跑到天空變成一艘船
後來曹操不准他的兒子寫信給老師
告狀家裡沒有錢請佣人
阿姨的裙子被蟑螂咬破一個洞
很好笑
便當裡有滷蛋和雞腿
你不要嫌我太嘮叨
第四臺來了一隻恐龍
牠會說人話
沒有夢　很冷
今天是星期天要提早上學
（周慶華，2007d：118）

這在形式上解構了詩題和內文的密合度（「週記」應該是記一週裡發生的事及其感觸，但每行詩句卻都像是遊魂或精神分裂症患者的「喃喃自語」，沒有一點主軸）；而在技巧上則拼貼了互不連屬的意象（以逆反老師的「所望」來解構週記本身所被賦予的「師生交流」或「單方面監看」的意義和價值），雙重解構效力也不言可喻。

第四是諧擬／解構模式：這也得在形式和技巧上都顯現出「徹底解構」的態勢（雖然諧擬部分是間接解構），才算數。如：

在公告欄下腳　向陽

……

「本公司開廠卅七年來，

（也有卅七年囉，歷史悠久，

「在全體員工的共同努力下，

（努力是有影，我入公司也有二十外年囉！

「鼎盛時期有二千五百餘名員工，

（現時只存六百外名，我自濟做到少，

「分紡織、織布、染整、針織、縫紉五部門，

（五官齊全，一貫作業，

「而後因為受國際景氣影響，

（大風吹樹倒，

「目前只存紡織及針織二部門，

（樹倒猴猻散，

「經營困難。自去年紡織業略有起色，

（猴猻散了了，樹仔漸漸活，

「本公司為解除危機，擴大生產線，

（彼時真鬧熱，樹頂全菜鳥，

「投資兩億，希望拯救公司營運，

（歹樹落重藥，好酒沉甕底，

「不料國外市場競爭激烈。本公司外銷，

（清采做做咧，逐日攏退貨，
「受重大打擊，虧損嚴重，
（逐年嘛講這款話，騙菜鳥……
……
「在萬分不得已的情況下，不得不斷然宣布：
（猶有這款代誌？
「自本月卅日起正式停工，
（啊？啊：定去囉！
「敬請全體員工體諒公司處境。
（啥人來體諒員工的心情？
「本公司決定照勞動基準法資遣員工，
（我做二十外年的退休金？
「拖欠員工五月、六月薪金，近期發放，
（七月、八月食自己？
「情非得已，敬希全體員工多多體諒。
（體諒體諒……
「此布。」
（敢真正著轉去賣布囉？）
（鄭良偉編注，1992：164～166）

這在形式上諧擬了公布欄下隱藏的對立的聲音（從而把公告本身的正經性予以解消）；而在技巧上則解構了公告這種官式文體而任由平常的庶民文體（兼採閩南語這一非通行語）跟它形成相抗衡的局面。由於強帶進「資本家和勞工的對立」和信息「不知何者為真」在交纏，所以就具有了雙重解構的效果。

第五是諧擬／諧擬的模式：這也得在形式和技巧上都顯現出「徹底解構」的態勢（雖然兩諧擬部分都是間接解構），才算數。如：

情婦　苦苓

在一青石的小城，住著我的情婦
（自備六十萬黃金小套房可以買）
而我什麼也不留給她
（存摺一定要自己保管）
只有一畦金線菊，和一個高高的窗口
（窗臺上放一盆花表示一切安全）
……
我想，寂寥與等待，對婦人是好的
（說說老婆的壞話給她一點希望）

所以，我去，總穿一襲藍衫子
（臨走前務必檢查全身口袋）
我要她感覺，那是季節，或
（照例答應下次待久一點）
候鳥的來臨
（過夜那絕不可以）
因我不是常常回家的那種人
（不管再晚，畢竟我還是要回家）
（苦苓，1991：20～21）

這在形式上諧擬了鄭愁予〈情婦〉詩（鄭愁予，1977：141）的貴族氣（以市井男子的「偷情口吻」對比鄭愁予〈情婦〉詩的男詩人的「風流語氣」）；而在技巧上則諧擬了鄭愁予〈情婦〉詩中的「果決行為」（鄭愁予〈情婦〉詩中的男主角是連「老婆家」和「情婦家」都不常回去的；而苦苓〈情婦〉詩中的男主角則是一定要回去「老婆家」，心虛兼膽怯「溢於言表」)。因為蘊涵有高華／庸俗文體的對列以及情場「孰真孰假」難以判斷(後者是說二詩中的男主角誰對情婦「認真」、誰對情婦「虛假」,不易分辨),所以也深具雙重解構的效果。

第六是諧擬／拼貼的模式:這也得在形式和技巧上都顯現出「徹底解構」的態勢(雖然諧擬和拼貼各自部分都是間接解構),才算數。如:

○檔案　于堅

檔案室

建築物的五樓　鎖和鎖後面　密室裡　他的那一份
裝在文件袋裡　它作為一個人的證據　隔著他本人兩層樓
他在二樓上班　那一袋　距離他50米過道　30臺階
……

卷一　出生史

他的起源和書寫無關　他來自一位婦女在28歲的陣痛
老牌醫院　三樓　炎症　藥物　醫生和停屍房的載體
每年都要略事粉刷　消耗很多紗布　棉球　玻璃和酒精
牆壁露出磚塊　地板上木紋已消失　來自人體的東西
……

卷二　成長史

他的聽也開始了　他的看也開始了　他的動也開始了…
大人把聽見給他　大人把看見給他　大人把動作給他

媽媽用「母親」　爸爸用「父親」　外婆用「外祖母」
……

卷三　戀愛史（青春期）

在那懸浮於陽光中的一日　世界的溫度正適於一切活物
四月的正午　一種騷動的溫度　一種亂倫的溫度　一種
盛開勃起的溫度　凡是活著的東西都想動　動引誘著
那麼多肌體　那麼多關節　那麼多手　那麼多腿　到處
……

卷三　正文（戀愛期）

決定的年紀　18歲可以談論結婚　談出戀愛　再把證件領取
戀與愛　個人問題　這是一個談的過程　一個一群人遞減為
幾個人
遞減為三個人　遞減為兩個人的過程　一個舌背接觸硬顎的
過程
……

卷四　日常生活

1　住址
他睡覺的地址在尚義街6號　公共地皮
一直用來建造寓所　以前用鋤頭　板車　木鋸　釘子　瓦
……
2　睡眠情況
他的床距地面1.3米　最接近頂蓋的位置　一個睡眠的高度

噪音小　乾燥通風　很適於儲藏　存集　擱置　堆放

……

3　起床

穿短褲　穿汗衣　穿長褲　穿拖鞋　解手　擠牙膏　含水

噴水　洗臉　看鏡子　抹潤膚霜　梳頭　換皮鞋

……

4　工作情況

進去　點頭　嘴開　嘴閉　面部動　手動　腳動

頭部動　眼球和眼皮動　站著　坐著　面部不動　走四步

……

5　思想匯報

（根據掌握底細的同志推測　懷疑　揭發整理）

他想喊反動口號　他想違法亂紀　他想喪心病狂　他想墮落

……

6　一組隱藏在陰暗思想中的動詞

砸爛　勃起　插入　收拾　陷害　誣告　落井下石

幹　搞　整　聲嘶力竭　搗毀　揭發

……

7　業餘活動

一直關心著郊外的風景（下馬村以遠）

錘煉出不少佳句　故鄉10公里處的麥芒　有幸被他提及

……

8　日記

X年X月X日　晴　心情不好　苦悶　X年X月X日

晴　心情好　坐了一個上午　X年X月X日　天又陰掉了

……

卷五　表格

1　履歷表　登記表　會員表　錄取通知書　申請表
照片　半寸免冠黑白照　姓名　橫豎撇捺　筆名　11個(略)
性別　在南為陽　在北為陰　出生年月　甲子秋　風雨大作
……

2　物品清單
單人床一張　(已加寬兩塊木板　床頭貼格言兩條
貝爾蒙多照片1張　女明星全身照1張)
……

卷末　(此頁無正文)

附一檔案製作與存放
書寫　謄抄　打印　編撰　一律使用鋼筆　不褪色墨水
字跡清楚　塗改無效　嚴禁偽造　不得轉讓　由專人填寫
……

(于堅，1999：119～132)

這在形式上諧擬了一般檔案的「存重要事件」觀念(于詩盡涉及人一生的雞毛蒜皮小事);而在技巧上則拼貼了無數異質性的事物(依于詩的作法，可以不斷增添而無疑)。這固然也仿諷了共產主義社會對人全面性監控的「恐怖」，但就詩作來說有諧擬和拼貼的雙重運用，已達十足解構的功效。

第七是拼貼／解構的模式：這也得在形式和技巧上都顯現出「徹底解構」的態勢(雖然拼貼部分是間接解構)，才算數。如：

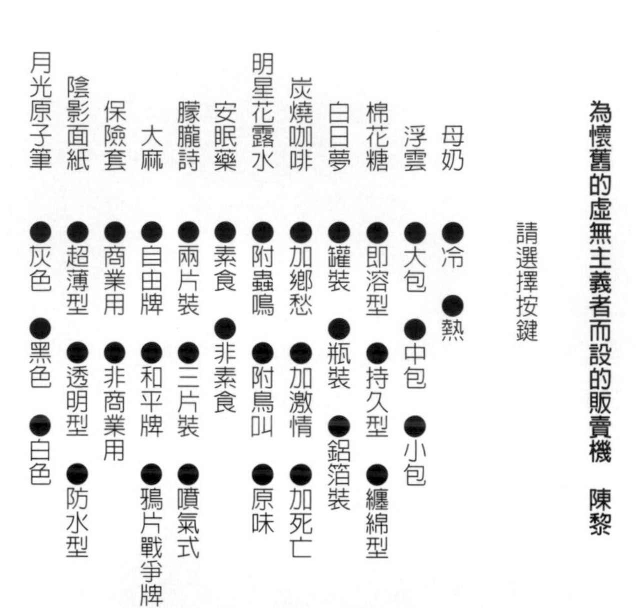
為懷舊的虛無主義者而設的販賣機　陳黎

請選擇按鍵

母奶　●冷　●熱
浮雲　●大包　●中包　●小包
棉花糖　●即溶型　●持久型　●纏綿型
白日夢　●罐裝　●瓶裝　●鋁箔裝
炭燒咖啡　●加鄉愁　●加激情　●加死亡
明星花露水　●附蟲鳴　●附鳥叫　●原味
安眠藥　●素食　●非素食
朦朧詩　●兩片裝　●三片裝　●噴氣式
大麻　●自由牌　●和平牌　●鴉片戰爭牌
保險套　●商業用　●非商業用
陰影面紙　●超薄型　●透明型　●防水型
月光原子筆　●灰色　●黑色　●白色

（陳黎，2001：148～149）

這在形式上拼貼了一些異質性事物（包括具體的和抽象的、可食的和不可食的、文學的和非文學的，五花八門）；而在技巧上則解構了販賣機只提供單類食品或物品的功能（把它擴及到甚至可以供應「浮雲」、「白日夢」和「朦朧詩」等帶文學感興的東西；而這太多類型販賣物形同「功能無效」）。就因為此販賣機有選無可選（或不知從何選起）以及全詩無機的組合等特徵存在，所以它的雙重解構的功效也不辨自明。

第八是拼貼／諧擬的模式：這也得在形式和技巧上都顯現出「徹底解構」的態勢（雖然拼貼和諧擬各自部分都是間接解構），才算數。如：

連連看　夏宇

信封　　圖釘
自由　　磁鐵
人行道　五樓
手電筒　鼓
方法　　笑
鉛字　　□□
著　　　無邪的
寶藍　　挖

（夏宇，1986：27）

這在形式上拼貼了一些異質性事物（每樣東西都「互不相屬」）；而在技巧上則諧擬了制式教育中試題「連連看」的崇高性（將它降格成「無法可連」）。從異質性事物的差異到上下兩排符號連無可連，此詩可說是極盡雙重解構的能事。

第九是拼貼／拼貼的模式：這也得在形式和技巧上都顯現出「徹底解構」的態勢（雖然兩拼貼部分都是間接解構），才算數。如：

交通問題　林燿德

紅燈／愛國東路
／限速四十公里
／黃燈／民族西
路／晨六時以後
夜九時以前禁止
左轉／綠燈／中
山北路／禁按喇
叭／紅燈／建國
南路／施工中請
繞道行駛／黃燈
／羅斯福路五段
／讓／綠燈／民
　權東路／內環車
先行／紅燈／北
平路／單行道／

（林燿德，1988：114～115）

這在形式上拼貼了一些非有機連結的異質性事物（道路和交通號誌雖然是「一體的」，但它僅用「／」連接而沒有其他敘述文字，看不出彼此的關連性）；而在技巧上則拼貼了燈號、路名和禁制指示等事物，表面上符合現況「很順當」，實際上卻暗示了交通的「大亂象」。正是採這種方式來戳破交通流暢的神話和拼湊出「快速」變換號誌的險象環生而不利於營生等，以至全詩的雙重解構意味就顯得特別濃厚。

上述九種模式，足以用來簡別區隔不夠後現代味的詩作，而讓一種「純然」的語言遊戲詩風可以保有它的獨特味道。雖然如此，後現代詩仍不免要藉助意象的重組來徵候所要解構一切事件或觀念的「支離破碎」狀況，而這是詩作為文學的一環所明顯沒有遭到解構的。換句話說，後現代詩解構了很多東西，唯一沒有解構的是自己（有些後現代詩出以「圖象」或「符號」，依舊是意象的延伸或變形，並沒有改變詩的觀念多少）。可見它所採用的直接解構和間接解構等手法，就真的是一種策略運作；不認同的人，都可以「據理」跟它抗衡、甚至唾棄它。此外，前面所說的形式和技巧等概念，都是關連意義的（也就是沒有「沒有意義的形式和技巧」）；而這在前面的解說中已經自動「連」上，此地就不再贅述了。

第五節　後現代詩的新寫作模式

後現代詩既然也是一種策略運作（而沒有絕對的權威性），那麼它的「進程」就可以代為想像出另一個藍圖。這個藍圖要有突破性，但又不能像某些論者所認為後現代詩的解構策略仍有或強或弱的「重建意義的企圖」（奚密，1998：203～226；簡政珍，2004：151～155）的延續或發皇。畢竟這一解構就是「別為建構」的道理已經不新鮮（解構本就是為了再建構；不然解構是什麼呢）；而它隱藏的或不便說出來的新建構（如同前節的例證，雖然行文時常用「徹底解構」的字眼以為指涉例詩的自我體現情況以及對於羅青〈吃西瓜的六種方法〉不能在表面上避去再建構的痕跡也有所批評），還會是他人前來解構或抨擊的靶子，一樣會讓自己「疲於奔命」於應付。因此，它的未來走向應該再基進一點。

所謂再基進一點，就後現代詩的「繼續」遊戲性來說，自然不能僅是現實可見的形貌的再製。後者據論者的歸結，不外有「文類界線的泯滅」、「後設語言的嵌入」、「博議的拼貼和混合」、「意符的遊戲」、「事件般的即興演出」、「更新的圖象詩和字體的形式實驗」和「諧擬大量的被引用」等特徵（孟樊，1995：265～279），頂多再留一些「空白」讓讀者參與書寫（國立臺灣師大國文系編，2000：384～419），這不論是否有爭議（至少本脈絡就不這樣處理）都可說是「既成的事實」；而要「展望」，就得另闢途徑。而這可以從詩文本和寫作兩個層面來考慮：在詩文本方面，不妨嵌入各種文體以為解構詩文本的「集大成」來顯示它的新基進性。好比我所模擬的「網路成文」的情況：

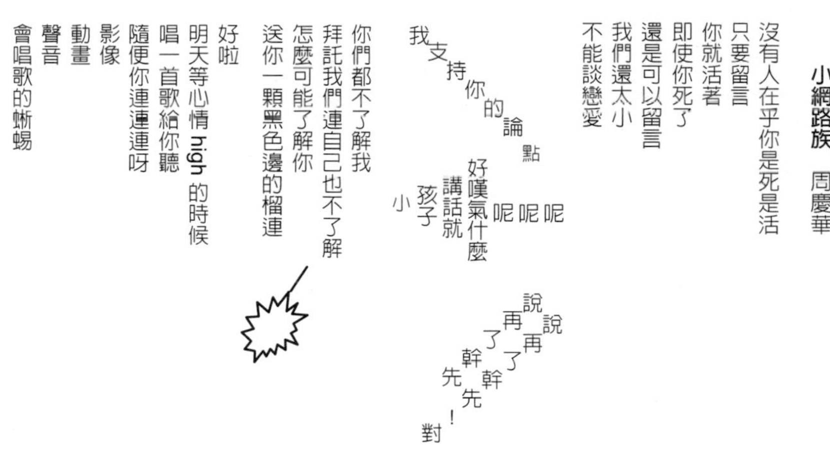

（周慶華，2007d：116～117）

數位詩的多向性和互動性只能在網路上存在（無法轉成紙本形態），而我在紙本上略事模擬反而可以形成「解構大觀」（依此類推，所嵌入的異文體可以無止無盡，直到成一本書、兩本書……等等）。如果後現代詩還有必要寫下去，那麼這一「徹底解構」的新表現方式就是不二選擇。

至於在寫作方面，唯一可以展現新意的，就是「完全開放」讓讀者參與書寫。這在數位詩上已經可以「局部」做到（須文蔚，2003）；而在某些結合多媒體的詩展演（如用吟唱、默劇、書法、相聲、舞蹈等多媒體來寫作發表，或者結合文字、聲、光和其他適合的媒體進行「再書寫」等）上有他人的參與也能夠見到「微樣」（杜十三，1997），但終究不及所要展望的完全開放這種情況來得有「徹底解構」的效果（也就是未來的後現代詩「存在」於作者和讀者不斷地接寫中）。前者（指詩文本）的解構展望是「本體性」的；而這裡的解構展望是心理／社會／文化性的，合而讓後現代詩的寫作推進到「沒有任何束縛」的境地。

參考文獻

于堅（1999），《大陸先鋒詩叢 7：一枚穿過天空的釘子》，臺北：唐山。
巴特著，居友祥譯（2004），《S／Z》，臺北：桂冠。
王先霈等主編（1999），《文學批評術語詞典》，上海：上海文藝。
王治河主編（2004），《後現代主義辭典》，北京：中央編譯。
古添洪（1984），《記號詩學》，臺北：東大。
布洛克曼著，李幼蒸譯（1987），《結構主義：莫斯科－布拉格－巴黎》，臺北：谷風。
伊格頓著，聶振雄等譯（1987），《當代文學理論導論》，香港：旭日。
伍謙光（1994），《語義學導論》，武昌：湖南教育。
朱耀偉（1994），《後東方主義——中西文化批評論述策略》，臺北：駱駝。
杜十三（1997），〈論詩的「再創作」——兼談「新現代詩」的可能〉，於《創世紀》第 111 期（87～101），臺北。
李安宅（1978），《意義學》，臺北：商務。
孟樊（1995），《當代臺灣新詩理論》，臺北：揚智。
孟樊（2003），《臺灣後現代詩的理論與實際》，臺北：揚智。
周慶華（1994），《秩序的探索——當代文學論述的省察》，臺北：東大。
周慶華（1998），《蕪情》，臺北：詩之華。
周慶華（2001），《七行詩》，臺北：文史哲。
周慶華（2002），《未來世界》，臺北：文史哲。
周慶華（2003），《閱讀社會學》，臺北：揚智。
周慶華（2004a），《文學理論》，臺北：五南。
周慶華（2004b），《語文研究法》，臺北：洪葉。
周慶華（2007a），《紅樓搖夢》，臺北：里仁。
周慶華（2007b），《走訪哲學後花園》，臺北：三民。
周慶華（2007c），《語文教學方法》，臺北：里仁。

周慶華（2007d），《我沒有話要說——給成人看的童詩》，臺北：秀威。
周慶華（2009），《新福爾摩沙組詩》，臺北：秀威。
林燿德（1988），《都市終端機》，臺北：書林。
苦苓（1991），《苦苓的政治詩》，臺北：書林。
馬悅然等主編（2001），《二十世紀臺灣詩選》，臺北：麥田。
夏宇（1986），《備忘錄》，臺北：作者自印。
奚密（1998），《現當代詩文錄》，臺北：聯合文學。
徐志摩（1969），《徐志摩全集（第二輯）》，臺北：傳記文學。
徐道鄰（1980），《語意學概要》，香港：友聯。
索緒爾著，高名凱譯（1985），《普通語言學教程》，臺北：弘文館。
陳黎（2001），《陳黎詩選——一九七四～二〇〇〇》，臺北：九歌。
國立臺灣師大國文系編（2000），《解嚴以來臺灣文學國際學術研討會論文集》，臺北：萬卷樓。
須文蔚（2003），《臺灣數位文學論》，臺北：二魚。
程予程（2008），《電影敘事影像美學：剪接理論與實證》，臺北：五南。
黃進興（2006），《後現代主義與史學研究》，臺北：三民。
楊容（2002），《解構思考：讓知識動起來》，臺北：商鼎。
楊大春（1994），《解構理論》，臺北：揚智。
楊大春（1998），《文本的世界》，北京：中國社會科學。
廖炳惠（1985），《解構批評論集》，臺北：東大。
鄭良偉編注（1992），《臺語詩六家選》，臺北：前衛。
鄭愁予（1977），《鄭愁予詩選集》，臺北：志文。
德悉達著，張寧譯（2004），《書寫與差異》，臺北：麥田。
蔡源煌（1988），《從浪漫主義到後現代主義》，臺北：雅典。
簡政珍（2004），《臺灣現代詩美學》，臺北：揚智。
魏特罕著，薛絢譯（2000），《空間地圖——從但丁的空間到網路的空間》，臺北：商務。
羅青（2002），《吃西瓜的方法》，臺北：麥田。

第七章

數位詩的寫作

第一節　前言

從中國遠古的時候，詩與歌不可分，又與舞蹈密切有關，茁壯於祭祀。因為詩表達的是出自人類心底亟欲表達心思情感的慾望，表彰出入「現實」與「未知的世界」的想像。透過祭祀的神靈想像，人類想像功能的最大運作，超越現實，進入未知，所以詩在祭祀的典禮上以祝禱、歌詠與舞蹈的形式加以幻化，就是最早的「多媒體詩」。

在古代漫長的時光中詩歌不分，詩與樂相顧並起的情況，相較於今，提到「詩」，我們想到的是純粹的詩，文字僅存，歌、謠、舞蹈乃至祭祀氣氛已弱至無。但是當網路成為當代不可或缺的傳播工具時，文學界也開始揣測網路特有的傳控模式會對語言的運作規則做出調整。（李鴻瓊，1998）多媒體的「數位詩」出現，在網路上幻化出新的文學創作類型，難以用傳統的文類概念來界定的文學作品，明白宣示一種新文類的誕生。

數位詩，或稱電子詩（Electronic Poetry），一般而言有廣狹不同的定義方式：從最廣義的角度定義，凡是在網路上傳布的現代詩，都是數位詩，如此一來，任何將傳統「平面印刷」文學作品數位化，而後張貼於電子布告欄文學創作版或刊登於全球資訊網網站，都算是數位詩。如從狹義的觀點思考，利用網路或電腦特有的媒介特質所創作的數位化作品，不同於平面印刷媒體上所呈現的詩作型態，方為數位詩。（羅立吾，1998：8；李順興 1998a）本章所要探討的是後者，也就是鎖定在當代文學理論上慣稱的超文本章學或「非平面印刷」範疇中（李順興，1998a；1998b），探討在全球資訊網上以HTML 或 ASP 語言、動畫或 JAVA 等程式語言為基礎，所創作出的「數位詩」的緣由與發展。

臺灣的數位詩創作在華文文學中，領導潮流，質量兼備，不僅本地學院出現了許多探討數位文學的論文，大陸的學者也開始注目臺灣數位文學創作的前衛性格。大陸山東大學文學與新聞傳播學院教授孫基林就以臺灣中生代網路詩人蘇紹連、白靈以及向陽為對象，出版《臺灣中生代網路詩及詩學初識》一文，積極肯認這些前衛作品已經具有文學史的影響力。孫基林指出：

> 許多超文本詩既是動態具體的，又有多向文本或多種文本特性以及讀者參與其中的互動性，同時呈現為多媒體整合互融的全方位詩歌形態。顯然，以超文本為範式的網路新文類的出現，為我們跳出傳統文學視野而去展望和觀察一種新世紀的詩學形態，提供了一次契機，一種範本。

無獨有偶，南京大學中國現代文學研究中心研究生曾亮，在 2007 年青年文學會議中發表了〈小荷才露尖尖角——由兩岸網路文學比較看臺灣網路文學〉，從兩岸數位文學比較的角度，發現臺灣網路文學作品對大陸創作產生一定的影響，而且臺灣數位文學實驗能夠充分運用網路技術，辯論文藝理論，不斷求新求變，顯現出有別於大陸網路文學的發展的軌跡。

本章屬於對「數位詩」創作進行介紹，將分別從三個軸線進行論述：第一，介紹數位文學形成的歷程，讓創作者理解數位詩形成前的文藝發展狀況。第二，在「破」的層面，介紹這一種整合多種媒材的「新文類」所展現出的新形式，對於文學閱讀產生的「多感官」的新衝擊。第三，在「立」的方面，藉由對於相關網站，如「妙繆廟」、「全方位藝術家聯盟」、「歧路花園」、「向陽工坊」等實驗性作品的討論，引介與評論這些文學作品所具備實驗、前衛與創新之處。希望透過這三方面的討論，除了擴大創作者對數位詩發展的理解，進一步透過介紹創作的軟體與觀念，希望能讓創作者能進入數位詩創作的天地。

第二節　數位文學形成的歷程

一、網路普及前：從詩的聲光到電腦詩

在網路普及前的 80 年代，現代詩壇就已經引發一場多媒體整合的運動，其中以「視覺詩」、「詩的聲光」、「錄影詩學」等不同名目出現，接續者更提出「電腦詩」的主張，為後續的數位文學提出了基礎的理論框架。

從 80 年代初期《陽光小集》提出結合詩歌書畫藝術的主張開始，「視覺詩」一時之間成為 80 年代的新風潮。白靈與杜十三等人以詩的聲光活動，實踐詩與朗誦、音樂、繪畫、舞蹈以及各種多媒體藝術的整合理論。白靈（2001）就提出「躺的詩」與「站的詩」之區辨，他認為：

> 躺的詩，指的是用文字印刷出來的詩；站的詩，指的是透過表演者在舞自上將詩立體展現的那些。它可以非常傳統，也可以非常現代。[詩的聲光]經常強調不要只[朗誦]一首詩，而希望能[表演]一首詩。

而推動多媒體與詩創作結合的杜十三（1996：526～530）更進一步指出，在「後工業電波傳真時代」文學創作有：多元文本化、多元媒介化、遊戲化與終端機化的前景，其中終端機化就預示著，把詩的展示平臺從紙張、畫廊進而跨進電腦。

事實上，羅青（1988）也感受到傳播科技革命帶來不同思考模式、表達方式與美感活動，因而有「錄影詩學」的主張，在詩中強化視覺與音響的因素，並且挪用電影分鏡表的操作形態，突破現代詩中分行詩、分段詩與圖像詩的類型，為詩學另闢蹊徑。羅青並預言（1988：264）：

> 在可預見的將來，這種【以機器為主的】傳播方式，與家用電腦連線後，其便利的程度，將可與印刷完全相等。

林燿德則敏銳地揚棄挪用電影蒙太奇的影像剪接手法，為了呈現速度感與意識面翻轉的幅度，並脫離線性發展的思維方式，他思考運用電腦語言與電動遊戲的介面跳換邏輯，以及鋪設事件層層推進的法則。劉紀蕙（1997）就直指，林燿德的電腦影像思維（Cyber-image thinking）中，展現出：一方面，後現代資訊傳輸的特性，也就是意象與意識的跳接就如同磁片的抽換，或是介面的換轉，或是網際空間的出入，塑造出在電腦網路空間中的辯證流動交談；二方面，他逐漸發展出時空與觀點急速跳換的作品；三方面，電腦影像美學透露出林燿德特有的創作式後設文學批評理論模式。不過受限於當時電腦科技發展尚處於初探階段，網際網路尚未商業應用，林燿德所提出的「電腦詩」的文學評論，還只是停留在簡單的程式語言與文字的整合概念而已。他在評論與介紹黃智溶在 1986 年創作出由三組檔案合併而成的〈電腦詩〉時，盛讚黃智溶的詩思已經對後現代資訊社會現象有所滲透，並能以詩呈現出極限藝術式的冰冷簡潔，只見無情的程式等待著讀者套用、複製，而身為遊戲者的詩人正隱身在程式語言間窺視一切。他指出：

> 這首前所未見的〈電腦詩〉，是臺灣後現代詩的範例之一，黃智溶在選擇自二進位原理出發的電腦思考時已經先解構了自己的思考方式；〈電腦詩〉公諸於世的同時，它的發展性必然同時宣告終了——在〈電腦詩〉中對於資料控制當代文明現象的批判模式，因為具備著無限量複製的可能，也會即刻喪失了讀者再度複製它的興趣。（林燿德，1988：239）

無獨有偶，透過「電腦詩」形式出現的作品最受矚目者，莫過於張漢良教授在編選《七十六年詩選》時收錄了林群盛的〈沉默〉：[1]

[1] 張漢良編（1988：88）

```
1φ CLS
1φ GOTOφ
1φ END
RUN
```

當時引起相當多的非議，主要質問的焦點就在於整首詩以電腦語言寫成，可以說是由符號所構成的，究竟「能不能」算是「詩」？當時引發了很大的爭議。張漢良（1993：500）就聲稱：「這種以單純符號構成的詩作，屬於泛視覺經驗，既然可以貼切地交代人機（電腦）介面的關係，可算是以語碼不足（undercoding）的設計，宣告了書寫的革命。」這個見解不但把「詩」的文本擴張到文字以外的區域，把「泛視覺經驗」納入詩的元素之一，更為數位文學開拓出無限可能的空間。

二、網路普及時代初期：電子布告欄風潮

電子布告欄在 90 年代初問世，召喚了龐大的現代詩創作人口上網書寫、閱讀與相互評論，吹響了數位文學時代的號角。

電子布告欄系統問世甚早，早在 1978 年就初具雛形，其運作的基本理念就是希望以低成本技術，由有興趣的使用者共同組成社群，以電腦為基礎的互動式傳播系統，用來達成文字傳播的目標。由於電子布告欄系統允許使用者自由上線互相溝通之特性，可帶給使用者高度之涉入感與互動性，遂逐步形成依各人興趣相投而組成之社群。（Ogan，1993）其潛力還備受 Rheingold（1993）之肯認，

稱許其成本比一枝鳥槍的成本還要低，它可以把世界上任何地方的一個普通人變成出版商、現場記者、組織者、革命人士或教師。

一般來說，電子布告欄系統具有文章發表（post）、收發信件及談天等功能，使用者只要經過註冊、身分認證的程序後，便可以在各個討論區發表文章或回應別人的文章，並可使用線上互動功能與其他使用者即時交流，也可以藉由站上提供之電子郵件功能私下寄信。此一「電腦中介傳播」過程實則包含高度的社會功能，而且此功能涵蓋許多人際訊息，尤其是人們會藉此交朋友。（McCormick & McCormick，1992）

「電子布告欄」在 90 年代中葉陸陸續續就出現了文學專業的站臺，如設在高雄的《山抹微雲文藝專業站》[2]、清華大學女性主義站《自己的房間》[3]、晨曦詩版[4]和一度轟轟烈烈，但在盛極一時的《尤里西斯文社》[5]，都有相當亮眼的表現。林群盛也曾活躍在《地下社會》中[6]。（須文蔚，1998a）根據網路詩人高世澤（1996：4）的推估，在電子布告欄的環境中，截至 1997 年底設有詩版的站臺在兩百以上，這還不包括為數眾多的「連線詩版」，網路文學的分眾化可見一斑，不過這些板面因為通常以心情故事為主，詩作品不多，質量也比較雜亂，並非一般詩寫手的慣常出沒之處。（鯨向海，2001）

電子布告欄上的文學發表與討論有些紊亂，也缺乏編選。在《晨曦詩刊》提出編輯政策與出版詩刊後，後繼的《田寮別業》[7]則讓創

2　網址為：bbs://140.117.11.8。
3　網址為：bbs://140.114.98.108。
4　網址為：bbs://192.192.35.34，的 poembook 版。
5　網址為：telnet://140.113.178.8，不過近期無法連線上。
6　網址為：telnet://210.209.34.80，不過近期無法連線上。
7　網址為：bbs://jot.ntou.edu.tw。

作力豐富的作者開設個人專屬版面，讀者可以輕鬆找到單一作者的代表作品，一窺這些新世代作者的風貌。更強調編輯概念者，則有政大的《貓空行館》[8]的詩版，從 1999 年開始編選「貓空詩版年度精選」，由版主挑選精華詩作，按月份置入經選區，在這裡更可以清楚讀出網路詩壇形成的特殊語言表現手法。（須文蔚，2000a）另外還有一些新詩據點，如臺灣師範大學《精靈之城》[9]詩文小站板，臺灣大學《椰林風情》[10]的詩版，淡江大學《蛋捲廣場》[11]的詩板，成功大學《夢之大地》[12]的「詩議會」等等各著名大學的詩板，也培養出許多校園寫手。還有由馬來西亞的臺灣留學生們創立的《大紅花的國度》[13]詩板，也可見到馬來西亞及臺灣現代詩的特殊互動情形。（鯨向海，2001）

這群為數眾多的新世代詩人以電子布告欄型態發動的文學革命，確實引人側目，也提出了相當多具有分量的作品、評論與理論資料，為文學社群不斷湧現的生命力作見證。特別是這些校園文學社群以網路為媒介，試圖打破平面媒體的主導權力，重建新的文學論述，具有去中心的雄心壯志。林淇瀁（2001）指出，文學傳播從這裡開始，出現去中心、去霸權的個體性格，文本遊戲規則回到擁有網路的遊戲者手中，傳統的文學傳播模式因而受到了挑戰。

如就電子布告欄上現代詩理論與評論發展情況觀之，雖然有許多即時的評論與高度的互動，除了少數詩人如米羅‧卡索[14]致力於

8 網址為：bbs://bbs.cs.nccu.edu.tw。
9 網址為：bbs://bbs.ntnu.edu.tw。
10 網址為：bbs://bbs.ntu.edu.tw。
11 網址為：bbs://bbs.tku.edu.tw。
12 網址為：bbs://bbs.dorm.ncku.edu.tw。
13 網址為：bbs://140.115.190.77。
14 卡羅‧米索是蘇紹連的暱稱，他曾經寫過相當多電子布告欄的詩評，並有意

評論詩作外，卻一直缺乏厚重而深入的理論作品，實際參與《晨曦詩刊》編務的 Snow（1997）就指出：

> 由於使用工具是電腦，熟習電腦者較先在 BBS 上發聲。因此以往詩壇討論過的詩的定義問題，詩的「純化」、「俗化」問題，也不時會在詩版反覆地被提出討論。像 70 年代初期，關傑明與唐文標式的批判所引發的論戰也出現過，可是受限於學養，未能提出像前輩那樣有力的論點。為免引發情緒化的言論，版面上的討論在眾多版友的要求下暫告終止。

為了矯正這個現象，他們特別籌組了「新詩落網」研討會，邀集了網路詩人莫札邦、Crazyfox、代橘、丁威仁發表論文，相關討論見於 1999 年出刊的《晨曦詩刊》第六期中。這一系列觀察報告出自於經常出沒於電子布告欄的新生代，是相當具有參考價值的歷史文獻。

三、網路普及時代：WWW 風潮

在全球資訊網（world wide web，WWW）上，從 1996 年後次第出現相當具規模的文學專業性站臺，在現代詩部分，有《創世紀詩刊》、《詩路：臺灣現代詩網路聯盟》以及《雙子星人文詩刊》，在臺灣文學研究、理論上，則有《臺灣文學研究工作室》，都分別展現出龐大的企圖心，經營專業性的文字、多媒體資料的建構。

出版評論選集，以保存短暫出現但美好的詩篇，相關評論目錄可參見須文蔚編（1999a）。

為數眾多的詩人個人網頁設立，如須文蔚的《旅次》、米羅・卡索（蘇紹連）設置的《現代詩的島嶼》、陳黎的《文學倉庫》、向陽的《向陽工坊》、《林彧之驛》、《臺灣網路詩實驗室》、白靈的《文學船》、焦桐的《文藝工廠》、侯吉諒的《詩硯齋》、李進文的《飛刀工廠》、陳大為的《麒麟之城》等，以及簡政珍、游喚及蕭蕭設立的個人網頁，都各有特色，其共同的特徵就是，網站中不但有翔實的個人簡歷，同時還提供作品，乃至於作品評論及現代詩理論論述，展現出網路作為現代詩表演的舞臺，已經獲得普遍的接受與認同。

另一方面，在全球資訊網之上，文學創作者挾帶著多媒體炫目的技術，更具聲光之美，也更具互動性與選擇性，數位文學進入了一個新的境界。

在全球資訊網問世前，所謂數位詩指的是在網路上傳布的現代詩，或是模擬電腦語言的現代詩書寫，如此一來，任何將傳統「平面印刷」文學作品數位化，而後張貼於電子布告欄文學創作版或刊登於全球資訊網，均屬之。另一方面，隨著電腦科技的進步，利用網路或電腦特有的媒介特質所創作的數位化作品，不同於平面印刷媒體上所呈現的詩作型態，又擴充了數位詩的概念。（羅立吾，1998：8；李順興，1998a）後者也就是當代文學理論上慣稱的超文本章學（hypertext literature）或「非平面印刷」文學（李順興，1998a；1998b），可說隨著全球網際網路的 HTML 或 ASP 語言、動畫、JAVA、FLASH 等程式技術的普及，與時俱進，因之應運而生。（須文蔚，1998b）

數位文學自此無疑將成為一種新文類，這種整合文字、圖形、動畫、聲音的多媒體文本，並不僅止於純文字的表現，更包括了多向文本（hypertext）的可能性，讀者不再隨著單線、循序漸進的思考方式閱讀，網頁程式寫作者在每一個段落結束要翻頁時，安排多重可選擇的情節，使讀者主動建構閱讀的次序與情節。如此生動而具前衛性質的文學實驗，在 90 年代中葉以降的網路文學園地中已經出現了活潑的身影。投身到這一波實驗創作的作家計有，曹志漣（澀柿子）、姚大鈞（響葫蘆）、李順興、向陽、代橘、蘇紹連、須文蔚、大蒙、林群盛、衣劍舞、海瑟、白靈、楊璐安等人。（須文蔚，1999b）

這些新興的「數位詩」作品集結在 97 年成立的《妙繆廟》，以及 98 年夏天陸續成立的《歧路花園》、《全方位藝術家聯盟》、《臺灣網路詩實驗室》、《現代詩的島嶼》、《象天堂》、《FLASH 超文學》、《觸電新詩網》、《新詩電電看》等網站上，這些作品反映出三個傳統文學創作所缺乏的特質，也就是多媒體、多向文本、互動性。一方面，也正因為網路多媒體的體質，網路「書寫」便形成一種新的語言，加以傳統具有規約性的語碼在此遭到顛覆，讓實驗者透過電腦科技揉合各種文學技法，創造並重行建構新的語彙與語言。二方面，網路最吸引人的閱讀模式，莫如多向文本的跳躍與返復。三方面，互動詩則讓作者與讀者共同完成作品，作者引退，提供基本的素材，讀者利用自己的生活經驗及想像，協力創造出一個藝術品。

四、新世紀的數位文學創作風潮

數位科技不斷的進步，文學書寫形式也不斷展現出新的風貌，無論是以電腦繪圖、動畫、超文本等型態的數位文學前衛實驗與展出，或是透過行動通訊技術的方式，推出手機小說或是簡訊詩，都在 2000 年以後的文學界，引發新的話題。

（一）數位文學創作與展覽

2002 年、2003 年兩屆臺北詩歌節推出數位詩的展覽，內容豐富，把當代臺灣數位文學發展面貌，進行全方位的介紹。2005 年臺北市文化局主辦的漢字文化節系列活動之一「漢字與人生」特展，於 2005 年在歷史博物展出，為了顯示打造臺北成為「華文世界出版中心」，這項展覽不但注重介紹漢字的歷史與文化傳統、漢字書體演進、漢字與其他文物互動，還有特別針對科技軟體開發出的各項「數位文學」創作成果，由須文蔚策展，邀請蘇紹連、白靈、黃心健、大蒙與須文蔚各提出二個作品參展，從圖像詩、超文本詩、裝置互動作品等，顯示出數位文學創作嶄新的型態。

一直致力於開發數位文學新型式的詩人蘇紹連，他在「意象轟趴密室」的 BLOG 中，不斷推出超文本作品，且發表一系列搭配影像的詩作，以及在「影像密語」中的攝影與詩文搭配的表現模式，在在都深刻與精美地把文學書寫的實驗推至另一個高峰。「意象轟趴密室」在年底入圍了中時電子報舉辦的「華文部落格大獎」，足證其內容多元與豐富，獲得高度的重視。

在數位文學創作界中，2006 年初出現一位名為「杜斯・戈爾」的創作者，繳出了為數可觀的作品。數位詩人中，前有暱稱米羅・卡索的蘇紹連，名詩人白靈不讓蘇紹連專美於前，結合了「杜斯妥也夫思基」和「泰戈爾」，以「杜斯・戈爾」為筆名，發表了〈金門人的告白歲月〉和〈乒乓詩〉系列共九首，集拼貼與遊戲於一身，也傳達出指涉現實的滄桑感受。

跨足多媒體藝術、版畫與數位文學創作的黃心健，在 2006 年「科光幻影，國藝會第一屆科技藝術補助案成果展」中，以《記憶的標本》為題，開創出新的閱讀型態。作者自述創作的靈感：「在某年某月，我接到了一個包裹，裡面是一個奇異的物品，看起來是本書，但又像是個城市的微縮標本，被封印於重疊的玻璃切片裡。在某些切片中，書寫了文字，似乎是這個城市的歷史。由這些斷簡殘章，我試著重建這都市裡的遭遇……」。在形式上，他以玻璃的穿透性顛覆紙張閱讀無法達到的效果，也就是將數位版畫與文字作品作出重製與編排，不同玻璃的影像重疊、映入下一張玻璃上，從二片玻璃上讀出第三張玻璃的關聯性，加上讀者現場的閱讀與互動，形成數位雕塑般的新型態「數位印刷」作品。

（二）數位文學徵獎

透過數位文學徵獎的形式，發掘新世代的創作者，近年來有相當亮眼的成績，也值得創作者觀摩。無論是「BenQ 真善美獎」、臺北國際詩歌節的「影像詩獎」或是臺北大學飛鳶文學獎的數位文學廣告組作品，都說明了新世代創作者嫻熟數位科技，能創作出別開生面的數位創作。

藉由數位文學徵獎的方式，進行數位文學的推廣者，最具規格者當屬明基友達基金會、人間副刊、誠品書店聯合舉辦的「BenQ 真善美獎——2006 數位感動創意大賽」。徵文形式上，主辦單位希望創作者將生活中體驗或想像到的精采圖文，利用數位工具，諸如：電腦、數位相機、掃描機、錄影機、手機等，以最具創意的方式結合文字與圖像進行靜態的平面創作，呈現出新式的數位文學。徵文活動首獎的獎金為新臺幣三十萬元，應為國內首見最高獎金與最大規模的數位文學徵文，徵件辦法披露後，引起各界矚目，吸引了來自世界各地的參賽者，參賽作者遍及臺灣、中國、美國、新加坡、澳洲、紐西蘭及歐洲。最後選出林亦軒、游智皓、馮君藍、杜雅雯等 21 位得獎者。

首獎得主林亦軒為國立臺北藝術大學學生，曾是臺北國際藝術村的駐村藝術家，更曾得過 karl kani 塗鴉大賞冠軍。他以〈有時候會莫名的這樣〉為題，運用日常生活中隨處出現的紙條、包裝紙以及廣告傳單作為創作媒材，使用塗鴉或插畫的方式，傳達出青春歲月的記憶。

「BenQ 真善美獎——2007 數位感動創意大賽」，2007 年以「明信片生活美學」為主題，希望投稿者以數位工具創作，並以最具創意的方式創作圖像與文字，自訂題目自由發揮，圖像以三張為一組，每張圖像須與文字互相搭配創作，分別以圖／文的方式呈現，搭配三張圖像之短文字數約一千字。經過初賽、複審和決審三階段評選過程，選出陳秋苓、石芳瑜兩位首獎。

另一項較具規模的徵獎，則是 2007 年臺北國際詩歌節中的第一屆「影像詩徵件」，徵求配合詩歌意境的影像作品，入圍的十部作品，包含了劇情短片、數位動畫及照片幻燈秀等各種方式，導演利用數位科技，跨媒體互文的方式，挑戰詩的多重表達形式。首獎作品《腐屍》，導演為林欣儀。評審獎作品《頭髮圈套》，由目前赴笈美國修習電影的詩人葉覓覓創作。評審特別獎《The Mosquito Fight》，由實踐大學媒體傳達設計系學生徐偉珍獲得。

在大學文學獎中，繼國立成功大學鳳凰樹文學獎推出數位文學獎項，國立臺北大學第二屆飛鳶文學獎也推出「數位影像文學製作組」，希望推廣純文學與數位影像技術的結合應用，相較於「BenQ 真善美獎」的徵文形式而言，動態與多媒體的要求顯然較高，造成報名作品僅有兩組的狀況。首獎作品為中國語文學系三年級王珮玲的《框線》。在第三屆飛鳶文學獎推出「數位影像文學製作組」，參賽者可自由選擇中文文學、外國文學的任何一部古典或現代文學書籍（限中文本或中譯本），製作一支以 100 秒為上限的數位文學廣告，可使用任何數位軟體，作品最後一律轉存成 Quick Time 播放形式。評審則以廣告能凸顯個人創意、數位視覺效果，並強調文學作品的可讀性或文學價值。由於推廣得宜，成果斐然，決審由德亮與須文蔚擔任。首獎作品為《神怪的典律——山海經》，由中國語文學系四王珮玲獲得，評審獎兩名分別為《妖物誌》由中國語文學系三黃詒璠、蘇倩緯獲得，《殺人十角館》由資訊工程學系一胡詠寧、王之容、張乃婷、賴美雪、李采恩、李鈺淳共同獲得。整體觀察大學同學的創作，不難發現他們嫻熟數位影像拍攝，也能夠利用動畫軟體創作，影像語言比較貼近好萊塢電影或是連線遊戲的模式，不過創作的概念非常多樣，也展現出新世代的朝氣。

（三）行動數據文學徵獎

相較於數位文學創作的小眾與前衛，電信業者看中 2005 年行動加值服務產值高達數十億元的發展趨勢，針對大眾文學讀者推出的「手機文學」系列活動，無論是中華電信推出的 emome 發報臺「7301 手機文學館」，手機文學獎，或是遠傳電信推出的「行動文學」，都將文學加以行動化。

中華電信在一月推出行動加值服務 emome 發報臺，其中主力「手機文學館」，在創辦試用期間推出兩部免費的作品，分別是方文山的〈你傳來的文字有表情〉與吳淡如的〈解讀男人的眼淚〉。其後為了讓讀者與作家接受此一新的創作型態，中華電信舉辦了「第一屆手機文學春季賞徵文活動」，題目為「愛情合約」，作品規定以 20 至 30 則，每則最多 70 字的格式完成作品，吸引了近 650 件文學作品報名參賽，同時更有來自大陸、澳門，甚至是日本、加拿大地區華人投稿。接續著春季活動，中華電信贊助由印刻文學生活誌承辦的「2005 全國臺灣文學營」，7 月 21 日至 23 日在臺南成功大學，7 月 30 日至 8 月 1 日在臺北輔仁大學舉辦，其中「2005 全國臺灣文學營創作獎」徵選優秀作品之外，並配合手機的流行風，增加「中華電信手機文學類」活動。在冬季中華電信則贊助臺北國際詩歌節，舉辦「詩情話意」簡訊傳情活動，用戶可以於「2005 臺北詩歌節」活動期間以敵人或情人為對象撰寫或抄錄詩作一首，以手機簡訊方式上傳，可在第一時間同時顯示在詩歌節活動現場大螢幕。

遠傳電信也相當積極推動手機文學，邀請彭樹君、蔡小雀等作家發表作品，同時也舉辦「你也是名作家」徵稿活動，希望長期徵求手機文學創作，規格為 30 則簡訊，全部文字含標點符號共約 2 千字，入選者同時安排出版公司簽約推廣作品。

臺灣手機文學的推廣並不如周邊國家的火熱，相較於日本「攜帶短歌」已經有詩集出版、全國性電臺固定的攜帶短歌節目以及攜帶短歌雜誌，也有手機小說出版並改編為電影，以及大陸簡訊文學高價售出出版版權，本地的手機文學還處於草創的階段，無論是作者與讀者都還在摸索，相信當消費者習慣以手機作為新的閱讀工具後，手機文學或將成為生活化的全民書寫運動。

第三節　數位詩的破：新文類的誕生

一般人印象中的網路多半是拿來作為通訊、行銷、娛樂的新媒介，鮮少會將數位科技和詩加以連結。其實海德格（Heidegger,1977：294）在探究「科技」（technology）一詞的意義時，上溯到此字的字源，直指 techne 不僅是在描述工匠精密的技術，更包含了心智藝術的呈現，其中更具有詩的本質（poiesis）。李家沂（1998）更進一步解釋:「科技其實可以是詩，與思。詩與思都是朝向揭顯之途，帶有朝向揭顯的『命向』。」所以詩人躡足到數位的虛擬空間中為詩安身立命，甚至為詩創造出新的生命，那也不足為奇。

數位詩的出現，突破了傳統以文字為主要媒材的創作型態，印證了後現代理論家的美學理論。因此在數位詩的「破」方面，本章將試著從文學理論與文學傳播的角度，分析數位詩形成的客觀條件，同時也將西方數位詩發展的先例透過歸納的方式加以類型化。

一、數位詩形成的客觀條件

從實際生活觀察，數位詩的形成和許多客觀條件有密不可分的關係。就一般大眾的生活而言，電視早已經取代書本與報紙，在各種傳播媒體中穩坐傳遞文化的王座，同時提供一種新的知識素養模式。電視世代的人們，正以一種新的方式學習讀、寫以及說話，進而理解語言背後的意義，我們可以大膽推論，現代人的語言養成教育方式正不斷地變遷中。既然過去我們的老祖宗的識字能力，是靠著解讀刻在牆上的符號來養成，我們這個世代沒有理由拒絕去辨識出現在電子媒體、報紙、雜誌或任何新科技之上負載的「字跡」。有了這一層認識，詩便不應該只存在傳統的文學媒體之上，更應跨越紙張與電子媒體的區隔以各種形貌出現。基於這樣的認識，數位詩的確植基在新媒介科技的田壤中，有趣的是，這種新文類的產生，居然扣合了文學理論家在十年前的預言。

（一）實現藝術規位突破的文藝理論

網路的出現無異展現了後現代理論家的預言，新的媒介及資訊科技將提供更多新的表達形式，也創造了知識的新形式以及新的社會型態。（Lyotard，1984）而數位詩這種新的表達形式，正如同後現代思潮下的現代詩、現代畫、現代音樂與舞蹈一樣，在表現上都乞援其他媒體的表現方式，形成了藝術規位突破的現象。（葉維廉，1983：195～244）更精確的說，數位詩是在前述理論出現十餘年後才成形，因此稱數位詩實現了藝術規位突破的文藝理論，實不為過。

藝術規位突破的概念，在 90 年代以後出現的文學理論中，通常稱之為「文類界線的泯滅」（孟樊，1995：265～266），但是數位詩的出現，並不全然可以用此一理論來解釋。過去文學理論家所談的文類界線的漶滅不清，指的是撤除小說、散文、詩、報導文學等文字藝術間的藩籬，或是學科間的科技整合而已，但是像數位詩在一個作品當中整合了文字、圖形、動畫、聲音的「文本」，就遠非「文類界線的泯滅」可涵蓋，畢竟這一種跨界藝術的步伐非常的大，已經不僅止於純文字的表現，所以稱呼這種數位化的創作為一種「新文類」，應當更為恰當。（須文蔚，1997）

事實上，數位詩一旦突破了藝術規位，正代表著傳統具有規約性的語碼在此可能遭到顛覆。類似的例證早就出現在後現代詩學的論戰中，張漢良教授在編選《七十六年詩選》時收錄了林群盛的〈沉沒〉，就引起相當多的非議，主要質問的焦點就在於整首詩以電腦語言寫成，可以說是由符號所構成的，究竟「能不能」算是「詩」？當時引發了很大的爭議。張漢良（1993：500）就直指這種以單純符號構成的詩作，屬於泛視覺經驗，既然可以貼切地交代人機（電腦）

介面的關係，可算是以語碼不足（undercoding）的設計，宣告了書寫的革命。這個見解不但把「詩」的文本擴張到文字以外的區域，把「泛視覺經驗」納入詩的元素之一，更為數位詩開拓出無限可能的空間。

到了數位詩這個階段，作者可以憑藉的媒介物質條件就更為豐富，已經不只是敲打鍵盤而已，更可以透過多媒體軟體的運用，創造出平面媒體無法表達的詩。當然質疑也隨之而起，我們可在網路上看到詩人丁威仁發出如是的質疑：「網路上有些詩作品混合動態文字或影像，有的則全部是由影像構成，這種作品也叫做詩？」很顯然，這種抱持傳統文類定義方式來檢視數位詩的看法，會持續不斷出現，因此本章在界定數位詩必須再三強調：隨著資訊工具革命，詩的創作也必然會產生新的樣式，以電腦「書寫」的數位詩除了會以傳統的文字為媒介，更會走出語意世界。

數位詩不僅僅象徵著「文類界線的泯滅」，這種「新文類」代表一種鬆綁與開放的性格。紐約州立大學水牛城分校的 Bernstein, C.（1998）就主張，數位「書寫」是一種新的語言，讓實驗者透過電腦科技揉合各種文學技法，創造並重行建構新的語彙與語言。可見，數位詩不但要傳統文字定義下的「詩」借火，更重要的精神就是：我們應當把數位科技自身當作一種語言，以全新的文學手法來從事詩的寫，評論者以從全新的美學標準來檢視與評論數位詩[15]，如此

[15] 李順興（1998a）的意見非常值得參考，他認為「詩」不「詩」並非重要問題，應當留給作者去歸類。他以十九世紀末，攝影技術出現後美學討論為例，說明攝影是否夠得上稱為一門藝術，應當考量攝影的發明是否改變了整個藝術的內涵？而不應以傳統繪畫的審美標準來評斷攝影作品。同樣的，在網路文學的評論上，新科技所造就的新藝術表現媒體，自有其全新的美學表現方式，評論者應當放大原有的藝術框架，把觀察焦點對準新美學的瞭解和衝擊。

才能發現數位詩的真正趣味，也不至於為數位詩戴上過重的腳鐐或手銬。

（二）數位媒體表現形式的特質與內涵

純就文學傳播的角度觀察，數位科技和文學結合的意義非凡，舉凡數位典藏、資料庫檢索、個人（分眾）媒介形成等等，都有其重要性，但是畢竟都和利用網路這種媒材從事「詩創作」無關，而只代表著傳播形式的科技變革。這種把網際網路當作純粹的發表媒介，當然會對文學傳播模式、文學社群結構有所衝擊（羅立吾，1998：9；向陽，1998；丁威仁，1998），但畢竟與文學家將數位媒體當作「稿紙」，而進行文學創作的「數位美學」衝擊，是有著不同層面的理論意涵。

此處之所以強調數位媒體表現形式的特質，自然和加拿大學者 McLuhan 主張「科技人文主義」（technological humanism）的基本概念脫不了關係。數位科技可以解放傳統媒介、教育制約下的人類經驗，科技本身更具有巨大的力量可決定人類感官運作。則數位詩所憑藉的數位媒體特質，包括了攝影、電腦繪圖、動態影像或文字、多向鍊結（hyperlink）、互動式（interactivity）讀寫功能、聲音乃至影片等新元素，自有其迥異於閱讀傳統文學的衝擊力，數位媒介展開在作者的面前，自然就意味著新型態的「訊息」將會出現，也會豐富詩創作的手法。（須文蔚，1997；李順興，1998a）

在網路上實驗「數位詩」的黑人作家 Wilhite（1997）就認為，數位詩在使用語言、媒材和敘事模式上都和平面媒體有所不同，應當把數位詩當作跨類藝術的綜合體。因為數位詩並不是完全依賴排版來區隔出節奏。一般平面媒體僅能以慣用的幾種形式，產生出詩的節奏（樣式與音調），而到了數位時代，數位媒體的語言提供的更多樣化的表現手法，互動式的連結模式能夠以文字、影像、動畫和聲音擴大詩的思考空間，開創出詩的藝術性，而並不僅僅是以新的排版形式為詩「化妝」或「撐場面」。進一步探討 Wilhite 的美學信念，顯然只利用多媒體媒介素材為詩文字裝潢也還不算是「數位詩」。換句話說，創作者如果套用電子媒體的手法，展現出不解自明的作品，去迎合大眾社會的理解力，這種徒具形式的作品，仍然難登數位詩的殿堂。

要清楚界定一個作品是不是數位詩，並不能單純從「形式」上來觀察，還必須同時考究作品是不是具有意象之美、想像力與詩意。在考察數位詩的時候，我們必須思考作品是否仍然講究意象？「語言」是否精鍊？是否有動人的意境？能不能開創出傳統文學所無法帶給讀者的新感動？誠然，數位文學的發展或許會像文學研究者所預言：將來會發展出輔助創作的軟體，提供各種情節採樣，作者可以像現在的電子作曲家一般，選擇、修改、採樣，拼貼出自己的作品。（Murray，1997，轉引自曹志漣，1998a）但是如果數位詩的作品缺乏新的意象或想像力，缺乏內涵的文學作品，仍然是沒有意義的。

二、數位詩的類型

如果以人類的成長階段來類比數位詩的發展，目前應當還在襁褓階段，將來的發展也沒有固定的方向，本章僅就目前國外已經具體可見的創作，加以歸納成「新具體詩」、「多向文本」、「多媒體詩」

以及「互動詩」四個類別，並兼論以曹志漣（1998a）所提出的「造景」設計觀，作為佐證數位詩突破傳統詩創作的例證。

（一）新具體詩

具體詩（concrete poetry）從視覺角度來安排字母、詞彙、詞彙片斷或標點符號，進而產生特殊意象的詩體，因此也有人稱之為視覺詩（visual poetry）。追溯西方具體詩起源，十七世紀英國形而上詩人就有類似的嘗試。本世紀掀起具體詩浪潮的當推法國詩人阿波里納（Apollinaire，G. 1880～1918），他辭世前一年所出版的詩集《美好的文字》再次讓眾人體會到這種既是圖畫，又是詩的奇妙文體，竟會如此令人目眩神迷。

中國傳統詩中的回文體如璇璣圖詩、盤中詩、寶塔詩，到現代的具象詩都屬同類。都是利用中國語文中單字特殊的組詞造句功能，將一組文字通過一定的方式排列，循環往復閱讀，可得若干首詩，是一種饒有興味的文學樣式。劉勰在《文心雕龍‧明詩》篇中說：「至於三六雜言，則出自篇什；離合之發，則明於圖讖。回文所興，則道原為始。」是具體詩起源的早期批評。

關於回文詩的起源，通常會提到蘇伯玉妻的《盤中詩》（參見下圖）。清代學者朱象賢《回文類聚序》說：「詩體不一，而回文尤異。自蘇伯玉妻《盤中詩》為肇端，竇滔妻作《璿璣圖》而大備。今之屈曲成文者，盤中之遺也。」傳說蘇伯玉妻是漢光武帝時人，如果此說可靠，回文詩的起源就可以定於漢代了，但這種說法目前缺乏文獻的有力證明。相傳蘇伯玉出使在蜀，久不回家，其妻思念已極，寫此詩於圓盤中寄予他，取其盤旋回環之意，以表達纏綿婉轉的感情，據說蘇伯玉讀後即感悟回家。詩的讀法從中央周四角唸起：「山樹高，鳥鳴悲。泉水深，鯉魚肥。空倉雀，常苦飢，吏人婦，會夫稀。出門望，見白衣……」

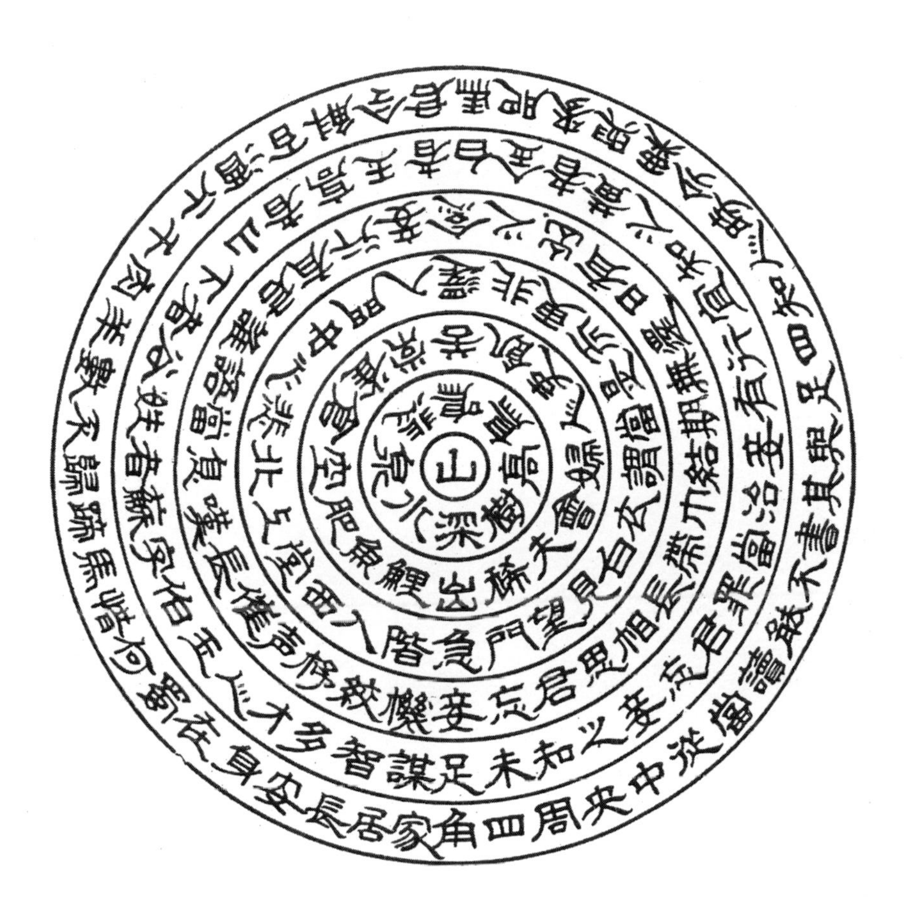

宋代蘇軾的〈七絕〉(如下圖):

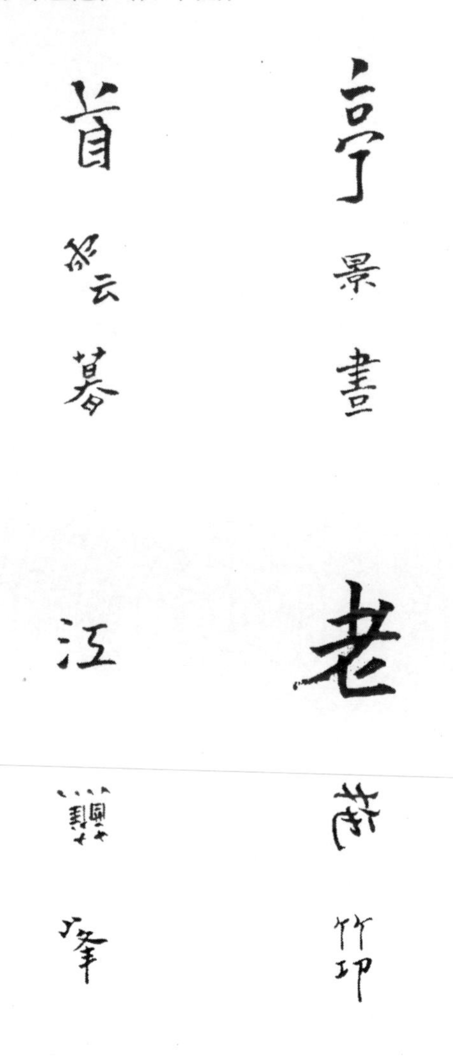

只用書法寫出九個字,但鋪展開來其實是:「長亭短景無人畫,老大橫拖瘦竹節。回首斷雲斜日暮,曲江倒蘸側山峰。」趣味盎然。

臺灣現代詩創作中，50 年代實體主義一度形成一種國際運動，臺灣也曾經相當風行過具體詩，像名詩人白萩的〈流浪者〉就曾傳頌一時。（張漢良，1994）蘇紹連的《夫渡河去》，也有視覺上的衝擊。

夫渡河去
十年河東
不渡河回
十年河西
不渡河來
河
東
無
夫
河
西
無
夫
妻已老了
十年淤泥
十年為岸
岸旁望夫
河上浮夫

一般來說，具體詩的形式不外乎藉著文字、或其他符號，透過排版來達到象形的作用，甚至是形聲的效果。也有的詩人利用非常冗長的句子，或是重複等安排，來表達空間的概念。網路上出現的「新具體詩」，則結合了文書排版、繪畫、攝影與電腦合成的技術，強調出視覺引發詩的思考。

網路上目前最多元也最具規模的具體詩收藏見於「電子詩中心」（Electronic Poetry Center，ECP）[16]的影像藝廊，這裡集合了超過百位詩人的各種數位詩作品，由於風格多樣，我們可以看到由結合了文字排版、動畫、漫畫、攝影等藝術，所創作出的新風格作品。

此外，如 J. Andrews 在 1996 開創的具體詩網站 The VISPO[17]，並不是以排列文字為基本概念，從他以「LANGU（IM）AGE」為

[16] 這個網頁網址為 http://wings.buffalo.edu/epc/gallery/monotype/chipgreen.html，是由紐約州立大學水牛城校區（State University Of New York at Buffalo）所籌設，集合了該校詩學學程（Poetics Program）、英語系、藝術與科學學院（College of Arts & Sciences）以及圖書館的力量為讀者成開啟一扇通往電子詩以及詩學的大門，在此可以閱讀與聆聽到當代具有實驗性與創新的詩作。整個計畫在 1995 年初試啼聲，可算是網路藝術中的先驅者。

[17] 網址為：http://www.vispo.com。

網頁的副標題，我們不難窺見這是一個以文字、語文結合圖像為形式，所營造出的新型態的具體詩網頁。在這個網頁中，主要的作品往往是一個英文字母，或是一個字彙所衍生出來的圖案，有時作者會在圖案旁邊加上一段詩句或說明，有時甚至什麼也不說，就只給一個題目。看起來，這些作品比較接近圖畫、美術或是美工圖案，但是仔細追究這些字母或是字彙變化的樣態，每一個作品的內在也都包含了許許多多的詩行。

評論家或許會擔憂，具體詩過度強調以視覺傳播意義，會造成文化上文字與書寫能力的衰退，也有可能忽略了文字詩的語義和音調之美。其實不然，傳統的具體詩雖然也強調圖像，但是在幾何形象的安排之外，仍然能夠兼顧聲音、節奏、字義，讓圖像、聲音、意義三者相互滋潤，而使具體詩兼具了多重的趣味。

在多媒體時代的具體詩，往往僅僅透過一個簡單的象徵，或是一幅包含了文字的電腦繪畫，甚至是一幅連文字都消失的作品，各種嘗試都希望抓住讀者的注意力，為千萬人說出心中想說那一句話，當然這任務並不容易達成。創作者勢必要能掌握當代甚或是未來語言的語調與結構，讓「電子詞彙」(electric word)更容易為讀者接受，才能開創出富有神韻與深度的「新具體詩」，讓具體詩真能超越語言與文字，具有難以取代的啟發性與活力。

(二)多向詩

多向文本是數位先驅 Ted Nelson 在 60 年代創造的觀念詞，意指一個沒有連續性的書寫系統，文本枝散而靠連線串起，讀者可以隨意讀取(曹志漣，1998a)，如是的展現形式應當可算是網路不同於一般紙本敘述的精髓所在。在這種敘事的結構安排下，讀者並非跟從單線而循序漸進的思考方式閱讀，語意因而斷裂，曲徑通幽，柳暗花明，讀者可以從一個語境跳連到另一個語境，因此要稱多向文本是網頁對敘述最革命性的貢獻，實不為過。

多向文本運用在小說上的成就有目共睹，從92年左右，美國小說家就開始分別在布朗大學開、麻省理工學院等多個學校開設多向文本小說寫作班，嘗試新型態文學的創作，目前已經有出版社專門為這一類的實驗小說做電子書光碟發行（李順興，1997），可見多向文本與小說的結合已經獲致相當的成功。在多向詩的發展上，德州大學奧斯汀分校網站下的〈失眠症〉（Insomnia）[18]這首多向詩，堪稱目前網路上多向詩中，最讓人目眩神迷的作品。程式寫作者 Steve L. Wilson 把 David Jewell 的詩，以 HTML 語言改寫成多向詩，配合他與 Anita Pantin 拍攝與電腦繪製、加工的照片，以及音效與影片，讓這個實驗之作成為一首精彩的多媒體詩作，還獲得「Magellan」網站的四顆星高度評價。

〈失眠症〉高度運用了跳接與連結的特質，時而把「多向文本」這種敘事結構作為一種註釋的手法，時而讓讀者主導多向文本閱讀的方向，增加閱讀意義的變化與可能。例如失眠的原因很多，可能因為喝咖啡、外頭下雨、肚子餓、作惡夢、水龍頭漏水、想到辦公室待辦的事項、打電腦打多了等等不一而足，傳統的閱讀模式讀者只有一種經歷這些「災難」的順序和過程，但當網頁程式寫作者在每一個段落結束要翻頁時，安排多重可選擇的情節，則所有的次序都不相同，甚至被省略了，如此一來，每次閱讀的經驗就隨著選擇的不同，讀者安排出各種不同的故事情節，一首詩也就變得變化多端了，我們甚至很難說究竟這是一首詩，還是無數首詩了。

[18] http://ccwf.cc.utexas.edu/~swilson/Insomnia.html。

（三）多媒體詩

數位詩整合文字、圖形、動畫、聲音的於一爐，這種接近影視媒體的創作文本，我們可稱做多媒體詩。在表現的型態上，又可以分為幾類：一類是單純的動畫，作者利用套裝的動畫軟體（如 Ulead 公司出品的 GIFAnimator 或是，Alchemy Mindworks 公司出品的 GIFConstruction Set），將文字或圖畫編寫成動畫。另一種多媒體詩則是利用更高階的動畫寫作軟體（像是 Director），混入聲音，並可以利用類似電影剪接的技巧，來安排播放的內容。

國外不少前衛藝術網頁，大量運用多媒體套裝軟體，製作前衛音樂、裝置藝術甚至類似電腦遊戲的作品，在數位詩的領域中，前述黑人作家 Wilhite 的《The Kinte Space》[19]就相當具有可觀性。

以讓人印象最深的〈Night in Nijinsky〉為例，從題目上來看，這首數位詩是獻給本世紀初俄國著名芭蕾舞家尼任斯基（Nijinsky, V. 1890～1950）的，此君舞技超群，幼年時代就曾在沙皇面前獻藝過，青年時期更受到歐美各地的芭蕾舞迷擁載，甚至被尊為「舞聖」。尼任斯基在藝術上最膾炙人口的成就，莫過於 1912 年以後的編舞作品，他和史塔溫斯基（Stravinsky, I.）合作的《春之祭》（”Sacre du Printemps”），在藝術史上佔有不容抹煞的地位。令人惋惜的是，29 歲時卻罹患了精神分裂症，黯然離開舞臺。Wilhite 對擅長表演古典芭蕾舞故事的尼任斯基並沒有多大的興趣，也無意去稱頌「舞聖」演活的那些異國故事與虛幻的國度，而是對他的精神疾病的狀況很

[19] 此站網址為 http://www.kintespace. com/，網站名稱非常不易理解，網主只解釋："Kinte"發音類似 kentay，大概與哈雷彗星有些關係，其他的他就不願多說了。不過從整個網頁黝黑的基調，加上作者不斷表現出黑人自覺的文字訊息中，不難窺探出作者自詡為照亮漫漫長夜的星子，喚醒少數族裔的使命感。

有興趣。在大量閱讀尼任斯基的傳記，調閱他的記錄影片和傳記電影後，他寫成了這樣一首多媒體詩。

這是一首像實驗影片一樣的數位詩，讀者必須在瀏覽器中插入（plug-in）「Macromedia Shockwave Flash」才能閱聽。在片頭出現了「1918」這個數字，顯然把時間回溯到尼任斯基開始出現精神病症狀的 28 歲。在黑暗的螢幕上，淡出一個面具後，旋即又迴旋淡出螢幕，這才伴隨著改編自史塔溫斯基《春之祭》的鋼琴曲出現詩的題目，次第透過抽象畫、文字與音樂的融合，把詩句一幕幕呈現出來。詩行大體上是相當晦暗與宿命的，把芭蕾舞者形容成背負著「爾格[20]的牛軛」，位於樞軸控制下的穹蒼，僅僅是幾何學上十全十美的一個對照點。而他所見的是各種狂亂的景象，像這樣一個飽受俗世迫害壓抑的心靈，他的精神分裂或許正如一道穿過天體的彩虹，讓藝術家橫越孤寂記憶的另一端，接近十字架和上帝。不過他仍擺脫不了造化的嘲弄，天堂不過是另一個項圈，或是用來牽繫著木偶的絲線，把人們再一次集合起來，共赴上帝的馬戲班。整首詩在史塔溫斯基奇異、狂暴、神秘而又低沉的音符中前進，最後嘎然而終，與詩的意境完全貼合，在另一個精神層次上，又能展現出尼任斯基與這首桀傲不馴的音樂作品掙扎、抗衡的痛苦記憶，作者的用心實在相當深刻。

（四）互動詩

數位詩的寫作如果能配合程式語言，如利用「共同閘道介面」（CGI）、或是 JAVA 程式，則一個作品就不僅僅是展示而已，讀者也不僅僅是利用多向文本閱讀而已，這一類型的作品由於開放讀者回應資訊，就開創出一種平面媒體無法達到的互動性。

---

[20] 爾格是物理上「功」的單位。

一般而言，這一類型的作品可能讓讀者加入創作，形成創作接龍的遊戲。也有的網頁要求讀者在一個程式填入一些自選的字詞，「共同鬧道介面」的程式會自動完成一首詩，同時貼在網頁上發表（如 INTERACT POETRY）；甚至有的網站更進一步讓讀者運用想像力把一堆碎成積木般的文字「堆」成一首詩（如 Electric Magnetic Poetry）。（杜十三，1997）互動詩由於必須較熟悉電腦程式語言，因此在實踐上比較困難。

（五）造景

以上所介紹的多為外國的理論與作者形成的數位詩作品或概念，在網路應用在華文世界中，能以中國藝術創作原理回饋數位文學者，當屬提出造景說的曹志漣。曹志漣（1998a）在《虛擬曼荼羅》一文中，把網路鮮活地形容成一張未來的「稿紙」，作者必須運用強大的想像力，以多感官的語言開啟想像的多重空間感，也就是本章所簡稱的「造景說」。

曹志漣所主張的空間感有兩個層面，第一種是視野所及的「景」，藉由創作者擷取觀察、閱讀、思考中出現的景象與信息，不斷實驗與立體化，把文字與其他媒材融合，提煉出新的意象，呈現出一種多感官的藝術型態。第二種則是揉合哲思與多向文本形成的「隱晦、深埋」，作者把數位文學的作品比擬成一座古典園林，布局出一頁一頁看似相連，景色卻獨立的藝術品，讀者就像是走在重重「埋伏」的曲徑迴廊中，不時要駐足沉思，但又往往會被樹梢、假山、窗櫺乃至於池中倒映的光影所吸引，而急著分心變換到另一個美景中，如此錯綜複雜的造景與路線鋪排，自然會讓讀者產生無法悉數遊歷的焦慮感，也讓讀者有一再深入探訪的興趣。

造景說把數位詩可以營造的空間感立體化，也綜合了多向文本、多媒體的特質，形成一種切合「華人思維」的數位創作觀念，相信對於後繼的數位文學作家，應該相當具有啟發性

第四節 數位詩的立：華語數位詩創作舉隅

數位詩的理論與類型固然可以說明數位詩存在的應然面，但文學畢竟是要對照創作來觀察。華語世界中的數位詩創作，在 1998 年之後顯得熱鬧非凡，前衛作品層出不窮，正可以作為臺灣數位詩「立」的說明。

事實上，在全球資訊網出現的同時，詩人林群盛就試圖在電子布告欄上的系統中開始利用 ANSI 改變作品的文字顏色，或是作出「閃爍」等特效，由於相關的作品已經不可考，所以無法列入討論之列，以下僅就全球資訊網中的數位詩加以剖析。

一、澀柿子與響葫蘆的作品

澀柿子與響葫蘆可以說是目前在數位詩創作上成績最可觀的兩位藝術家，他們所共同經營的具體詩網頁《妙繆廟》[21]以及由澀柿子《澀柿子的世界》[22]，所展現出的前衛性與創新性都極高。

---

[21] 網址為：http://www.sinologic.com/webart/。

[22] 網址為：http://www.sinologic.com/persimmon/index.htm。

《妙繆廟》的作品大體上可分為幾個類型：

一種是靜態的具象詩，如姚大鈞的〈可憐中國夢〉、〈華藏香水海〉、〈媽的！我的全唐詩掉到太空艙外面了……〉、〈『新語言』宣言〉，曹志漣的〈40°詩〉、〈觀瀾賦〉等，以文字構成圖畫，或是支解、排列文字重新排列，而形成新的文字意義。

二是以純文字構成的虛擬音樂，〈人籟：集體行動藝術〉、〈五重奏〉、〈又一次行動藝術的報導〉等屬之，作者提醒讀者傾聽在網路虛擬空間中的文字，是可以引發讀者自行構念一首音樂。

三是動態的具象詩，作者以 GIFConstruction Set 從事動畫設計，讓詩句像電影般顯現，如曹志漣的〈唐初溫柔海〉與〈復始〉，以及姚大鈞的〈龍安寺枯山水對坐——贈恆實法師〉均為動畫作品。姚大鈞的〈龍安寺枯山水對坐——贈恆實法師〉最受矚目，這個作品寫作的背景在日本龍安寺中最負盛名的「枯山水石庭」。這座建於室町時代的寺廟內，用油土牆圍成的長方形庭院，庭中景致十分簡單，將近一百坪的面積，只有一大片梳得極整齊的細白砂，由左向右點綴幾處奇石，按照 5－2－3－2－3 排列著十五塊奇石，所以亦稱之為「十五石庭」。如果說日本的枯山水，以白砂代表無涯汪洋、以石塊象徵人間，方寸間見無限與禪意。那麼，姚大鈞拋開文字的限制，以十五個變幻的色塊（符號）構成的數位詩，澄淨地闡釋靜坐冥想間的思維變幻，彷彿指陳十五塊石頭會隨著對坐者的心境不斷變化色彩，詮釋出佛教哲學中「境由心生、唯心所現」的道理，也展現出一個歷經生老病死、悲歡離合的天地。雖然這個作品完全沒有動用到一個字，但是絕對飽含詩意，也觸碰到詩能觸及到的思考深度。

四是多媒體的網路裝置藝術，兩位創作者利用多媒體製作軟體 Director，創作出〈蓮悟・蓮霧・蓮舞・蓮悟〉與〈字 Rave 1934〉，前者姚大鈞把密教曼荼羅的手印轉化為動畫，並配上東方冥想音樂，至於能否透過蓮花般的手印變換悟道或是連續悟道，端看讀者的慧根了。後者曹志漣則以 30 年代的雜誌為素材，佐以節奏強烈的電子音樂，把 1934 年語境中反覆出現的「現代」、「今天」、「忠實」，拼貼出一種離奇的「現代感」。

澀柿子近期在《澀柿子的世界》所推出的〈想像書〉，又大幅創造出一種新的閱讀型態，特別值得一提的是其中的〈東行記〉這首詩，作者在序言中提到：「風景是橫向朝右展開」，他透過十四個橫幅的連結，把文字擺設成波浪一樣的形貌，我們透過一次跨越大洋的文字旅行，從文字中可以讀出他對於自我與族群認同、語言乃至家族之間所產生的矛盾，相當前衛而動人。

2002 年姚大鈞與曹志漣應臺北詩歌節之邀，提出了與前衛音樂、攝影整合的作品。姚大鈞的〈多聲部絕句〉是一首多媒體具象詩，如果熟悉 John Cage 音樂的朋友，會驚奇的在一首唐詩中，聽見前衛音樂中藉由聲音採樣而傳出的收音機聲音。姚大鈞指出，這個作品中的每個字後可以打開另一空間，而那個人間百態的世界與原詩字句之間的關連可說是在有無之間。讀者可用滑鼠點擊各字，自由的探索；而對喜歡大膽冒險的讀者來說，此詩同時亦可當作一個具有無限聲部的聲音採樣器（sampler），可以滑鼠按鈕盡情地高速耍玩。這個大膽而前衛的嘗試，事實上與當代具象音樂美學中的「聲音物件」概念有密不可分的關係，作者把聲音物件與詩中漢字的具象物件性及抽象指事性既相結合，又相矛盾，顯現出詩的多義性與意義的紛雜。曹志漣的〈大水〉則有意對目前數位作品過度強調「動態」提出挑戰，她用數位攝影的方式記錄颱風大水，以靜態的文字與圖片搭配，營造出停格的感覺，自能體會出其中深遠的想像空間。

《妙繆廟》與《澀柿子的世界》活潑生動、兼具聲光之美和新奇的創意，常能讓人在出乎意料之外還能延伸出極大的想像空間，新加坡的網路評論家林方偉更讚譽作者的文字前衛風格接近夏宇，可說是現代詩經由網路語言創作出的佳構。其實《妙繆廟》讓讀者驚喜之處，應當更在於提供了突破藝術規位限制的閱讀經驗，開創了新文類的閱讀型態。

循著《妙繆廟》奠基的創作理念，在網路上這一種新文類可說慢慢擴散開來，對後續的創作者產生相當大的影響力。雖然這個網站已經多年不再更新，不過「妙繆廟」這個鼻祖級的網頁現在看來仍然歷久彌新，也充滿著數位時代的閱讀趣味。

二、代橘的超情書

臺灣詩人創作的數位詩中，最早以多向詩方式出現者應當是代橘的〈超情書〉[23]（見附件一）。代橘的網路匿名是 Elea，作品多出現於各大電子布告欄與《現代詩》、《創世紀》及《晨曦》詩刊，詩作〈宿醉後的早上開始洗衣服〉也曾被選入《八十五年詩選》中，可說是目前主要以網路發表作品的詩人中相當受矚目的一位。

超情書　代橘

Dear：

早上醒來時把愛情乾癟的屍體放入信封

傻孩子，妳定猜不到

[23] 網址為：http://www.elea.idv.tw/POEM/hypertext/Ehyp01.htm。

我翻遍多少塊皮膚才終於聞見
腐臭
然後我用我們的拖鞋[24]撲打牠
愛情長得真像魚
羞澀地游到東邊
又游回西邊繼續手淫
偷偷地告訴妳，傻孩子
其實就在上半身與下半身交界[25]的地方
我擊中牠

當然我非得擊中牠然後把屍體寄給妳
傻孩子，妳定無法想像
早上醒來時愛情發黴[26]的模樣
我用微波爐烤乾一群
像溫柔那麼溫柔的
分泌物

---

[24] 以下幾個註，就是在網路上多向鍊結的內容：
我們在屈臣氏買的拖鞋／除了寫生黴菌與臭味／而且小狗已經咬走我的左腳／其他尚稱完好／我打算在下個星期／搭乘我的右腳／尋找下一雙

[25] 我們曾經一度沉迷在上半身與下半身交界的地方／那裡　從來沒有白天／總是住著一群喜歡唱歌的魔鬼／圍繞在裝著火堆的汽油桶旁邊歌唱／／就在上半身與下半身交界的地方／那裡　從來都是寒冷的／偶爾經過的幾頭不知名的獸／牠們有已經結凍的藍色眼睛／／上半身與下半身的交界／那裡　是從來就無法被救贖的

[26] 發黴　生銹　感到非常疲倦／許多個妳　或者是我／在窗前呆坐等待對方下班的下午／因為下了很久的雨的緣故／腐朽　發臭　缺乏共同的話題／做完愛後習慣性點一根煙／無數個沉默茫然的天花板／／然後／整個世界一起潰爛

接著吃完了生的一半
一半熟的則打算給妳
且我稍稍描述一下，傻孩子
很衛生[27]
與妳的眼眶比較起來
還很腥紅

還有薄荷的味道
傻孩子，妳定不知
愛情像黏貼在小腹的脂肪
一放在結婚證書這張占[28]板上就極度不快
如果早上醒來時妳有一個飽滿的子宮
我感到憂慮
可是妳不喜歡等待
我不喜歡教堂[29]
戒指有肉的氣息，傻孩子
合法的
使妳發福
或者擁抱一張血淋淋的占板

於是早上醒來時就把屍體放入信封
傻孩子，妳定會感到有趣的。謹此

---

[27] 衛生＝乾淨／衛生＝吃過午飯後睡個午覺／衛生＝小鎮裡浮著藥味與咳嗽聲的破舊診所／衛生＝「　」／／衛生＝>我／衛生<＝妳

[28] 敬告讀者這是一個錯字

[29] 我不喜歡教堂／教堂允許我們生小孩／卻不准我們做愛

祝福妳
在赤裸親密的生理期
莫要掄起破碎的貞操帶
踐踏祝福

豐腴蒼白的小腿敬上
P・S・
愛
別傻了好嗎？

嚴格分析超情書所使用的多向文本技術，可說是相當簡單，讀者仍是順著主文的軸線，並無跳接或轉換情境軸線的機會，作者所安排的鏈結點，都是正文文字的再詮釋、補充或是後設式的對話，我們可以輕易地以平面印刷隨頁加註的方式（參照本章附錄的嘗試），就可以一窺全文。

三、岐路花園

李順興是臺灣引介與創作數位文學的先驅者，他同時在中興大學外文系開設「網路文學」課程，也是臺灣第一位把數位文學正式引進大學課堂的教授，他所設立的《歧路花園》[30]網站介紹數位文學的理論也展示數位文學創作，同時更負擔了數位文學教學的功能。

[30] 網址為：http://benz.nchu.edu.tw/~garden/garden.htm。

《歧路花園》創立在 1998 年夏天，李順興援用拉丁美洲名作家波赫斯（Borges, J. L.）的小說《歧路花園》（The Garden of Forking Paths）篇名，顯然有意師法波赫斯以小說打造歧路花園，進而展開一座電子迷宮的建造工程。另一方面，波赫斯的這本小說是一則多重情節路線故事的書寫，敘事手法十分前衛，概念類似當代的「多向文本小說」（hyperfiction），對數位文學創作十分有啟發性，《歧路花園》網站嘗試開發新型態文學表現形式的企圖心可謂一覽無遺。

《歧路花園》所栽植的花卉也與一般的網路文學園地大不相同，一般網站是將傳統「平面印刷」文學作品數位化，而後發表於全球資訊網網站或張貼 於電子布告欄文學創作版上。而《歧路花園》則專注於介紹「非平面印刷」成分並以數位方式發表的新型文學，其中最早收錄的分別是蘇默默的作品〈物質想像〉、〈抹黑李白〉兩組詩，以及李順興的數位詩〈圍城〉與多向文本小說〈猥褻〉。

這幾組作品共同的特徵就是混雜了 JAVA 程式或語言，讓作品更具有變化與趣味，以蘇默默的兩組作品為例，多向連結的部分都以 JAVA 動態的方式呈現，讓多向連結不再是單純接連兩頁（或多頁）資訊，而相當隨機或立體，讀者閱讀詩組時便能夠相互連貫而把握整體，讓看似分散的詩組有完整的風貌，又能夠達到互動的效果，使作品的可讀性提昇不少。不過蘇默默作品的文字部分並不成熟，許多諷刺性的文字說理太強，顯得過於直接，失去了詩的趣味，加上詩組中一些 JAVA 程式僅僅是單純的套用，在視覺設計上的效果略顯粗糙，難免削弱了作品的力量。

李順興的〈圍城〉雖然相形之下較為單純，但文字老練，相當具有震憾力。這個作品附有一首散文詩般的說明，相當有趣：

圍城的垣牆堆疊高，垛石塗滿萬年平安咒，牆上頭還有守護神列隊日夜巡邏。圍城供應一切，無須外求。你吃奶水長大，身體健康，常誦經綸，會驚訝先人的智慧已掌握了人事奧妙，或說經籍裡都已有現成的解說。多麼幸福的生活。圍城人常說勤學四書加五經，榮華富貴降門庭。聖賢則提醒：經書中的千古真理需要權力的保護，而權力中心的永續運作，則需要你的忠誠；以圍城興亡為己任，置個人死生於度外，秉此精神奉獻，或許你也有機會升格為圍城的守護神。這座圍城早已廢棄，人也散了，如今只剩我一個人留守。我不知道為什麼。還好，我也從來不問為什麼。

圖像部分以各式各樣的道德誡律為城牆，把「堯舜禹湯文武周公孔子孫文」困在其中，這些先賢在圍城中徘徊不止，猶如龍困淺灘。視覺詩部分對於僵化的道德（或被政治御用的意識型態）加以攻擊，十分強而有力。

近來，李順興有鑑於 FLASH 的昌行，動態及互動設計大量出現在數位美學的環境中，將為文學呈現一番新風貌，於是與蘇紹連在 1999 年底籌設「Brave New Word」網頁，於 2000 年展現出豐富多樣的數位文學作品。李順興教授將 Brave New Word 譯為「美麗新文字」，網站命名靈感來自赫胥黎（Huxley，A.）的《美麗新世界》一書，取科技的美學應用，特別是能賦予文字新閱讀向度的功能部分。在兩位作家發揮創意下，「美麗新文字」遂成為「歧路花園」中最令人炫目的一個造景。另一方面，李順興教授還嘗試翻譯國外優秀的數位文學創作，針對 VISPO 站主 Jim Andrews 系列作品的中譯，補足了本地數位文學創作所忽略的遊戲、隨機閱讀等風貌。

四、FLASH 超文學

詩人蘇紹連是臺灣最熱衷也最具創造力的數位詩人，他在千禧年元月，更新了《現代詩的島嶼》網站，設立《FLASH 超文學專區》[31]曾開宗明義地寫下一段宣言：「西元二千年起，網路詩開發的絕對趨勢，如果不是超文本，那會是什麼？既以電腦網路科技為媒體形式，超文本是現代文學文學創作者心動的選擇，身為二十一世紀的創作人，應極力投身超文本的領域，為網路詩放射耀眼亮麗的新曙光！」可見他對數位文學的投入與深信不疑。

蘇紹連擅長以 Flash 製作多媒體詩與互動詩，因此在創作時他重視三個層面的關連性：（一）文本的意義：文字所組成的句子，表達了作者的思想和情感，讀者閱讀文句，可以追溯作者的原意，也可以激發自己舊有的經驗或創造新的想像。（二）圖像的意義：這是指文字排列成的圖像，讀者在不考慮文本內容時，亦可透過文字排列的具象化來感受作品的思想和情感，（三）動態的意義：動的效果可以讓靜態的文本增加了時間感和空間感，動態過程所產生的時間心理或圖像位置的空間變化，都可和文本的意義交替思考。（蘇紹連，2001）尤其在圖像與動態的關連性上，蘇紹連的作品有絕佳的表現。

由於強調動態創作與閱讀的意義，蘇紹連（2002）認為，超文本的表現方式已經將作品直接推向四度空間，寫作者不僅寫出平面的文字或配上圖畫，更要創造動態的文字圖像，讓讀者在閱讀時同時思考動的方向、動的目的、動的效應、與其空間和時間的關係。配合上多向文本的特質，動態化更可以讓讀者游移於作品蘊含的不同的時空，讀者可以倒回，可以跳離，可以同時開啟，不必按次序、

---

[31] 網址為：http://residence.educities.edu.tw/poem/。

不必顧及連不連貫的問題。本於這樣的觀念進行創作，蘇紹連的作品常有很強的操作趣味與互動性。

依照蘇紹連自行分類的作品類型，舉凡一個作品具有雙重結果者，如〈假設發生〉、〈詩人總統〉與〈蜘蛛〉；或是讀者可以操作效果者，如〈風雨夜行〉、〈春夜喜雨、〈扭曲的臉〉或〈生命浮沉〉；或是接合操作玩文字拼貼遊戲者，如〈小海洋〉；或如互動、遊戲操作者，如〈我的花圃〉、〈蜘蛛戰場〉、〈小丑玩偶〉等，都展現出強大的互動性，讀者必須操作、碰觸圖文，文本方才會開始動作，閱讀也方才能夠啟動，在遊戲、試探與摸索之餘，蘇紹連對社會強烈的關懷與人道精神，透過圖文一一展現，呈現出豐富的人文內涵與前衛的美學形式。

五、向陽工坊

向陽的活力驚人，可以以他建構的網站數目為證。在眾多作家網頁中，由向陽設置維護的網站，在 1998 年一年之內居然高達八個之多，包括了《向陽工坊》[32]、《Workshop of Xiang Yang》（向陽英文網）、《向陽電子報》、《臺灣報導文學網》、《林彧之驛》、《臺灣網路詩實驗室》、《臺灣文學與傳播研究室》，內容從個人詩作、散文、評介、文學論文、傳播論述、作品英譯、報導文學資料彙編、網路詩實驗成果到電子報，可說是成績斐然。作為臺灣現代詩人向陽作品、文論的一個工作站，到目前為止已經有十個子網站，網網相連，可以完整展現向陽的文學視野與創意。

[32] 網址為：http://netcity2.web.hinet.net/UserData/hylim/news.htm。

向陽不但寫網站，更能掌握了網路媒體高度互動的特質，創造出未來書寫的各種可能，更以前衛的實踐宣示了書寫革命。他的〈一首被撕裂的詩〉原作於 1989 年，在形式上就先支解了中間一段，並以空格取代之，閱讀上就像遭遇了古代禁書的蠻橫手法，在當時因為切中時弊，頗受文壇矚目。

動畫版的作品，作者以紅、綠的色塊遮掩住部分詩句，配合動畫效果，可以勉強拼湊出完整的句子，而刺眼的色塊不斷變動，讓讀者視覺上相當難受，強化了對於言論箝制嘲諷與抗議的隱喻，提升了作品的抗議力量，教人動容。雖然整個作品在動畫設計上並不繁複，多媒體手法堪稱單純，但是配合上具有洗鍊又幽微的文字，以及生動的意象，讓這首數位詩別具一格。李順興（1998b）認為，〈一首被撕裂的詩〉給嘗試數位詩寫作者立下一個範例，如果仍然不放棄文字作為重要的媒介，語言的掌握仍然是數位詩中相當重要的一個環節。換言之，數位詩中多媒體的效果若徒具吸引力，而無文學、繪畫、音樂等不同向度整合的數位美學創意出現其中，數位詩這個新名詞也沒多大意義。

其後向陽提出的〈在公布欄下腳〉則以一則大企業的裁員公告為素材，讓讀者移動滑鼠，抹去黑影，讀出「陰暗的所在，藏著勞工無言的悲哀」。讀者在互動遊戲中，剛開始可能會被諷刺的文句逗得啞然失笑，但隨著一步步荒謬的景象揭露，最終會感到無比的蒼涼。

六、大蒙

大蒙現從事平面設計，對於電腦影像處理相當嫻熟，又是多次獲得大獎的現代詩人，他早期在「全方為藝術家聯盟」的作品，整合了詩與電腦繪畫之美。以〈尋夢〉[33]為例，詩行很短：「昨天夢裡遺落一首詩走了一夜，遍尋不著。」這可說是從事寫作者共同的「夢魘」。大蒙將這些字彙漂浮在像外太空一樣的藍色中，色澤變化多端，大小、深淺不一，更讓整個作品視覺上彷彿在展現一個美好的夢境，但是文字的內容卻相當諷刺地在描寫遺忘，落差中帶來的失落感可說是更巨大的。作者顯然熟悉反諷的技巧，透過視覺帶給讀者文字以外更大的震動。

其後，大蒙也開始利用 FLASH 製作多媒體詩，他的〈黃昏正芬芳〉[34]彷彿一首 MTV，搭配著動畫的是名作曲家金希文譜寫的同名合唱曲，這是一首臺語歌唱管絃樂曲。優美的合唱聲中，大蒙利用老照片與舊事物的影像，營造出懷舊的氛圍，回憶似乎不那麼滄桑，而充滿飽滿的美麗與感動。特別值得一提的是，大蒙以文字動畫，把作詞人耶引的歌詩作了生動的表現，無論是將「搖啊搖過暝，搖啊搖過年」的詩行營造成搖籃般晃動；或是利用斑駁的木頭門，拼貼出一個老相片的相框，都超越了文字的內涵，同時展現出平面設計之美。

七、白靈的「象天堂」

白靈作為一位跨界藝術家，他的創作與策展作品，常能集文字、繪畫、朗誦、裝置藝術、戲劇等不同藝術形式於一身。他在 80 年代策辦過「詩的聲光」活動，讓詩以戲劇、相聲、舞蹈、繪畫、朗誦、

---

[33] 網址為：http://dcc.ndhu.edu.tw/poem/tpoem/jack/new_page_10.htm。

[34] 網址為：http://dcc.ndhu.edu.tw/poem/tpoem/011.htm。

幻燈、裝置、武術、默劇等不同形式顯現，由製作者或表演者加入一些想像和創意，賦予詩創作不同的面貌。目前在《白靈文學船》[35]的個人網站上，經過數位化的手續，從即將發霉、磁化的錄影帶中轉換上網的影片共有十個段落，包含：葉怡君與王振全對口相聲白靈的〈新詩相聲〉，以戲劇型態演出羅青的〈大專聯考沒有錯〉與隗振璇等合著的〈生命的瓶子〉，以朗誦方式表現向明的〈仁愛路〉，以幻燈片加旁白形式展演渡也的〈旅客留言〉與白靈的〈詩與光〉，以及趙天福等表演者演誦周夢蝶的〈藍蝴蝶〉、白靈的〈枝冰仔〉與瘂弦的〈鹽〉，每個作品都十分鮮活，感情上也更具備感染力。

在數位詩的創作上，白靈更以先進的數位藝術形式寫詩，他和學生共同創作出一系列的數位詩，揭示了未來書寫的各種可能性。《白靈文學船》的「象天堂」單元中，白靈以 Flash 的動畫模式，整合文字、圖畫、圖片與動畫展現出，繼「詩的聲光」後，再一次證明，只要是能形象化書寫、對現實觀照、溝通思想、傳達觀念的符號，都是一種現代的「書寫工具」，也更凸顯了白靈具有利用多重媒介「書寫」的本事。

有趣的是，白靈利用最新的數位程式所書寫的詩，卻以考古般態度，挖掘中國文字與龍的演化過程，彷彿是文字學或是文化史的學術報告，透過生動的動畫與精彩的文字搭配，展現出飽滿的思考與詩意。其中，符碼動畫〈沒有□□□需要國界〉這個作品裡，一匹馬越過柵欄的過程中，實體的馬轉換為一個象形文字，不料圖畫的馬較為溫馴，文字的馬反倒生猛無比，吞噬了設柵欄的人與世界。作者似乎想說，以中國的象形文字從事圖像詩創作，可以跨越國界；似乎又同時想表述，符號具比符號義對真實世界更具有影響力，也更無遠弗屆。

---

[35] 網址為：http://www.cc.ntut.edu.tw/~thchuang/。

白靈早在 90 年代初期為文主張，文學書寫被迫由單純的印刷形式走向繁複的媒介轉換，是時勢所趨，很難靠個人力量加以扭轉。因此，他不斷以各種表現形式對傳統文學進行反叛和變革，無論是「詩的聲光」或是「數位詩」，都象徵著文學書寫轉換為當下視聽感知的時代已經來到。

八、觸電新詩網

須文蔚所創作的數位詩在形式上比較多樣，包括了動畫、JAVA 語言構成的動畫效果、選單、互動程式與 3D 的立體空間展示，這些作品都展示在《觸電新詩網》[36]。其中〈凌遲——退還的情書〉和〈鏡中之鏡〉是單純的文字動畫。〈把詩句刻在波動的湖面〉則在動畫中加上 JAVA 程式，強化動畫的效果。

〈在子虛山前哭泣〉，則是一首繁複的多向詩，作者透過一滴水的旅程來觀察臺灣的水資源利用與環保議題，讀者可以選擇多種進行方式，不同的閱讀方向（路線），甚至會有三種不同的結局。多向鍊結在此地不僅僅代表一種註釋或說明，更將情節推移的選擇權讓渡給讀者操控。〈木蘭辭〉同樣是一首多向詩，但詩的主體是由三個 JAVA 選單所構成的組詩，詩的內容千篇一律地在描述電影花木蘭所反映出的文化現象。

〈追夢人〉則是一首 JAVA 語言編寫的互動詩，讀者並無法預見詩的「本章」，在填完十個問題之後，一首讀者與程式寫作者共同完成的詩才完整浮現。李順興（1998a）指出：

36　網址為：http://eleverse.winway.idv.tw/。

網頁表單（form）通常用來填入一般資料，拿來改編成互動式書寫的詩作品，文學趣味十足。〈追夢人〉玩一首情詩的書寫遊戲，因預先設定回應的內容，得以避免類似網路接龍文字浮濫的弊病。

其後須文蔚也運用 FLASH 設計《成住壞空》一詩，打開來是個時鐘，上下左右四端各寫了成住壞空四字，十分類似裝置藝術的想像，在這個以佛家語為時刻的鐘上，還有一首動態的迴文詩當作刻度。除此之外，作者還嘗試結合 Amfy 與其他模擬立體圖形的軟體，製作 3D 與虛擬空間的作品，讓讀者可透過電腦翻轉一個立體方塊，閱讀其上的詩句，或是在 360 度的空間中，在四面八方閱讀林立的詩行。

第五節　結語

數位詩是一種新文類，整合了文字、圖形、動畫、聲音的多媒體文本，並以多向文本甚至互動結構形式出現，帶給現代的讀者一種全新的閱聽模式，成為新世代創作的新舞臺。數位媒體為詩人鋪設了一張新穎又寬闊的稿紙，等待想像力來填充。過去詩人們在白紙黑字間高唱我思故我在，時到今日不少人已經是我敲「鍵盤」故我在。或許誠如曹志漣（1998a）所形容：

「走筆時沙沙之聲」忽然和白駒過隙的形容一樣過時，寫字變成敲擊的動作，思緒和電腦硬碟一起超高速旋轉。現在數

> 位媒體的語言使得文字的呈現有全新的可能。彩色化第一。一輩子的白紙黑字，終於可以黑底彩字。

網路中已經突破了傳統文學在媒材上的限制，而數位時代的詩人正是一群追尋各種新的文字可能的探險家。

本章從已經發展比較成熟的幾種國內、外已經具體可見的創作，加以歸納成「新具體詩」、「多向文本」、「多媒體詩」以及「互動詩」等四個類型，從定義與創作層面分別介紹，更以多樣的例證，使讀者認識數位詩創作的面貌，以及創作所需要的工具與理念。

創作者在從事數位詩創作時，宜先具備電腦繪圖、電腦動畫甚至數位音樂軟體操作的能力，目前相關軟體比較成熟的版本，多半都附有相當多內建的特效可供套用，讓使用者在設計時更容易上手。就連 Flash 動畫都有開放版權的範本（templates）可供初學者參考，讓創作者輕易自行修改以符合創意的需求，這是教學與學習上的一大福音。

由於數位詩的創作類型繁複，創作者甚至可以提出更多樣的可能性，如何不斷挑戰科技與文學整合的新型態，提出更具前衛性的創作，讀者其實不必侷限在本章所提示的類型與技術當中。但是務必避免以數位科技作為補充、詮釋以及過度細節描述文本細節的工具，當多媒體整合的同時，動畫、音樂和文字的質感，應當是創作者都必須兼顧的課題，如果創作者能多吸納當代多媒體藝術、觀念藝術與數位藝術的觀念，應當能提出更具數位質感的數位文學創作。

參考文獻

丁威仁（1998），〈詩史、詩社、詩潮、新世代〉，收錄於中國詩歌藝術學會編，《兩岸詩刊學術研討會論文集》，1-21。

向陽（1998），〈迷幻的虛擬之城：初論臺灣網路文學的後現代狀況〉，網址：http://140.114.123.98/~taioan/bunhak/hak-chia/h/hiong-iong/hiong-iong.htm，瀏覽日期：2009.3.1。

杜十三（1997），〈論詩的「再創作」——兼談「新現代詩」的可能〉，《創世紀詩雜誌》第 111 期，網址：http://poem.com.tw/PUB/ge111/054.htm，瀏覽日期：2009.3.2。

李家沂（1998），〈Techne98β：科幻・網路：專輯弁言〉，《中外文學》第 26 卷第 11 期，網址：http://www.geocities.com/Athens/Academy/9288/cyber.html，瀏覽日期：2009.3.10。

李順興（1997），〈超文本小說：謊言，還是真話？〉，《中國時報開卷週報》，網路閱讀區：1997.12.11，瀏覽日期：2009.3.5。

李順興（1998a），《歧路花園》，網址：http://benz.nchu.edu.tw/~garden/，瀏覽日期：2009.3.5。

李順興（1998b），〈網路詩三範例〉，《中國時報開卷週報》，網路閱讀區：1998/09/24，瀏覽日期：2009.3.5。

李鴻瓊（1998），〈漾素、驅力、後死亡主體：從葛黑瑪看科技與網路空間〉，《中外文學》第 26 卷第 11 期，網址：http://www.geocities.com/Athens/Academy/9288/hc_one_1.html，瀏覽日期：2009.3.12。

孟樊（1995），《當代臺灣新詩理論》，臺北：揚智。

泰普史考特著，陳曉開、袁世珮譯（1998），《N 世代（Growing Up Digital）》，臺北：麥格羅・希爾。

張漢良編（1988），《七十六年詩選》，臺北：爾雅。

張漢良（1993），〈電腦、人機界面〉，收錄於鄭明娳等編，《當代臺灣文學評論大系：文學現象卷》，497-522，臺北：正中。

張漢良（1994），〈論臺灣的具體詩〉，收錄於瘂弦等編，《創世紀四十年評論集》，69～86，臺北：創世紀詩社。

葉維廉（1985），《比較詩學》，臺北：東大。

曹志漣（1998），〈虛擬曼陀羅〉，《中外文學》第 26 卷第 11 期，網址：http://www.geocities.com/Athens/Academy/9288/cyber.html，瀏覽日期：2009.3.15。

須文蔚（1997），〈邁向網路時代的文學副刊：一個文學傳播觀點的初探〉，瘂弦等編，《世界中文報紙副刊學綜論》，251～279，臺北：行政院文建會。

羅立吾（1998），〈歌頌帶電的軀體？淺談網路與現代詩的結合〉，《Dead Poet Society》，5～15。

Andrews. J. (1996), *The VISPO*，網址：http://www.islandnet.com/--jandrews/，瀏覽日期：2009.3.8.

Benjamin, W. (1969), *The Work of Art in the Age of Mechanical Reproduction*, Illuminations, trans.Harry Zhon, Schocken Books，轉引自李順興（1998a）.

Bernstein, C.（1998）,*A Web is Language*，網址：http: //wings.buffalo.edu/epc/documents/dys/dys0.html，瀏覽日期：2009.3.12

Heidegger, M. (1977),The Question Concerning Technology，*Basic Writings*，New York: Harper & Row.

Lyotard, J. (1984), *The Postmodern Condition*, Minneapolis:University of Minnesota Press.

Murray, J. H. (1997), *Hamlet on the Holodeck:The Future of Narrative in Cybersapce*，New York:The Free Press.

State University Of New York at Buffalo (1993), *Electronic Poetry Center*，網址：http: //wings.buffalo.edu/epc/gallery/monotype/chipgreen.html，瀏覽日期：2009.3.10

Wilhite (1997), *The Kinte Space*，網址：http: //users.aol.com/wilhite213/kinté.html，瀏覽日期：2009.3.5

Wilson, S. L. & Anita P. (1997), *Insomnia*，網址：http: //ccwf.cc.utexas.edu/~swilson/Insomnia.html，瀏覽日期：2009.3.2

第八章

未來新詩寫作的展望

第一節　基進創新的過去現在與未來

新詩從接上西方自由詩開始，就逐漸走上了仿效人家「馳騁想像力」的道路。這雖然怎麼看都「小人一號」（周慶華，2008a：145～174），但畢竟已經上路了，想回頭也沒那麼簡單。因此，繼續走下去且一邊找尋新變的途徑，也就成了今後唯一的選擇（否則就該斷然重返自我傳統的寫作方式；而這就目前的局勢來看，恐怕難度更高）。

如果順著自由詩的表現一路來說，「想像」始終是它最為獨特的地方。所謂「浪漫詩人稱頌想像力為一種洞視世界的媒介，以及詩的寫作的制衡力量。柯立芝認為想像力是『形式的精神所在』：一首詩的統一性來自詩裡洋溢的想像視景，而非光遵循一切外在成規所產生的。一首詩不像一部按藍圖設計出來的機器，而是一個有生命的結構，因本身所固有的重要原則所構成。想像力在本質上說，是一種活動力，能制限它所涵蓋的事物。華滋華斯以同樣的精神說應當給予事物『某種想像力的色彩』。浪漫詩人的想像力理論促成了對於嚴謹成規（諸如已衰落的新古典主義以及任何狹義的自然主義或寫實主義）的不信任態度。一首詩是一個自成自律的創作，詩裡的世界即使跟現實世界有所關聯，也必有區別」〔姜森（R.V. Johnson），1980：32～33〕，這不僅在前現代派的浪漫主義時期如此，連更早的古典主義和寫實主義時期也是如此（這只要看看荷馬的史詩《伊利亞特》《奧德賽》、但丁的《神曲》和彌爾頓的《失樂園》等描寫天上人間及其歷險爭鬥情節的「高度揣摩」狀況，就可以知道它的樣子）、甚至演變到現代派／後現代派／數位派等一樣沒有減低絲毫。換句話說，倘若少了想像，那麼一切的自由幻變和新啟通路等都會難以「克盡其功」。

相對上，氣化觀型文化傳統但以「內感外應」見長（詳見第一章第二節），想像力不容易醞釀，也少有發揮的機會，以至迄今在仿效人家的詩作上依然「難以企及」。至於緣起觀型文化傳統既然以「逆緣起解脫」為宗旨（詳見第一章第二節），自然也不會窮於發展想像力（但因為它的文化背景有部分貌似於創造觀型文化，所以輾轉造就了不少詩偈也可見另類的聯想翩翩）。它們的更深因緣（換個面向看待），乃在於創造觀型文化有兩個世界可以讓人「遙想」和「揣測」（詳見第一章第二節），而另二系文化則相對匱乏。如下圖所示：

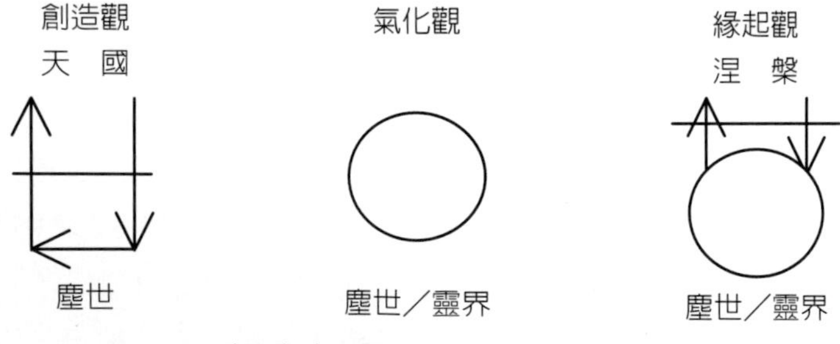

（周慶華，2008b：106～108）

當中緣起觀型文化所預設的涅槃（佛）境界，只是解脫後的狀態（也就是生死俱泯），迥異於創造觀型文化所預設的天國的實有。只不過該境界的趨入不易，仍有可以臆測的空間，所以它的筌蹄式的詩偈還是有某種程度的想像力的發揮。唯獨氣化觀型文化受限於氣化「一體」的世界觀，儘往高度凝鍊修飾用語上致力，至今依舊跨域不易成功。既然這樣，新詩的指望，就得再細加商量。

我們知道，想像是創新事物的根本，而創造觀型文化中人就那樣「因緣際會」的佔有了該一權利。所謂「人類受造的目的，是為了創造；唯有創造，人類才能以榮耀回報造物主」〔魏明德（B. Vermander），2006：15〕，這說的是事實，但不是全人類；只有有受造意識的人才會這樣衝刺。因此，同樣要講究創新的新詩，在這個環節上理所當然的得再運用想像力「創新」下去。問題是這在西方人不必言宣，就會有人繼起勉為突破（難保將來不會出現更新潮的作品），而我們？難道要等別人創新實現後再拾人唾餘而仿效一番嗎？恐怕這已經不叫做「希望」，而是「再度墮落」的徵候！

過去中國傳統原有系統內的基進求變的觀念。所謂「夫設文之體有常，變文之數無方，何以明其然耶？凡詩賦書記，名理相因，此有常之體也；文詞氣力，通變則久，此無方之數也。名理有常，體必資於故實；通變無方，數必酌於新聲。故能騁無窮之路，飲不竭之源。然綆短者銜渴，足疲者輟塗，非文理之數盡，乃通變之術疏耳」（范文瀾，1971：519）、「夫文學不能立古人之前，猶之人類不能出社會之外。然而改革社會，豪傑之所能為；則變化古人，亦文學家之有事乎！變化如何？曰：仍其義，變其例；仍其例，變其義」（郭紹虞等主編，1982：514）和「蓋文體通行既久，染指遂多，自成習套。豪傑之士亦難於其中自出新意，故遁而作他體以自解脫。一切文體，所以始盛終衰者，皆由於此」（王國維，1981：25）等等，都道出了歷史上文人的心聲；而實際上古來的詩詞歌賦等文體也不斷在「小幅度」更動向前推衍（光是詩，就有各種古體詩和近體詩等「詩體代變」的情況），但這一切都無從跟新詩的全面性「解放」相比。判分兩橛而不再相涉的結果，就是如今這樣「中不中，西不西」的局面（也就是傳統詩沒得著延續，而西方自由詩又僅是半吊子或影附，兩相落空）。那麼把傳統詩重新召喚回來，又會是什麼樣子？

第六章在規模後現代詩的前景時，曾以「在詩文本方面，不妨嵌入各種文體以為解構詩文本的『集大成』來顯示它的新基進性」和「在寫作方面，唯一可以展現新意的，就是『完全開放』讓讀者參與書寫」（詳見第六章第五節）相期，這倘若只是順著既有的後現代觀念續為衍變加料，固然也可以展現對比義的異彩；但倘若能夠把中國傳統的詩觀也納進來冀其「融合醱酵」，那麼豈不是更有「展望」空間？一般所說的基進（radical），是一種空間和時間中的關係，是一種特殊的相對關係。它在被運用時，有衝破一切藩籬的效力和不拘格套的自主性。如呈現在空間關係上，它就反對一切傳統霸權式的空間佔領策略（由侷限在山頭的堡壘逐漸蠶食鯨吞到控制廣幅空間流動的一方霸主）；而呈現在時間關係上，它也反對一切傳統霸權式的時間佔領策略（一方面它透過歷史的造廟運動不斷地「塑造」悠久連續的歷史傳統；一方面它以「負責的」社會工程師自居不斷地預言未來秩序，建構未來的新社會）。（傅大為，1991：代序 4）而這透過跨域基進，更能顯現它「衝撞體制」的靈活性。因此，中國傳統詩的題材、形式和技巧等，都可以為往後新詩寫作的基進表現所用。這還難有「前例」可尋，試了就會知道。

第二節 超鏈結的過去現在與未來

網路時代數位化的超鏈結作品，基本上是後現代的餘威所帶動促成的；它的多媒體、多向文本、即時性和互動性等特徵，幾乎把後現代所無由全面出盡的解構動力徹底的展現出來了。尤其是多向文本，不啻真正落實了文本是一個無始無終的建構過程的後現代「宣言」。所謂「多向文本真正實現了作品不再是單向封閉系統的說法，它可以做成道道地地貨真價實的寫式文本。多向文本要求一個主動積極的讀者，多向文本泯滅了作者和讀者之間的區別。多向文本是流動的、多樣的、變化的，它既不固定又不單一。多向文本無始無終、無中心、無邊緣、無內外。它又是多中心、無限中心、無限大。多向文本是網狀式的文本，無垠、無涯，是合作式的文本，是沒有那大寫作者的文本，是人人都是作者的文本」（鄭明萱，1997：59），正說明了它永遠處在建構中（而不是「可以建構完了」）的特性。而這在其他藝術的數位創作上也不遑多讓（不只是上面引文所提及的「偏」在文學方面而已），終於形成了一個可以歸結為多向／互動等兩類審美特徵「領銜」獨闖新時代的最新景觀。（周慶華，2009：285～286）

倘若要再深入一點追究此一超鏈結風氣所以會這般「風起雲湧」的緣故，那麼它的前沿「後現代主義」的衰頹變形就是當中的一大關鍵。也就是說，過去在平面媒體上寫作所能造成的解構效果還是有限，現在在電腦上寫作可以透過超鏈結達到超解構或多重解構的境地；而這種新文學觀的營造成功（這時再也無法以先前任何一種文學觀來理解這種「文學」作品），完全是拜網際網路的出現所賜，它的快速且持久的「普遍化」將比過去的純書寫時代更難逆料結果。（周慶華，2009：287～289）

換個角度看，超鏈結既然是在徹底實踐後現代所無由全面出盡的解構動力，那麼它的意符／文本「延異」姿態也就更沒有規律可以框限。換句話說，這比我們可以想像設定的「補充」匱乏的解構觀念要多一重實質網絡。原來在紙面上的寫作所要表達特定意義的「顯在」假設，經過德希達的批判後，它開始在文本內外「隱在」的漂流；但這種漂流畢竟只能存在於所設定的「想像情境」裡，而跟超鏈結就實際「做給你看」還是有一大段距離。（周慶華，2009：289）

但話說回來，超鏈結也不盡是當今電腦科技興盛後才給機會踐履的。自古以來所見的注疏、題畫、歌舞、外交賦詩和說書等等，也都多少有點超鏈結的跡象，差別只在它們的意符／文本「延異」性不及當今的超鏈結在網路上的表現那樣可以「無所止限」罷了。還有在後現代派的小說裡，也常可見一些別出心裁的超鏈結做法。所謂「二十一世紀的小說讀者，即使經過米洛拉德‧帕維奇《哈札爾辭典》，以字典辭條注釋形式寫成的小說；馬丁‧艾米斯《時間之箭》，以錄影帶倒帶逆轉形式從棺木寫到子宮的小說；馬克‧薩波塔《第一號創作》，一百五十張撲克牌構成隨機取樣不裝訂的小說；以塔羅‧卡爾維諾《如果冬夜，一個旅人》，印製廠裝訂錯誤造成許多不相干短篇組成的長篇小說；亞瑟‧伯格《一個後現代主義者的謀殺》，藉用謀殺探索外殼其實四處夾帶文藝理論的小說；唐納德‧巴塞爾姆《白雪公主》，安排是非題、選擇題、簡答題考試卷的反童話小說……依然對弗拉基米爾‧納博科夫《幽冥的火》充滿新鮮好奇」〔納博科夫（V. Nabokov），2006：莊裕安導讀 7〕、「《幽冥的火》……不但把所有的文體一網打盡，包括詩（長詩／短詩）、小說、評論／注解、戲劇（當中有幾段還是用劇本的形式寫成的）和索引，探討的主題更涵蓋人生、孤獨、性、死亡、愛情、友誼、權力、政治、語言、宗教、道德、罪惡、心理分析、文學評論、翻譯、學術研究、藝術創作等。這部小說就像一個黑洞，深邃而偉大，把所有的文體和主題都吸了進去，成為二十世紀小說史的一個奇觀」（同上，譯後記 359）等等，所舉諸書就是當中顯著的例子。但這同樣也難以比擬在網路上實踐的超鏈結那樣「格局開闊」。以至把焦點擺在當今的超鏈結形態的創發及其可能隱藏的新問題，也就有「識時務者為俊傑」的時代意義。（周慶華，2009：289～290）

當中數位化的超鏈結詩成就特別可觀（詳見第七章），而它實際上也已經超越過往在「二度空間」或「三度空間」或「四度空間」所進行的超鏈結；它的深入無窮盡的網路空間延異姿采和互動生產性等超鏈結情況，既是空前的，恐怕也會是絕後的。雖然如此，它的新自由化、人際傳播化和互動／遊戲化等狀況所隱含的「盲目跟進」、「理想斷滅」和「進退兩難」等問題（後遺症）已逐漸暴露出來了。換句話說，文學的前景如果全靠電腦／網路這種新的傳播媒體在作保證，那麼只要該媒體「無以為繼」或「失去效用」，一切就會化為烏有。此外，詩在超鏈結的多向文本和互動性的演出中，卻不得不失落了它的可以指稱的「詩性」（也就是一旦起動超鏈結和制動的機制，詩性就從「延異」裡消失了）。這樣還要稱它為（數位）「詩」，豈不是極大的弔詭？因此，在詩的觀念尚未獲得實際的推翻前（一般談論超鏈結的人，只涉及形式／技巧一類屬於「第二級序」的問題，對於意象、情意等詩的本真如何還保有的屬於「第一級序」的問題幾乎都無暇兼顧），詩寫作的超鏈結就看不出有什麼值得期待它繼續存在／發展的地方。（周慶華，2009：292～305）

那麼要翻新詩的觀念又怎麼可能？這似乎只有採取「走險路」的辦法，才可望一舉突破既定的規範。也就是說，現有的多向文本的鏈結網是封閉或半封閉式的而不是可以有的開放式的。這種所可以高期待的開放式的鏈結網，除了要保留一點基本的詩的藝術存有性（不然就得連詩也一併取消），其餘都得開放給可能的無限的文本構連和讀者的互動。這樣所成就的，就不再是「數位化的詩」（先前相關的稱呼，都不出這個意涵），而是道道地地的「數位詩」。而在這種情況下，回歸到文學和科技的衝突問題上來，在不考慮資源的「節約利用」和文化的「永續經營」的前提下，也只好任憑詩的基進創新而邊走邊看「時效」；否則就得當機立斷停止前進而重返紙本的寫作另尋出路。（周慶華，2009：305～306）

第三節　資訊詩化的發展方向

未來新詩寫作的展望到基進創新和超鏈結等（詳見前兩節），照理已經難以復加了。如果還有「餘緒」可說，那麼大概就屬一切都可以「資訊化」了的社會新詩的自我「伺機而動」的問題。

我們知道，新詩所隸屬更大系統的文學（雖然文學是以詩為代表），是一個多重存有的存在體（也就是它以「思想情感」為源頭是心理存有；所敘事或抒情的對象「人事物」是社會存有；而以比喻、象徵等手法來綰合題材和表達該思想情感是藝術存有，合而形成一個可以後設經驗的存在體）（周慶華，2004：94～98）；而這約可稍微予以「細緻化」且以圖／表陳列方式來看它本身的複雜度及其內在的牽連關涉性：

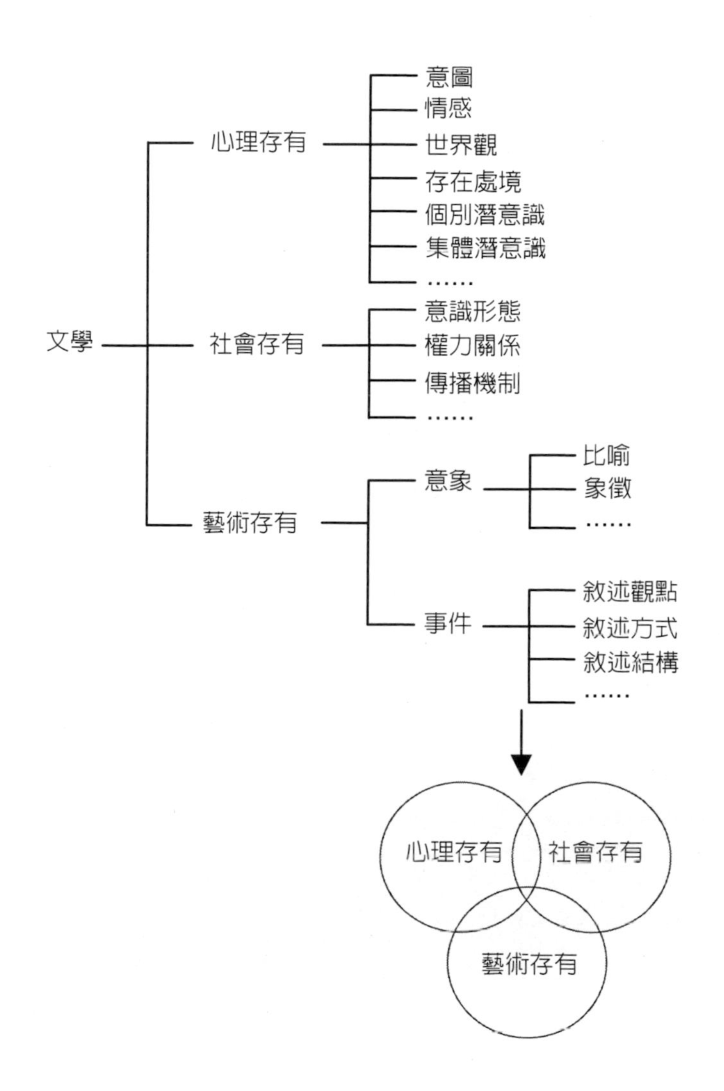

圖中交集的部分，是文學各成分的「理論可分而實際不可分」處，它由語言結構體「統轄」而依賦義面向不同姑且加以區分，彼此都在一個語言結構體裡「相互牽繫」。而這如果要在現代環境進行轉

換而改以其他媒體呈現，那麼它的「文學性」就會開始起變化。好比將文學作品改編成電影／電視劇後，因受制於該媒體的「資訊化」、「圖像化」、「有時間性」、「演員代言」、「快節奏」、「特寫鏡頭」、「布景或外景多」等特性，觀眾無法像閱讀文學作品那樣去玩味並「填補空白，參與寫作」，以至不免大為減低文學性。而在這種情況下，有關文學的「未來見奇」的期望視野伸展，就會出現新的挑戰：

> 從資訊被框限具有「一定的內容」、「要藉助載體」、「是動態傳遞的」、「可利用的」和「為未來服務的」等特徵來看，它的不得不講究「精確性」和「易懂性」（避免歧義以方便於傳播和接受），跟文學一向所專擅的「模糊性」和「難解性」（刻意製造歧義以方便於玩味審美）明顯大不相同。在這種情況下，文學被「強迫」和資訊結合（將文學資訊化而成為可以立即傳播和接受的對象）就會有些不協調：首先，從接受的角度看，原來人在面對文學透過意象或事件來比喻／象徵思想情感時，經常要去填補許多空白、參與創作；而參與創作本身自然就會有心智上的成長。但人在面對毋須重組也不必強解的資訊時，只要被動接受就行了；最後個個都變成不會思考的動物。其次，從本體論的角度看，資訊的生產是為了給人「消費」的（包括電影、電視和廣播等所提供的資訊在內）；而文學的生產除了給人「消費」，還可以帶動「生產」（接受者參與創作及再轉實際別為創作），彼此的功能有廣狹的差異。而根據上述，文學資訊化就難有「遠景」可以期待。換句話說，文學資訊化是在為文學「降格」

> （一邊淺易化，一邊弱化創造力），基本上不能作為文學的前途所繫。如果要有遠景可以期待，那麼就得將「文學資訊化」轉成「資訊文學化」。所謂「資訊文學化」，是指先守住「文學」的優質審美性，然後結合興起於西方的人文學科／社會學科／自然學科等各領域的資訊來豐富文學的形式和意義。（周慶華，2007：293～294）

這是針對當前一切都要資訊化所被強調的「資訊是知識」、「語言、符號是資訊存在的形式」、「資訊是動態性的」、「資訊是具有利用價值的知識」和「資訊的反饋性質」等特徵（王治河主編，2004：673）而說的；裡頭隱含的「尋找文學出路」的焦慮，不啻是新一波的文學寫作所得面對的「真實」的處境。（周慶華，2008a：1～5）這既是「資訊文學化」的方向，也是「資訊詩化」的方向，二者「一體成形」而展開跟基進創新和超鏈結等若即若離的「協同互進」的旅程。

參考文獻

王治河主編（2004），《後現代主義辭典》，北京：中央編譯。
王國維（1981），《人間詞話》，臺南：大夏。
周慶華（2004），《文學理論》，臺北：五南。
周慶華（2007），《紅樓搖夢》，臺北：里仁。
周慶華（2008a），《從通識教育到語文教育》，臺北：秀威。
周慶華（2008b），《剪出一段旅程》，臺北：秀威。
周慶華（2009），《文學詮釋學》，臺北：里仁。
姜森著，蔡源煌譯（1980），《美學主義》，臺北：黎明。
范文瀾（1971），《文心雕龍注》，臺北：明倫。
納博科夫著，廖月娟譯（2006），《幽冥的火》，臺北：大塊。
郭紹虞等主編（1982），《中國近代文學論著精選》，臺北：華正。
傅大為（1991），《知識與權力的空間——對文化、學術、教育的基進反省》，臺北：桂冠。
鄭明萱（1997），《多向文本》，臺北：揚智。
魏明德著，楊麗貞等譯（2006），《新軸心時代》，臺北：利氏。

國家圖書館出版品預行編目

新詩寫作 / 周慶華等著. -- 一版. -- 臺東市
: 臺東大學, 2009. 07
面 ; 公分. -- (語言文學類 ; ZG0054)
BOD 版
ISBN 978-986-01-9046-5(平裝)

1. 新詩 2.寫作法

821.1 98011063

語言文學類 ZG0054

新詩寫作

作 者 / 周慶華、王萬象、許文獻、簡齊儒、董恕明、
須文蔚
執行編輯 / 詹靚秋
圖文排版 / 姚宜婷
封面設計 / 莊孟昭
數位轉譯 / 徐真玉 沈裕閔
圖書銷售 / 林怡君
法律顧問 / 毛國樑 律師
出 版 者 / 國立臺東大學
臺東市西康路二段 369 號
電話：089-517761
http://www.nttu.edu.tw
印製經銷 / 秀威資訊科技股份有限公司
臺北市內湖區瑞光路 583 巷 25 號 1 樓
電話：02-2657-9211 傳真：02-2657-9106
E-mail：service@showwe.com.tw

2009 年 7 月 BOD 一版
定價：320 元

讀　者　回　函　卡

感謝您購買本書，為提升服務品質，煩請填寫以下問卷，收到您的寶貴意見後，我們會仔細收藏記錄並回贈紀念品，謝謝！

1.您購買的書名：________________________

2.您從何得知本書的消息？

□網路書店　□部落格　□資料庫搜尋　□書訊　□電子報　□書店

□平面媒體　□ 朋友推薦　□網站推薦　□其他__________

3.您對本書的評價：(請填代號　1.非常滿意 2.滿意 3.尚可 4.再改進)

封面設計____　版面編排____　內容____　文/譯筆____　價格____

4.讀完書後您覺得：

□很有收獲　□有收獲　□收獲不多　□沒收獲

5.您會推薦本書給朋友嗎？

□會　□不會，為什麼？________________________________

6.其他寶貴的意見：________________________________

____

____

____

讀者基本資料

姓名：__________________　年齡：_____　性別：□女　□男

聯絡電話：_______________　E-mail：__________________

地址：____

學歷：□高中(含)以下　□高中　□專科學校　□大學

□研究所(含)以上　□其他_______________

職業：□製造業　□金融業　□資訊業　□軍警　□傳播業　□自由業

□服務業　□公務員　□教職　□學生　□其他__________

請貼
郵票

To：114

台北市內湖區瑞光路 583 巷 25 號 1 樓

秀威資訊科技股份有限公司　　　收

寄件人姓名：

寄件人地址：□□□

(請沿線對摺寄回,謝謝!)

秀威與 BOD

BOD（Books On Demand）是數位出版的大趨勢，秀威資訊率先運用 POD 數位印刷設備來生產書籍，並提供作者全程數位出版服務，致使書籍產銷零庫存，知識傳承不絕版，目前已開闢以下書系：

一、BOD 學術著作—專業論述的閱讀延伸
二、BOD 個人著作—分享生命的心路歷程
三、BOD 旅遊著作—個人深度旅遊文學創作
四、BOD 大陸學者—大陸專業學者學術出版
五、POD 獨家經銷—數位產製的代發行書籍

BOD 秀威網路書店：www.showwe.com.tw
政府出版品網路書店：www.*gov*books.com.tw

永不絕版的故事・自己寫・永不休止的音符・自己唱